Lu Xun

Applaus

Zu diesem Buch

Mit Lu Xun begann die moderne chinesische Literatur, und bis heute ist er ihre prägende Leitfigur geblieben. Gleichzeitig ist er ein »Intellektueller unserer eigenen Moderne« (Althusser), den Europa seit Jahrzehnten immer wieder neu entdeckt: ein Erzähler und Denker von stupender Aktualität, in dessen Werk Melancholie und Militanz, Ironie und Trauer verschmelzen.

»Lu Xuns Sprache ist die einer unbedingten, radikalen Wahrhaftigkeit.« *Frankfurter Allgemeine Zeitung*

»In Lu Xun begegnen wir einem Dichter der 20er und der frühen 30er Jahre, der eine Tiefe, eine Leidensfähigkeit, eine ironische Distanz zu sich, seinem Leser und der Welt an den Tag legt.« *Süddeutsche Zeitung*

Der Autor

Lu Xun wurde 1881 in Shaoxing, Provinz Zhejiang, geboren und starb 1936 in Shanghai. Stationen seines Lebens sind: traditionelle Ausbildung in einer Privatschule, Studium des Bergbaus in Nanjing und der Medizin in Japan, Mittelschullehrer in seiner Heimatprovinz, Beamter im Erziehungsministerium, Professor an verschiedenen chinesischen Universitäten (Peking, Xiamen, Guangzhou), freie literarische Tätigkeit in Shanghai.

Die Übersetzer

Raoul David Findeisen, Dozent am Ostasiatischen Seminar der Universität Zürich, hat zu Lu Xun promoviert. *Wolfgang Kubin*, geb. 1945, Professor für Sinologie an der Universität Bonn, ist Vermittler und Übersetzer der klassischen und modernen chinesischen Literatur. *Florian Reissinger* lebt als freiberuflicher Übersetzer und Dolmetscher in Bonn.

Lu Xun

Applaus

Herausgegeben von Wolfgang Kubin

Aus dem Chinesischen von
Raoul Findeisen, Wolfgang Kubin
und Florian Reissinger

Unionsverlag
Zürich

Die chinesische Originalausgabe erschien 1923
unter dem Titel *Nahan* in der Reihe »Wenyi congshu«
beim Verlag Xinchaoshe, Peking.
Die deutsche Erstausgabe erschien 1994
im Unionsverlag, Zürich.

Die Übersetzung aus dem Chinesischen wurde
unterstützt durch die Gesellschaft zur Förderung
der Literatur aus Afrika, Asien und
Lateinamerika e.V. in Zusammenarbeit
mit der Schweizer Kulturstiftung PRO HELVETIA.

Unionsverlag Taschenbuch 135

Rieterstrasse 18, CH-8059 Zürich
Telefon 0041-1 281 14 00, Fax 0041-1 281 14 40

Umschlaggestaltung: Heinz Unternährer, Zürich
Umschlagbild: Yu Qihui, »Lu Xun und Qu Qiubai«,
(Holzschnitt), aus: Beijing Lu Xun bowuguan
canghua xuan, Tianjin, 1986
Druck und Bindung: Clausen & Bosse, Leck
ISBN 3-293-20135-0

Die äußersten Zahlen geben die aktuelle Auflage
und deren Erscheinungsjahr an:

1 2 3 4 5 - 02 01 00 99

Inhalt

Vorrede 7

Das Tagebuch eines Verrückten 16

Kong Yiji 33

Das Heilmittel 42

Der morgige Tag 55

Eine Bagatelle 65

Geschichten vom Haar 69

Viel Lärm um nichts 76

Heimat 89

Die wahre Geschichte des Herrn Jedermann 104

Das Drachenbootfest 165

Ein heller Glanz 179

Die Geschichte von den Kaninchen und der Katze 188

Eine Entenkomödie 196

Eine Oper auf dem Land 201

Anmerkungen 219

Autobiographie 244

William A. Lyell: Biographische Skizzen 247

Vorrede

Auch ich hatte in meiner Jugend viele Träume, aber später habe ich die meisten davon wieder vergessen, worüber ich jedoch nicht einmal betrübt bin. Was landläufig als Erinnerung gilt, mag zwar durchaus Vergnügen bereiten, macht aber manchmal unweigerlich einsam und beschwört zudem die Einsamkeit vergangener Zeiten herauf.

Wie dem auch sei, ich leide darunter, daß ich einfach nicht vergessen kann. So sind die Erzählungen in dieser Sammlung entstanden.

Ich ging während mehr als vier Jahren sehr häufig – nein, eigentlich jeden Tag – in der Pfandleihe und in der Apotheke ein und aus. Wie alt ich damals war, habe ich vergessen. Jedenfalls war der Ladentisch beim Apotheker genauso hoch wie ich, beim Pfandleiher doppelt so hoch. Ich reichte Kleider und Schmuck zum doppelt so hohen Ladentisch hinauf und erhielt dafür voller Verachtung Geld. Dann begab ich mich zum gleich hohen Ladentisch, um damit Arznei für meinen Vater zu kaufen, der seit langem krank war. War ich nach Hause zurückgekehrt, gab es gleich weitere Aufgaben, denn der behandelnde Arzt war sehr berühmt und verschrieb daher auch besondere Arzneien: im Winter ausgegrabene Schilfwurzel, drei Jahre lang dem Frost ausgesetztes Zuckerrohr, Grillen, die Zwillinge sein mußten, verschlungene japanische Spitzbäume … alles Dinge, die nicht leicht zu beschaffen waren. Dennoch verschlimmerte sich der Zustand meines Vaters von Tag zu Tag, bis er schließlich verschied.

Wer von klein auf Wohlstand genossen hat, dann aber in Not gerät, der wird, so glaube ich, im Verlauf dieser Erfahrung in die Lage versetzt, das wahre Antlitz des Menschen zu erkennen … Ich wollte damals in die K-Akademie in N eintreten, offenbar um einen anderen Weg zu gehen, woandershin zu kommen und weil ich mich auf der Suche nach anderen Menschen befand. Meiner Mutter blieb also nichts anderes übrig, als mir acht Yuan für die Reise zu beschaffen und alles weitere Handeln mir zu überlassen. Dennoch waren ihre Tränen durchaus angebracht, denn zu jener Zeit pflegte ein Studium in der Regel mit der Beamtenprüfung zu enden; wer also damals »überseeische Sachen« lernte, war nach allgemeiner Auffassung in eine so ausweglose Lage geraten, daß ihm nichts anderes übrigblieb, als seine Seele den ausländischen Teufeln zu verkaufen. Er wurde mit bitterem Hohn übergossen und zudem ausgestoßen, so daß meine Mutter ihren Sohn ein für allemal verloren wähnte. Doch ohne darauf auch nur einen Gedanken zu verschwenden, reiste ich nach N und bezog die K-Akademie. Dort erfuhr ich, daß es auf der Welt noch Dinge gibt wie Naturkunde, Mathematik, Geographie, Geschichte, Zeichnen und Gymnastik. Physiologie wurde nicht unterrichtet, doch las ich Bücher, im Holzblockverfahren gedruckt, wie »Der Körper, eine neue Sicht« und »Die Ernährungslehre«. Mir fielen dabei Diagnose und Therapie von Ärzten aus meiner Kindheit ein, und ich verglich sie mit dem, was ich neu in Erfahrung gebracht hatte. So gelangte ich nach und nach zu der Einsicht, daß die traditionelle chinesische Medizin, sei es wissentlich oder unwissentlich, nichts als Kurpfuscherei ist, und ich empfand heftiges Mitleid mit den betrogenen Kranken und ihren Familienangehörigen. Übersetzungen historischer Werke entnahm ich überdies, daß die Meiji-Reformbewegung in Japan tatsächlich größtenteils auf die westliche Medizin zurückgeht.

Dieses unbedarfte Wissen veranlaßte mich später zum Eintritt in eine medizinische Fachschule in der japanischen Provinz. Ich hatte wunderbare Träume, dachte mir, daß ich nach erfolgreich abgeschlossenen Studien nach China zurückkehren und Kranke, die wie mein Vater falsch behandelt worden waren, von ihren Leiden erlösen würde. Im Krieg wollte ich Militärarzt werden und überhaupt bei meinen Landsleuten den Glauben an Reformen voranbringen. Ich weiß nicht, welchen Fortschritt die Didaktik für Mikrobiologie inzwischen gemacht hat. Jedenfalls wurden damals Lichtbilder verwendet, um die Gestalt der Mikroorganismen zu demonstrieren. Wenn der eigentliche Unterricht vorzeitig beendet war, zeigten die Lehrer gelegentlich Bilder von Landschaften oder aktuellen Ereignissen, um die verbleibende Zeit auszufüllen. Es war gerade während des Japanisch-Russischen Krieges, so daß naturgemäß ziemlich viele Bilder über das Kriegsgeschehen gezeigt wurden und ich mich oft wohl oder übel dem Beifall und Jubel meiner Kommilitonen anschließen mußte.

Einmal erschienen auf den Dias plötzlich viele Chinesen, von denen ich doch so lange getrennt gewesen war. In der Mitte stand einer, dem die Hände auf dem Rücken gefesselt waren, um ihn herum lungerte eine Menge von Menschen. Er war von kräftigem Körperbau, hatte aber einen offenkundig abgestumpften Gesichtsausdruck. Den Erklärungen zufolge hatte der Gefesselte für die Russen Militärspionage betrieben. Zur Abschreckung sollte ihm öffentlich von der japanischen

Armee der Kopf abgehackt werden, doch die Umstehenden waren nur gekommen, um mit Kennermiene ein Schauspiel zu würdigen.

Noch vor Ende des Studienjahres war ich nach Tokio abgereist, denn nach diesem Erlebnis hatte ich den Eindruck, die Medizin sei keineswegs so wichtig. Wenn die gesamte Bevölkerung eines schwachen Landes, so gesund und kräftig sie auch sein mochte, zu nichts anderem nütze war, denn als Material und als Zuschauer eines völlig sinnlosen Schauspiels zu dienen, so sind in diesem Fall Krankheit oder Tod nicht unbedingt als großes Unglück anzusehen. Unsere wichtigste Aufgabe sei es also, ihre Ideen zu verändern. Und da ich damals überzeugt war, die Künste taugten dazu am ehesten, beschloß ich, die Bewegung für Literatur und Kunst zu unterstützen. Unter den chinesischen Studenten in Tokio gab es damals viele, die Rechtswissenschaften, Politologie, Physik, Chemie, ja sogar Kriminologie studierten, aber kein einziger widmete sich der Literatur und Ästhetik. Dennoch hatte ich das Glück, in dieser frostigen Atmosphäre auf einige Gesinnungsgenossen zu stoßen. Ein paar weitere, die es zu einem solchen Unternehmen braucht, lud ich zu einem Treffen ein. Wir kamen zum Schluß, daß wir als ersten Schritt eine Zeitschrift herausbringen müßten, für die wir einen Namen wählten, der »Neues Leben« bedeutet. Weil wir damals im großen und ganzen restaurativen Tendenzen anhingen, nannten wir sie »Neuleben«.

Der Erscheinungstermin von »Neuleben« rückte näher, doch dann verdrückten sich alsbald etliche, die sich zu Beiträgen verpflichtet hatten. Damit verloren wir auch das Kapital, so daß schließlich nur wir drei übrigblieben, alle gänzlich mittellos. Die Zeit war ungünstig, um eine Zeitschrift zu lancieren. Selbstverständlich hängten wir unsere Niederlage nicht an die große Glocke, doch nachträglich war sie für jeden von uns dreien bestimmend auf seinem jeweiligen Lebensweg. Wenn wir nicht mehr zusammen schöne Zukunftsträume spannen, so war das eine Folge der Zeitschrift, die nie das Licht der Welt erblickt hat.

Eine nie gekannte innere Leere sollte sich erst später einstellen. Zunächst wußte ich dafür keine Erklärung, später dachte ich, wenn jemand für seine Meinung Zustimmung erntet, bringt es ihn voran, stößt er jedoch auf Widerspruch, macht es ihn kämpferisch. Aber wirklich tragisch ist, wenn einer unter seinen Mitmenschen laut die Stimme erhebt, aber keinen Widerhall findet, weder Beifall noch Ablehnung, wie in einer grenzenlosen Ödnis und ohne die Möglichkeit, irgendwie einzugreifen. Daher begann ich, mich einsam zu fühlen.

Diese Einsamkeit wuchs von Tag zu Tag und begann, sich wie eine riesige Giftschlange um meine Seele zu winden.

Trotz einer unerklärlichen Traurigkeit war ich jedoch nicht verbittert, denn nach dieser Erfahrung ging ich in mich und kam zum Schluß, gewiß nicht zu den Helden zu gehören, auf deren Ruf hin die Menschen in Scharen zusammenströmen.

Jedenfalls mußte ich gegen meine Einsamkeit angehen, denn sie quälte mich heftig. Ich setzte also allerlei Mittel ein, um meine Seele zu betäuben, indem ich in der Masse untertauchte und mich dem Altertum zuwandte. Später machte ich noch viel einsamere und tragischere Erfahrungen, sowohl aus nächster Nähe als auch als unbeteiligter Zuschauer – alles schlechte Erinnerungen, die ich nicht wiederbeleben möchte und lieber zusammen mit meinem Gedächtnis dem Vergessen anheimgebe. Die Art und Weise, wie ich mich betäubte, schien jedoch Erfolg zu zeigen: Ich wurde nie mehr von gerechtem Zorn gepackt wie einst in meiner Jugend.

Im Gästehaus S gab es eine Wohnung mit drei Zimmern; darin – so hieß es – habe früher eine Frau gelebt, die sich an dem japanischen Schnurbaum im Innenhof erhängte. Der Baum war inzwischen so hoch gewachsen, daß man nicht mehr an die Äste reichte, aber die Wohnung war seither unbewohnt geblieben. Mehrere Jahre lang kopierte ich hier, häuslich eingerichtet, alte Gedenktafeln.

Besucher kamen selten, und bei den Stelen stieß ich weder auf irgendwelche Schwierigkeiten, noch machte ich wichtige Entdeckungen. Vielmehr glitt mein Leben still dahin, und ich wünschte mir im Grunde genommen nichts anderes. In den Sommernächten gab es viele Moskitos. Ich saß dann unter dem Schnurbaum, verschaffte mir mit einem geflochtenen Fächer Kühlung und sah durch das dichte Blattwerk hindurch zu den Zipfelchen des klaren Himmels hinauf; die Raupen, die abends herabhingen, fielen mir einzeln und kühl in den Nacken.

Damals kam gelegentlich mein alter Bekannter Jin Xinyi zum Plaudern vorbei. Er pflegte die große Mappe, die er immer bei sich trug, auf dem schäbigen Tisch abzulegen, sein langes Übergewand auszuziehen und dann mir gegenüber Platz zu nehmen. Aus Angst vor dem Hund wollte sein Herz gar nicht aufhören zu klopfen.

»Wozu soll diese Kopiererei nütze sein?« fragte er eines Abends, während er in meiner Kladde mit den Inschriften blätterte. Mit allem Nachdruck forderte er von mir Rechenschaft.

»Zu rein gar nichts.«

»Wozu also kopierst du die Sachen?«

»Einfach so.«

»Ich finde, du solltest etwas schreiben …«

Ich begriff wohl, worauf er hinauswollte. Sie gaben damals gerade die Zeitschrift »Xin qingnian« heraus. Doch hatten sie sich damals noch nicht besonders hervorgetan und fanden keinen großen Zuspruch, aber auch keinen Widerstand. Ich konnte mir vorstellen, daß sie sich sehr einsam fühlten. Dennoch sagte ich: »Stell dir eine eiserne Kammer vor, ganz ohne Öffnungen und praktisch unzerstörbar, darin viele Menschen, die in tiefem Schlaf liegen und alle bald ersticken werden. Sie werden aus dem Tiefschlaf in den Tod übergehen und die Tragödie des Sterbens nicht empfinden. Nun kommst du und erhebst deine Stimme, um einige aus dem Schlaf zu schrecken. Damit verhilfst du diesen wenigen Unglücklichen nur dazu, im Angesicht ihrer ausweglosen Situation auch noch Leid zu empfinden. Findest du etwa, du hättest ihnen damit irgendeinen Dienst erwiesen?«

»Wenn aber einige unter ihnen aufwachen, dann kannst du nicht behaupten, es bestünde keine Hoffnung, die eiserne Kammer zu zerschmettern.«

In der Tat konnte ich, obwohl fest vom Gegenteil überzeugt, nicht bestreiten, daß es Hoffnung gebe. Denn sie lag in der Zukunft. Und weil die Hoffnung in der Zukunft liegt, konnte ich auch gar nicht mich selbst als Gegenbeweis anführen, um ihn davon zu überzeugen, daß es keine gebe. Schließlich stimmte ich zu, ebenfalls zu schreiben. Das führte zu meiner ersten Erzählung »Das Tagebuch eines Verrückten«. Seither ist ein Werk nach dem anderen entstanden, ohne daß ich dabei zunächst an etwas Zusammenhängendes gedacht hätte. Es handelte sich jeweils um Dinge, die ich auf

Drängen von Freunden rasch niederschrieb, bis schließlich über zehn Erzählungen zusammengekommen sind.

Ich selbst habe wohl nicht mehr den unbedingten Drang, mich zu äußern, aber manchmal kann ich doch nicht an mich halten und fühle mich verpflichtet, die anderen anzufeuern, vielleicht weil mir das Leiden an meiner damaligen Einsamkeit noch nicht aus dem Gedächtnis geschwunden ist. Ich will bloß den eiligen Streitern in ihrer Einsamkeit gut zusprechen, damit sie unbekümmert weiter voranschreiten. Mag mein Aufruf nun mutig oder verzagt, abstoßend oder lächerlich sein – darüber zerbreche ich mir nicht den Kopf. Da er jedoch eine Maßnahme zur Anfeuerung ist und daher dem Muster militärischer Befehle gehorchen muß, habe ich mir gelegentlich erlaubt, bewußt und mit literarischen Mitteln von den Tatsachen abzuweichen: Das Grab des Jungen in der Erzählung »Das Heilmittel« ist wie aus dem Nichts plötzlich mit einem Kranz von Blumen bedeckt; in der Kurzgeschichte »Der morgige Tag« erwähne ich mit keinem Wort, ob Schwägerin Shan nun von ihrem Sohn nur träumt oder nicht, denn damals war der Oberbefehlshaber gegen negative Schilderungen. Und ich möchte keinesfalls die Jugend, die jetzt ihren schönen Träumen nachhängt, die auch ich einst in meiner Jugendzeit geträumt habe, mit der so bitter empfundenen Einsamkeit anstecken.

Also sind meine Erzählungen alles andere als Kunst, wovon sich jeder ohne weiteres überzeugen kann. Doch bis zum heutigen Tag gelten sie als anerkannt, nun sollen sie gar zusammen in einem Band erscheinen. Wie dem auch sei: Es ist ein ganz unaussprechlicher Glücksfall. Denn obwohl mir dabei nicht ganz behaglich zumute ist, ist immerhin anzunehmen, daß ich wenigstens zeitweilig Leser habe, was eigentlich doch wiederum erfreulich ist. So habe ich meine Erzählungen zu einem Buch zusammengestellt, damit sie neu gesetzt werden können. Aus den oben geschilderten Gründen versehe ich sie mit dem Titel »Applaus«.

Am 3. Dezember 1922 in Peking niedergeschrieben

Das Tagebuch eines Verrückten

Die Herren X, zwei Brüder, deren Namen ich jetzt unerwähnt lasse, sind mir in früheren Tagen auf der Mittelschule gute Freunde gewesen. Doch mit den Jahren der Trennung waren die Nachrichten immer spärlicher geworden. Vor einigen Tagen hörte ich zufällig von der schweren Erkrankung des einen. Es traf sich nun, daß ich mich auf dem Weg in die Heimat befand, und so machte ich einen Umweg, um sie aufzusuchen. Ich fand jedoch nur einen von beiden vor, der mir erklärte, daß der jüngere Bruder der Kranke sei. »Sie sind«, sagte er, »von weit her gekommen, um uns mit Ihrem Besuch zu beehren. Doch mein Bruder ist nun schon seit langem wieder genesen und hat sich nach X zur Übernahme eines Amtes begeben.« Daraufhin holte er unter großem Gelächter zwei Bände eines Tagebuches hervor, die er mir in die Hand drückte. Man könne darin Aufschluß über den damaligen Krankheitszustand gewinnen. Mir als einem alten Freunde vertraue er sie ohne weiteres an. So nahm ich sie mit auf den Weg, und nach der Lektüre war mir klar, daß der betreffende Bruder an einer Art Verfolgungswahn gelitten haben mußte.

Sprachlich waren die Tagebücher verworren und zusammenhanglos, vieles wirkte ganz einfach absurd. Auch hatte es ihr Verfasser versäumt, Daten anzugeben, so daß man nur aufgrund der Uneinheitlichkeit von Tusche und Zeichen auf unterschiedliche Zeiten der

Abfassung schließen konnte. Es gab jedoch auch zusammenhängende Teile, die ich nun in einer Auswahl der medizinischen Fachwelt zum Studium vorlege. Fehler in den Aufzeichnungen habe ich grundsätzlich nicht verbessert. Lediglich die Personennamen habe ich geändert, obwohl es sich bei den Betreffenden um Leute vom Lande handelt, welche in der Öffentlichkeit unbekannt und ohne jeden Belang sind. Den Titel hat der Verfasser nach seiner Genesung gewählt, ich habe nichts daran geändert. Aufgezeichnet am 2. April 1918.

I

Ein schöner Mond heute abend.

Mehr als dreißig Jahre habe ich ihn nicht gesehen. Sein Anblick heute ist ein seltenes Vergnügen. Nun erst weiß ich: Die letzten mehr als dreißig Jahre waren ausnahmslos eine Zeit der Finsternis. Aber ich muß auf der Hut sein. Wieso hätte sonst der Hund der Familie Zhao ein Auge auf mich geworfen?

Ich habe Grund zur Furcht.

II

Heute gibt es überhaupt kein Mondlicht, ich weiß, das ist ein schlechtes Zeichen. Als ich heute morgen mit aller Vorsicht aus dem Haus trat, schaute mich Altwürden Zhao seltsam an: als wenn er mich fürchtete, als wenn er daran dächte, mir ein Leid anzutun. Da waren dann noch sieben oder acht, die steckten die Köpfe zusammen und tuschelten über mich, doch fürchteten sie, ich könnte es bemerken. Die Leute auf der Straße verhielten sich alle so. Der Bösartigste unter ihnen hatte sein Maul aufgesperrt und grinste mich an. Eiskalt lief es mir den Rücken hinunter. Mir war klar, sie hatten ihre Vorbereitungen bereits getroffen.

Doch ich hatte keine Angst und setzte meinen Weg gelassen fort. Ein paar kleine Kinder vor mir tuschelten ebenfalls über mich. Sie hatten denselben Blick wie Altwürden Zhao, und auch ihre Miene war von abweisender Kälte. Ich überlegte, was diese Kinder wohl gegen mich haben mochten, daß sie sich so benahmen. Ich konnte nicht mehr an mich halten und fuhr sie mit lauter Stimme an: »Sagt es mir!« Doch sie machten sich auf und davon.

Was mag Altwürden Zhao gegen mich haben, was erst recht die Leute auf der Straße? frage ich mich. Daß ich vor zwanzig Jahren die Geschäftsbücher des Herrn Feudal mit Füßen getreten habe, scheint mir die einzig plausible Erklärung, denn Herr Feudal war darüber äußerst ungehalten. Wenn Altwürden Zhao mit ihm auch nicht bekannt war, so muß er dennoch von der Sache Wind bekommen und sie als persönliche Schmach empfunden haben, so daß er sich mit den Leuten auf der Straße gegen mich verschworen hat. Aber die kleinen Kinder? Sie waren doch noch gar nicht geboren, wieso schauen sie mich heute ebenfalls so seltsam an, als wenn sie mich fürchteten, als wenn sie mir ein Leid antun wollten? Das alles macht mir angst, es schreckt mich und schmerzt.

Ich begreife. Die Eltern haben es ihnen beigebracht.

III

Ich kann nachts nicht schlafen. Alles muß erwogen werden, dann erst läßt sich's verstehen.

Sie haben sich vom Landrat ins Joch stecken lassen, sie haben sich von der Gentry ins Gesicht schlagen lassen, ihre Frauen wurden ein Opfer der Amtsbüttel, ihre Eltern wurden von den Gläubigern in den Tod getrieben, aber nie waren ihre Mienen so ängstlich und böse wie gestern. Am merkwürdigsten war die Frau gestern auf der Straße. Sie schlug ihren Sohn und schrie ihn an: »Du bist wie der Alte! Ich könnte dich zerfleischen, erst dann hätte ich Ruhe!« Dabei hielt sie jedoch ihre Augen auf mich gerichtet. Ich war bestürzt und unfähig, mich zu verstellen. Die Leute mit den schwarzgrünen Gesichtern und den Hauerzähnen grölten vor Lachen. Chen Laowu preschte nach vorn und begann, mich mit festem Griff heimwärts zu ziehen.

Nachdem er mich nach Hause gezerrt hatte, taten die daheim alle so, als würden sie mich nicht kennen. Ihr Blick unterschied sich in nichts von dem der anderen. Nachdem ich mich ins Studierzimmer begeben hatte, wurde hinter mir die Tür zugeschlossen, als sperrte man ein Huhn oder eine Ente ein. Das alles gab mir noch mehr Rätsel auf.

Vor ein paar Tagen ist der Pächter aus Wolfsjungendorf gekommen, um von der dortigen Dürre Bericht zu erstatten. Meinem Bruder erzählte er bei der Gelegenheit, man habe einen äußerst üblen Kerl im Dorf zu Tode geprügelt. Einige hätten sein Herz und seine Leber herausgerissen, in Öl gebraten und aufgegessen, um so ihren Mut zu stärken. Als ich mir eine Bemerkung erlaubte, warfen mir der Pächter und mein Bruder ein paar Blicke zu. Heute erst weiß ich, ihre Augen waren genauso wie die der Leute auf der Straße.

Der bloße Gedanke daran jagt mir eiskalten Schauer über den Rücken. Sie sind in der Lage, Menschen zu fressen, warum dann nicht auch mich? Ganz offensichtlich handelt es sich bei den Worten jener Frau (»Ich könnte dich zerfleischen!«), bei dem Gelächter der Leute mit den schwarzgrünen Gesichtern und den Hauerzähnen und auch bei dem, was der Pächter sagte, um Geheimzeichen. Ja, ich habe es erkannt, ihre Worte sind nichts als Gift, in ihrem Lachen lauern die Messer, ihre Zähne, diese weiß blitzenden Reihen, sind nur dazu da, um Menschen zu fressen.

Wenn ich mich auch für keinen schlechten Menschen halte, so scheint mein Ruf doch angeschlagen zu sein, seit ich die Geschäftsbücher der Familie Feudal mit Füßen getreten habe. In den Leuten geht etwas vor, auf das ich mir einfach keinen Vers machen kann. Überdies ist in ihren Augen jeder, der ihnen nicht genehm ist, ein Übeltäter. Ich erinnere mich noch, wie mein Bruder, der mich im Aufsatz unterrichtete, immer die Passagen mit einem Kringel versah, in denen ich jemanden, und war er noch so gut, schlechtmachte. Fand ich jedoch für einen Tunichtgut Worte der Entschuldigung, dann sagte er: »Du stellst die Dinge auf den Kopf, das ist ungewöhnlich.« Wie kann ich wissen, was eigentlich in ihnen vorgeht, zumal sie Menschen fressen wollen?

Alles muß erwogen werden, erst dann läßt sich's verstehen. Daß man seit alters Menschen gefressen hat, war mir noch in Erinnerung, allerdings nur vage. Ich bin daher die Geschichtsbücher durchgegangen; sie waren ohne Jahresangaben, und auf jeder Seite standen krumm und schief die Worte »Humanität, Rechtlichkeit, Wahrheit und Tugend« gekritzelt. Da ich ohnehin nicht schlafen konnte, las ich aufmerksam die halbe Nacht, bis ich zwischen den Zeilen die zwei Worte erkannte, aus denen jedes Buch bestand: »Menschen fressen«!

All die Zeichen in den Büchern, all die Worte des Pächters starren mich mit einem seltsamen Grinsen an.

Ich bin auch ein Mensch, sie wollen mich fressen!

IV

In der Frühe saß ich einen Moment still für mich da. Chen Laowu brachte das Essen herein, eine Schale Gemüse, eine Schale gedämpfter Fisch. Die Augen des Fisches waren weiß und hart. Mit seinem geöffneten Maul glich er Leuten, die Menschen zu fressen gedenken. Nach ein paar Bissen wußte ich nicht, ob das glitschige Zeug in meinem Mund Fisch oder Mensch war, so erbrach ich alles.

»Laowu, sag dem Bruder, mir fällt die Decke auf den Kopf, ich möchte im Garten ein wenig auf und ab gehen.« Laowu zeigte keinerlei Reaktion und ging weg. Nach einer Weile kam er jedoch wieder und öffnete die Tür. Doch ich machte keinerlei Anstalten, in den Garten zu gehen, sondern überlegte, welche Maßnahmen sie wohl für mich treffen würden, wußte ich doch, daß sie keinesfalls zur Nachgiebigkeit bereit waren. Tatsächlich! Mein Bruder kam behutsam mit einem alten Mann ins Studierzimmer. Aus Furcht, ich könnte den wölfischen Blick in seinen Augen sehen, hielt er den Kopf gesenkt und betrachtete mich heimlich über die Ränder seiner Brille. »Dir scheint es heute gutzugehen«, meinte mein Bruder.

»Ja«, antwortete ich.

»Ich habe heute Dr. He hergebeten«, fuhr mein Bruder fort, »um dich einmal untersuchen zu lassen.«

»In Ordnung!« stimmte ich zu, ohne mir etwas anmerken zu lassen. In Wirklichkeit wußte ich jedoch ganz genau, daß der Alte niemand anders als der Henker in Verkleidung war! Er wollte doch nur meinen Puls fühlen, um einmal abzutasten, wie fett ich war: Als Gegenleistung würde auch ihm ein Stück Fleisch zugeteilt werden. Doch das ließ mich kalt. Wenn ich auch kein Menschenfleisch fresse, so bin ich doch mutiger als sie. Ich streckte ihm meine beiden Fäuste entgegen und schaute, wie er vorgehen würde.

Der Alte setzte sich und schloß die Augen. Nachdem er mich eine Weile betastet und anschließend ebensolange still dagesessen hatte, öffnete er seine dämonischen Augen und sagte: »Laß das Grübeln. Gönn dir ein paar Tage Ruhe, dann geht es dir besser!«

Kein Grübeln, sich Ruhe gönnen! Wenn ich erst einmal fett geworden bin, haben sie natürlich mehr zu essen. Aber was bringt mir das, wieso würde es mir dann »bessergehen«? All diese Leute wollen Menschen fressen, aber sie wollen dabei heimlich zu Werke gehen. Daher lassen sie sich nicht in die Karten schauen und wagen nicht, offen vorzugehen. Darüber hätte ich mich ausschütten mögen vor Lachen. Ich konnte einfach nicht mehr an mich halten und prustete lauthals los, ganz außer mir vor Freude. Ich wußte, in diesem Gelächter waren Mut und Energie. Der Alte und mein Bruder erblaßten, meine wilde Entschlossenheit hatte sie eingeschüchtert. Doch je größer mein Mut, desto mehr trachteten sie zur Stärkung ihres eigenen Mutes danach, mich zu fressen.

Der Alte ging hinaus, er war noch nicht weit gekommen, als er leise zu meinem Bruder sagte: »Auf der Stelle zu essen!« Der nickte leicht mit dem Kopf. Also auch du! Obwohl diese Entdeckung alle Vorstellungen zu sprengen schien, lag sie doch im Bereich des Erwarteten: Mein Bruder gehörte also auch zu denen, die mich zu fressen gedachten!

Mein Bruder ist ein Menschenfresser!

Ich bin der Bruder eines Menschenfressers! Nicht nur, daß mich meine Mitmenschen auffressen werden, ich bin obendrein der Bruder eines Menschenfressers!

V

In den letzten Tagen habe ich meine Gedanken zurückschweifen lassen: Angenommen, der Alte war kein Henker in Verkleidung, sondern ein Arzt, so war er trotzdem ein Menschenfresser. Im »Abriß der Heilpflanzen«, von ihrem Ahnherrn Li Shizhen oder so verfaßt, steht ganz klar geschrieben, daß man Menschenfleisch essen kann. Wie konnte er da noch behaupten, er fräße keine Menschen?

Die Anschuldigungen gegen meinen Bruder waren keinesfalls aus der Luft gegriffen. Als er mir Unterricht erteilte, hat er einmal selbst verlauten lassen, man könne »Kinder tauschen und essen«. Ein anderes Mal, als er seine Meinung über einen Bösewicht kundtat, sagte er beiläufig, man solle ihn nicht nur töten, sondern müsse auch »sein Fleisch essen und auf seiner Haut schlafen«. Damals war ich noch klein, und das Herz pochte mir lange Zeit wie wild. Als vorgestern der Pächter aus Wolfsjungendorf kam und berichtete, man habe dort das Herz und die Leber eines Menschen gegessen, war er gar nicht verwundert, sondern nickte nur unentwegt. Ganz offensichtlich ist er immer noch so grausam wie früher. Wenn man schon »Kinder tauschen und essen« kann, läßt sich doch alles tauschen, so daß man auch jeden Menschen fressen kann. Früher habe ich ihm einfach zugehört, ohne seinen Worten eine besondere Bedeutung beizumessen. Nun jedoch weiß ich, nicht nur seine Lippen triefen vom Fett der Menschen, sondern sein ganzes Herz ist auch von dem Wunsch erfüllt, Menschen zu fressen.

VI

Pechschwarze Finsternis, ich weiß nicht, ob es Tag oder Nacht ist. Der Hund der Familie Zhao hat wieder zu bellen begonnen.

Die Grausamkeit eines Löwen, die Ängstlichkeit eines Hasen, die Verschlagenheit eines Fuchses …

VII

Ich kenne ihre Vorgehensweise: Sie sind weder bereit, jemanden direkt zu töten, noch wagen sie es, aus Furcht vor der Vergeltung der Geister. Daher haben sie sich miteinander verbündet und überall Netze ausgespannt, um mich in den Selbstmord zu treiben. Das Verhalten der Leute neulich auf der Straße und das Benehmen meines Bruders in den letzten Tagen sind dafür hinreichende Beweise. Am liebsten wäre es ihnen, ich nähme meinen Gürtel und hängte mich an einem Balken auf. So bliebe ihnen der Vorwurf erspart, einen Menschen getötet zu haben, und ihr Herzenswunsch wäre dennoch in Erfüllung gegangen. Welche Freude würde da herrschen, welch dämonisches Gelächter laut werden. Sie könnten mich aber auch zu Tode erschrecken. Selbst wenn ich in der Folge abmagerte, würden sie sich nicht scheuen, wohlgefällig mit dem Kopf zu nicken.

Sie vermögen nur das Fleisch von Toten zu fressen! – Ich erinnere mich, daß es in irgendeinem Buch heißt, es gebe ein Lebewesen mit dem Namen »hyena«, dessen Blick und dessen Aussehen abstoßend wirkten; es fresse oft das Fleisch toter Tiere; selbst die größten Knochen zermalme und schlinge es mühelos hinunter. Allein der Gedanke jagt einem Furcht ein. Die »hyena« ist eine Verwandte des Wolfs, der Wolf wiederum gehört zu derselben Familie wie der Hund. Vorgestern hat der Hund der Familie Zhao ein Auge auf mich geworfen, er steckt also mit ihnen unter einer Decke und hat schon längst gemeinsame Sache mit ihnen gemacht. Der Alte hielt zwar seinen Blick gesenkt, doch damit hat er mich nicht täuschen können.

Am bedauernswertesten ist mein Bruder. Auch er ist ein Mensch, warum hat er dann keinerlei Scheu, sondern tut sich mit anderen zusammen, um mich zu fressen? Ist er schon so sehr an Unrecht gewöhnt? Oder ist sein Gewissen derart abgestumpft, daß er ganz bewußt ein Verbrechen begeht?

Verflucht seien die Menschenfresser. Da gilt es, bei ihm zu beginnen; und will ich Menschen, welche Menschen fressen, bekehren, werde ich mit ihm den Anfang machen müssen.

VIII

Ja, die Wahrheit sollte inzwischen auch von ihnen begriffen sein …

Überraschend bekam ich Besuch. Es war jemand erst um die Zwanzig. Sein Äußeres nahm ich nur verschwommen wahr, aber auch sein Lächeln war nicht echt, als er mir zunickte.

»Ist es richtig, Menschen zu fressen?« wollte ich wissen.

»Es herrscht doch keine Hungersnot«, antwortete er, ohne von seinem Lächeln zu lassen, »wie könnte man da Menschen fressen?«

Da wurde mir mit einem Male klar, auch er war einer von ihnen und liebte es, Menschen zu fressen.

»Ist das denn richtig?« fragte ich nochmals, wobei ich all meinen Mut zusammennahm.

»Wie kannst du nur eine solche Frage stellen. Du verstehst dich wirklich … auf Späße … Heute ist ein prächtiges Wetter.«

Ja, das Wetter war prächtig, der Mond schien auch sehr hell. Aber ich will von dir wissen: »Ist das denn richtig?«

Er schien unangenehm berührt zu sein und murmelte undeutlich: »Nein …«

»Ja, wenn es nicht richtig ist, warum beharrt man also darauf?!«

»So etwas gibt es doch gar nicht …«

»Gibt es nicht? In Wolfsjungendorf frißt man doch jetzt noch Menschen. Außerdem steht es auch in Büchern geschrieben, überall in frischen roten Lettern!«

Er wurde aschfahl. »Das kann sein, das kommt vielleicht vor«, antwortete er mit starrem Blick, »das ist schon immer so gewesen …«

»Wenn es schon immer so gewesen ist, ist es dann richtig?«

»Ich mag mit dir nicht über diese Dinge reden. Du solltest darüber auch nicht sprechen. So etwas zur Sprache zu bringen setzt einen ins Unrecht!«

Mit einem Satz war ich auf den Beinen. Ich riß die Augen auf, aber da war der Besuch schon verschwunden. Ich troff am ganzen Körper vor Schweiß. Er war doch so viel jünger als mein Bruder, und dennoch war er einer von ihnen. Das hat er sicherlich der Erziehung seiner Eltern zu verdanken. Ich fürchte, er hat auch seinen Sohn schon unterwiesen. Daher schauen mich selbst die kleinen Kinder so böse an.

IX

Ein jeder möchte Menschen fressen und lebt dabei in der Angst, von anderen gefressen zu werden. Voller Argwohn schaut jeder in des anderen Gesicht.

Wie angenehm wäre ein Leben frei von diesen Zwängen. Man könnte unbeschwert arbeiten, seines Weges gehen, essen und schlafen. Dabei bedarf es doch nur weniger Schritte, wie bei einer Türschwelle oder einem Paß. Aber Väter und Söhne, jüngerer Bruder und älterer Bruder, Mann und Frau, Freunde und Feinde, Lehrer und Schüler, ja, selbst Leute, die einander gar nicht einmal kennen, haben sich zusammengefunden, um sich gegenseitig aufzuhetzen und in Schach zu halten, selbst im Anblick des Todes unwillig, diese wenigen Schritte zu tun.

X

In aller Frühe suchte ich meinen Bruder auf. Er stand vor der Haupthalle und betrachtete den Himmel. Ich trat von hinten an ihn heran, mit dem Rücken zum Tor. Die Ruhe und Freundlichkeit in Person, sagte ich zu ihm: »Bruder, ich habe dir etwas zu sagen.«

»Dann sprich!« Er hatte sich eilig umgewandt und zustimmend genickt.

»Es sind nur ein paar Sätze, aber sie fallen mir schwer. Bruder, am Anfang haben wahrscheinlich alle Wilden Menschen gefressen. Später haben einige von ihnen neue Einsichten gewonnen und damit aufgehört, und da sie sich von ganzem Herzen zu vervollkommnen suchten, wurden sie zu Menschen, zu wahren Menschen. Andere aber konnten sich nicht umstellen – sie waren wie die Insekten. Wieder andere wurden zu

Fischen, Vögeln, Affen und schließlich zu Menschen. Aber es gab auch welche, die nach keinerlei Vervollkommnung strebten, sie sind bis heute Insekten geblieben. Wie beschämend muß doch hier ein Vergleich ausfallen, vielleicht noch krasser als im Falle von Insekten und Affen.

Yi Ya kochte seinen Sohn und tischte ihn Jie und Zhou auf. Das ist eine alte Begebenheit. Wer hätte gedacht, daß nach der Erschaffung von Himmel und Erde durch Pan Gu die Menschenfresserei bis zum Sohn von Yi Ya fortgesetzt würde und von diesem bis zu Xu Xilin und von Xu Xilin wiederum bis zu dem Mann, der in Wolfsjungendorf gefangengenommen wurde. Als man im letzten Jahr in der Stadt einen Verbrecher hinrichtete, hat ein Schwindsüchtiger gar noch sein Dampfbrötchen in dessen Blut getaucht und abgeleckt.

Sie wollen mich fressen. Und natürlich kannst du allein sie nicht daran hindern, wenn es ihnen ernst ist. Aber warum machst du mit? Menschenfresser schrecken vor nichts zurück. Sie können mich fressen, aber auch dich. Selbst Gesinnungsgenossen sind imstande, einander zu fressen. Aber es bedarf nur eines Schrittes, einer unverzüglichen Änderung, und schon hätten alle Menschen Frieden miteinander. Auch wenn es seit Urzeiten so gewesen ist, daß die Menschen einander fraßen, so haben wir doch heute mehr Anlaß denn je, nach Vervollkommnung zu streben. Und da sagt ihr, das ginge nicht! Ja, Bruder, du bist so einer. Vorgestern, als der Pächter um die Herabsetzung der Pacht bat, sagtest du, es ginge nicht.«

Zunächst hatte er nur kalt gelächelt, bis sein Blick schließlich böse zu werden begann, und als ich ihr Geheimnis aufgedeckt hatte, war er ganz fahl geworden. Vor dem Tor stand eine Gruppe von Leuten, unter denen sich auch Altwürden Zhao mit seinem Hund befand. Mit gespitzten Ohren und gestreckten Hälsen drängten sie herein. Einige waren kaum zu erkennen, als ob sie sich maskiert hätten, andere dagegen, die ihr Lachen zurückzuhalten suchten, zeigten in ihren Gesichtern nach wie vor das Schwarzgrün und ihre Hauerzähne. Ich wußte, sie machten gemeinsame Sache, es waren Menschenfresser. Aber ich wußte auch, daß sie nicht alle eines Sinnes waren. Die einen meinten, es sei schon immer so gewesen, daher soll man Menschen fressen; die anderen waren sich im klaren darüber, daß man keine Menschen fressen sollte, aber trotzdem stand ihnen immer noch der Sinn danach. So lebten sie in der Furcht, von anderen entdeckt zu werden. Daher waren sie bei meinen Worten außer sich vor Wut geraten. Nun standen sie da mit dem kalten Lächeln auf ihren zusammengekniffenen Lippen.

Auf einmal nahm das Gesicht meines Bruders ebenfalls einen bösen Ausdruck an. Mit lauter Stimme schrie er: »Macht, daß ihr wegkommt! Alle! Was ist an einem Verrückten so interessant?« Da ging mir ein weiterer Zug in ihrem Ränkespiel auf. Sie waren nicht nur fest entschlossen, sondern es war längst schon alles abgekartet! Sie hatten Vorkehrungen getroffen, mich zu einem Verrückten zu stempeln. Wenn sie mich irgendwann fressen würden, kämen sie nicht nur ungeschoren davon, sondern könnten auch noch auf die Dankbarkeit der Leute zählen. Die Behauptung des Pächters, sie hätten einen bösen Menschen gefressen, entspricht ganz ihrer Methode. So gehen sie seit jeher vor!

Voller Wut war nun auch Chen Laowu schnurstracks hereingelaufen gekommen. Doch ungeachtet dessen, wie er mir den Mund zu stopfen suchte, ich mußte vor diesen Leuten meine Sache vorbringen.

»Ihr könnt euch ändern, von Grund auf ändern! Ihr müßt wissen, in Zukunft wird es für Menschenfresser auf der Erde keinen Platz mehr geben. Wenn ihr euch nicht ändert, werdet ihr euch gegenseitig auffressen! Und auch bei noch so großer Nachkommenschaft würdet ihr vom wahren Menschen ausgelöscht werden wie Wölfe von den Jägern. Oder wie Insekten!«

Die Menge wurde von Chen Laowu davongejagt. Auch mein Bruder zog sich zurück. Chen Laowu mahnte mich, ins Zimmer zu gehen. Hier war es stockfinster. Die Querbalken und Dachsparren über mir zitterten. Nach einer Weile begannen sie größer zu werden, bis sie mich unter sich begruben.

Das Gewicht lastete so schwer auf mir, daß ich mich nicht mehr bewegen konnte. Auch das Dachgebälk wollte meinen Tod. Aber ich wußte, daß mit dem Gewicht etwas nicht stimmte, daher kämpfte ich mich frei, schweißüberströmt. Doch ich mußte meine Sache vorbringen: »Ändert euch sofort, ändert euch von Grund auf! Ihr müßt wissen, die Zukunft wird für Menschenfresser keinen Platz mehr haben …«

XI

Die Sonne kommt nicht heraus, die Tür öffnet sich nicht, Tag für Tag zwei Mahlzeiten.

Sobald ich die Stäbchen in die Hand nehme, muß ich an meinen Bruder denken. Ich weiß, daß er allein für den Tod meiner Schwester verantwortlich ist. Damals war sie erst im fünften Lebensjahr. Sie war von so liebenswerter und ergreifender Natur, daß ich sie immer noch vor Augen habe. Mutter weinte ohne Unterlaß, doch er wollte ihre Tränen nicht zulassen, wahrscheinlich weil er selber die Schwester gefressen hatte; das

Weinen mußte ihm unvermeidlich Gewissensbisse bereiten. Wenn er doch noch welche haben könnte …

Meine Schwester ist von meinem Bruder gefressen worden, doch ob meine Mutter davon wußte oder nicht, habe ich nie erfahren.

Ich denke, Mutter wußte es auch. Aber als sie weinte, gab sie sich nicht zu erkennen; wahrscheinlich meinte selbst sie, es habe seine Richtigkeit. Ich erinnere mich einer Szene, als ich um die Vier war und vor der Haupthalle saß, um mich abzukühlen; mein großer Bruder sagte, bei Krankheit der Eltern verlange die Pietät von einem Sohn, sich ein Stück Fleisch aus dem Leib zu schneiden, es zu kochen und aufzutischen. Mutter hatte dem ebenfalls nichts entgegenzusetzen. Kann man ein Stück essen, so kann man natürlich auch das Ganze essen. Doch die Tränen der Mutter tun mir heute in der Erinnerung noch immer weh. Eine wirklich höchst seltsame Angelegenheit!

XII

Ich darf nicht mehr daran denken.

Seit viertausend Jahren sind Menschen gefressen worden, und ich habe wie ein Narr so viele Jahre meines Lebens vertan. Als meine Schwester starb, war mein Bruder mit den Familienangelegenheiten betraut. Es ist nicht auszuschließen, daß er ihr Fleisch in die Speisen mischte und uns heimlich davon zu essen gab.

Vielleicht habe ich selbst, ohne es zu merken, ein paar Stücke Fleisch von meiner Schwester gegessen, und nun ist die Reihe auch an mir … Viertausend Jahre Menschenfresserei lasten auf mir. Da mag ich anfänglich nichts gewußt haben, doch nun ist alles klar. Der wahre Mensch wird auch mich meiden.

XIII

Vielleicht gibt es Kinder, die noch keine Menschen gefressen haben?

Rettet die Kinder …

April 1918

Kong Yiji

Die Weinschenken in Luzhen haben eine Besonderheit, die anderswo nicht anzutreffen ist: Ihre winkelmesserförmigen Tresen mit dem heißen Wasser zum Anwärmen des Reisweines stehen direkt an den Straßen. Arbeiter, die gegen Mittag und Abend nach der Arbeit jedesmal schon für vier Käsch eine Schale Wein bekommen (das war vor mehr als zwanzig Jahren so, heute muß man schon zehn Käsch zahlen), stehen, an den Tresen gelehnt, auf der Straße und entspannen sich, während sie den Wein heiß zu sich nehmen. Ist man bereit, noch einen Käsch dazuzulegen, kann man einen Teller gesalzene Bambussprossen oder Anisbohnen erwerben und zusammen mit dem Wein verzehren. Gibt man gar neunzehn Käsch aus, läßt sich auch ein Fleischgericht kaufen. Aber Gäste, die hier verkehren, gehören meist zu denen, die kurze Gewänder tragen. In der Regel verfügen sie nicht über so viel Geld. Nur diejenigen, die in lange Gewänder gekleidet sind, pflegen in die von der Ladenfront durch eine Wand abgetrennten Räumlichkeiten der Schenke zu schlendern und dort nach der Bestellung von Speis und Trank gemütlich zu sitzen und zu trinken.

Von meinem zwölften Lebensjahr an war ich Schankbursche in der Weinschenke »Zum vollkommenen Genuß«, die an der Ortseinfahrt lag. Der Wirt meinte, mein Äußeres mache einen zu schäbigen Eindruck, ich sei wohl nicht in der Lage, die Gäste in den langen

Gewändern zu bedienen. Daher bediente ich am Tresen. Obwohl die Gäste dort in den kurzen Gewändern leicht zufriedenzustellen waren, kam es doch nicht selten vor, daß sie etwas auszusetzen hatten. Oft wünschten sie mit eigenen Augen zu verfolgen, wie der gelbe Wein aus dem Tonkrug geschöpft wurde, und wenn sie sich davon überzeugt hatten, daß kein Wasser beigemengt worden war, beobachteten sie noch emsig, wie der Topf ins warme Bad gestellt wurde. Erst dann waren sie beruhigt: Unter solch strenger Aufsicht war es schwierig, Wasser in den Wein zu schütten. So kam es, daß der Wirt nach einigen Tagen sagte, ich tauge nicht für diese Tätigkeit. Glücklicherweise genoß mein Patron großes Ansehen. Eine Entlassung kam daher nicht in Frage. Die Aufgabe, die man mir nun zuwies, bestand einzig und allein im Wärmen des Weines. Das war eine äußerst langweilige Beschäftigung.

Ich stand von da an den ganzen Tag am Tresen und versah nur den mir zugewiesenen Dienst. Wenn ich mir auch keinerlei Pflichtversäumnis zuschulden kommen ließ, so hatte ich dennoch stets das Gefühl von Monotonie und Langeweile. Der Wirt zeigte ein finsteres Gesicht, und auch die Gäste machten keinen freundlichen Eindruck, so daß einen nichts froh stimmen konnte. Herzlich lachen konnte man erst, wenn Kong Yiji in der Schenke auftauchte. Daher habe ich ihn bis heute in Erinnerung behalten.

Kong Yiji war der einzige, der im Stehen Wein trank und ein langes Gewand trug. Er war groß, hatte ein blasses Gesicht, dessen Falten oft Narben aufwiesen, und sein weißer Bart war ein wirres Durcheinander. Er trug zwar ein langes Gewand, aber es war schmutzig und zerschlissen, als wäre es mehr als zehn Jahre nicht geflickt und gewaschen worden. Beim Gespräch führte er ständig Brocken der klassischen Schriftsprache im Munde, so daß man nur die Hälfte verstand. Da er mit Familiennamen Kong hieß, gaben ihm andere den Spitznamen Kong Yiji. Sie hatten der Schreibfibel für Kinder die unmittelbar auf das Zeichen Kong folgenden und in diesem Zusammenhang bedeutungslosen Zeichen yi und ji entnommen und zu einem Vornamen zusammengefügt. Sobald Kong Yiji in der Schenke angekommen war, richteten alle, die Wein tranken, ihren Blick auf ihn und lachten. Einige riefen: »Kong Yiji, du hast ja schon wieder neue Narben im Gesicht!«

Ohne zu antworten, sagte er in Richtung Tresen: »Wärm zwei Schalen Wein, dann möchte ich noch einen Teller Anisbohnen.« Daraufhin zählte er neun Käsch hin.

Und sie schrien mit absichtlich lauter Stimme: »Du hast sicherlich schon wieder anderen Leuten etwas weggenommen!«

Kong Yiji riß die Augen weit auf: »Wie kann man nur jemanden so grundlos verleumden, der sich nichts hat zuschulden kommen lassen.«

»Nichts zuschulden? Ich habe doch vorgestern mit eigenen Augen gesehen, wie man dich aufgehängt und verprügelt hat, weil du im Hause der He Bücher gestohlen hast.«

Kong Yijis Gesicht lief rot an, auf der Stirn traten die blauen Adern einzeln hervor. »Bücher mitgehen lassen kann man nicht als Diebstahl bezeichnen … Bücher mitgehen lassen! … Wie kann man bloß die Welt eines Gelehrten mit Diebstahl in Zusammenhang bringen!« verteidigte sich Kong Yiji. Die nachfolgenden Sätze waren schwer verständlich. Er redete was von »Der Edle bleibt fest in der Not« und gebrauchte eine Unzahl von grammatischen Formeln aus der klassischen Schriftsprache, so daß seine Umgebung in ein schallendes Gelächter ausbrach. Eine ausgelassene Stimmung machte sich in der Schenke und auf der Straße breit.

Hinter dem Rücken hatte mir jemand zugesteckt, daß Kong Yiji früher zwar studiert, aber nicht einmal das unterste Examen bestanden habe; auch sei er gar nicht in der Lage, für seinen Lebensunterhalt zu sorgen. Er verarmte immer mehr, so daß er kurz davor war, an den Bettelstab zu geraten. Glücklicherweise verstand er sich auf Schönschrift. So bot er anderen seine Schreibkünste an und erhielt dafür etwas zu essen. Leider hatte er jedoch noch eine schlechte Angewohnheit, er trank gern und war faul. Kaum hatte er ein paar Tage gearbeitet, verschwand er mitsamt Büchern und Schreibutensilien. So ging das mehrere Male. Niemand wollte ihn mehr zum Abschreiben von Büchern haben. Kong Yiji blieb nichts anderes übrig, als hin und wieder zu stehlen. Aber wenn er in unserer Weinschenke war, dann benahm er sich besser als andere. Es kam nämlich nie vor, daß er alte Schulden lange stehenließ. Mitunter hatte er kein Bargeld, und zeitweise stand sein Name auf der Tafel neben anderen Schuldnern. Aber kaum einen Monat später hatte er seine Schulden mit Sicherheit beglichen, und sein Name verschwand von der Tafel.

Hatte Kong Yiji eine halbe Schale Wein getrunken und sein rot angelaufenes Gesicht allmählich wieder die ursprüngliche Farbe angenommen, wurde er von den Umstehenden gefragt: »Kong Yiji, kannst du wirklich lesen und schreiben?« Kong Yiji heftete seinen Blick auf den Frager und machte durch seine Miene deutlich, daß er ihn keiner Antwort für würdig erachtete. »Wieso hast du es denn noch nicht einmal zu einem halben Magister gebracht?« fuhren sie fort. Kong Yiji verfiel sofort in Mutlosigkeit, sein Gesicht wurde aschgrau. Er murmelte ein paar Worte, die nur aus grammatischen Formeln der klassischen Schriftsprache zu bestehen schienen und wenig verständlich waren. Auch diesmal brach die Menge in schallendes Gelächter aus: Eine ausgelassene Stimmung machte sich in der Schenke und auf der Straße breit.

In solchen Fällen konnte ich mitlachen, ohne daß mich der Wirt tadelte; vielmehr stellte dieser, kaum hatte er Kong Yiji gesehen, dieselben Fragen, um die Leute zum Lachen zu bringen. Kong Yiji wußte, daß er mit ihnen nicht reden konnte. So blieben ihm nur die Kinder zur Unterhaltung. Einmal fragte er mich: »Hast du Schulbildung?« Ich nickte zaghaft. »Du hast also Schulbildung«, fuhr er fort, »... dann will ich dich mal prüfen. Wie wird denn das Zeichen ›Anis‹ in dem Wort Anisbohnen geschrieben?«

Ich dachte: Das wäre ja noch schöner, mich von einem Bettler prüfen zu lassen! Ich drehte den Kopf zur Seite und beachtete ihn nicht weiter.

Kong Yiji wartete eine geraume Zeit und sagte dann mit ernster Miene: »Kannst wohl doch nicht schreiben? ... Ich bringe es dir bei, präg's dir ein! Diese Zeichen mußt du dir merken. Wenn du später mal Wirt bist, brauchst du sie, um Rechnungen auszustellen.«

Ich dachte bei mir, noch sind die Standesunterschiede zwischen dem Wirt und mir viel zu groß, außerdem hat unser Wirt noch nie Anisbohnen auf eine Rechnung gesetzt. Ich hatte Lust, darüber zu lachen, und wurde ungeduldig. Apathisch gab ich ihm zur Antwort: »Wer gibt schon etwas auf deine Belehrungen? Schreibt man Anis nicht mit dem Radikal ›Gras‹ und darunter mit dem Zeichen für ›zurückkommen‹?«

Kong Yiji strahlte vor Freude. Während er mit zwei langen Fingernägeln auf den Tresen trommelte und befällig nickte, sagte er: »Richtig, richtig! ... Für das Zeichen ›zurückkommen‹ gibt es vier verschiedene Schreibweisen, kennst du sie?« Nun hatte es aber mit meiner Geduld ein Ende, und ich ging schmollend weg. Kong Yiji hatte soeben einen Fingernagel in Wein getaucht und wollte auf den Tresen Zeichen schreiben. Als er aber sah, daß mich das Ganze völlig kalt ließ, stieß er wieder einen Seufzer aus und brachte sein tiefes Bedauern zum Ausdruck.

Einige Male gesellten sich auch die Nachbarskinder hinzu, wenn sie das Lachen gehört hatten. Sie umringten Kong Yiji, der jedem von ihnen eine Anisbohne zu essen gab. Hatten die Kinder die Bohnen gegessen, blieben sie immer noch stehen und starrten auf den Teller. Voller Panik spreizte Kong Yiji fünf Finger darüber. Zu den Kindern gebückt, meinte er: »Es sind nicht mehr viele, ich habe nicht mehr viele übrig.« Er richtete sich auf, warf einen Blick auf die Bohnen und schüttelte den Kopf: »So wenig, so wenig! Oder sind das etwa viele? Nein, das sieht doch jeder, nicht mehr viele.« Daraufhin lief die Kinderschar unter Gelächter auseinander. Kong Yiji war jemand, der andere in ausgelassene Stimmung versetzen konnte, aber ohne ihn gingen die Tage auch vorüber.

Eines Tages, es war wahrscheinlich zwei, drei Tage vor dem Mittherbstfest, war der Wirt gerade dabei, gemächlich die Endabrechnung zu schreiben. Er nahm die Tafel herunter und sagte plötzlich: »Kong Yiji ist nun schon lange nicht mehr gekommen. Er schuldet mir noch immer neunzehn Käsch.«

Erst jetzt wurde mir bewußt, daß er tatsächlich schon lange nicht mehr dagewesen war.

Ein Gast meinte, in den Wein vertieft: »Wie soll er

denn auch? … Dem sind doch beide Beine zerschlagen worden.«

Dem Wirt entfuhr ein »Oh!«.

»Er konnte das Stehlen nicht lassen. Diesmal muß er nicht ganz bei Verstand gewesen sein. Er hat sogar im Hause des Doktoranwärters Dinge zu stehlen gewagt. Da kann man doch nicht stehlen!«

»Und wie ist es ihm dann ergangen?«

»Wie es ihm ergangen ist? Zuerst hat er ein Schuldbekenntnis geschrieben, dann wurde er geschlagen, fast die ganze Nacht, bis seine Beine gebrochen waren.«

»Und dann?«

»Dann waren seine Beine eben gebrochen.«

»Was heißt ›gebrochen‹?«

»Na … Wer weiß das? Vielleicht ist er tot.«

Der Wirt fragte nicht weiter, er fuhr fort, gemächlich seine Rechnung aufzusetzen.

Nach dem Mittherbstfest blies der Herbstwind von Tag zu Tag kälter, es ging sichtlich auf den Winter zu. Den ganzen Tag kauerte ich am Feuer, mußte aber auch noch eine gefütterte Jacke anziehen. Eines Nachmittags, als keine Gäste anwesend waren und ich gerade mit geschlossenen Augen dasaß, vernahm ich plötzlich eine Stimme: »Mach eine Schale Wein heiß.«

Obwohl die Stimme leise war, kam sie mir doch vertraut vor. Aber als ich aufsah, war niemand da. Ich erhob mich und warf einen Blick nach draußen. Am unteren Teil des Tresens, der Türschwelle gegenüber, hockte Kong Yiji. Sein Gesicht war schwarz und eingefallen, es hatte bereits alle menschlichen Züge verloren. Die gefütterte Jacke, die er trug, war zerschlissen. Mit untergeschlagenen Beinen saß er auf einem Reisigbeutel, der mit einem Strohseil an seinen Schultern befestigt war.

Als er mich sah, sagte er noch einmal: »Mach eine Schale Wein heiß.«

Nun streckte auch der Wirt seinen Kopf heraus: »Kong Yiji? Du schuldest mir immer noch neunzehn Käsch!«

Kong Yiji schaute betrübt auf: »Das ... laßt es mich das nächste Mal begleichen. Diesmal habe ich Bargeld, da muß der Wein gut sein.«

Wie immer wandte sich der Wirt lachend an Kong Yiji: »Kong Yiji, du hast ja schon wieder gestohlen!«

Aber diesmal versuchte sich Kong Yiji nicht zu rechtfertigen, er sagte nur einen Satz: »Mach dich nicht lustig über mich!«

»Ich und mich lustig machen? Wenn du nicht gestohlen hättest, warum wären dir dann die Beine zerschlagen worden?«

Mit leiser Stimme antwortete Kong Yiji: »Ich habe sie mir beim Fallen gebrochen, beim Fallen, beim Fallen ...« Seine Blicke schienen den Wirt anzuflehen, von diesem Thema abzulassen. Inzwischen hatte sich eine Reihe von Gästen eingefunden, die ohne Unterschied in das laute Gelächter des Wirts einstimmten. Ich wärmte den Wein und stellte ihn, nachdem ich ihn hinausgetragen hatte, auf die Türschwelle.

Kong Yiji fingerte in einer zerschlissenen Jackentasche nach vier Käsch. Als er sie mir in die Hand gab, merkte ich, daß seine Hände über und über mit Dreck beschmutzt waren. Er benutzte sie also, um sich vorwärtszubewegen. Im Nu hatte er seinen Wein ausgetrunken, und während die Umstehenden erneut in Lachen ausbrachen, machte er sich im Sitzen mit Hilfe seiner Hände langsam davon.

Seitdem ist eine lange Zeit verstrichen, ohne daß ich Kong Yiji gesehen hätte. Als es aufs Jahresende zuging, nahm der Wirt die Tafel herunter und sagte: »Kong Yiji schuldet mir immer noch neunzehn Käsch!« Und als im nächsten Jahr das Drachenbootfest bevorstand, sagte er wieder: »Kong Yiji schuldet mir noch immer neunzehn Käsch!« Kurz vor dem Mittherbstfest sagte er jedoch nichts mehr, und auch als es erneut auf das Jahresende zuging, bekamen wir Kong Yiji nicht zu Gesicht.

Bis heute habe ich ihn nicht wiedergesehen. Wahrscheinlich ist Kong Yiji längst gestorben.

März 1919

Das Heilmittel

I

Es war gegen Ende einer Herbstnacht, der Mond war bereits untergegangen und die Sonne noch nicht erschienen, so daß der Himmel eine dunkelblaue Fläche bildete. Außer den Nachtschwärmern lag alles in tiefem Schlaf. Hua Laoshuan setzte sich plötzlich auf, steckte ein Streichholz an und entzündete die ölverschmierte Lampe. Grünliches Licht erfüllte sogleich die beiden Räume des Teehauses.

»Wo gehst du denn hin, Väterchen von Xiaoshuan?« Es war die Stimme einer alten Frau. Aus dem kleinen Hinterzimmer war ein Hustenanfall zu hören.

»Hm …« Er horchte hin und knöpfte gleichzeitig sein Überkleid zu, streckte die Hand aus und sagte: »Gib her.«

Hua Dama wühlte ein ganzes Weilchen unter dem Kopfkissen, holte ein Säckchen mit Silbergeld hervor und übergab es Laoshuan, der es zitternd in die Jackentasche steckte und von außen noch zweimal umfaßte. Dann steckte er die Papierlampe an, blies das Öllicht aus und ging zum Hinterzimmer. Von dort klang ganz leises Rascheln herüber, und gleich darauf folgte ein heftiger Hustenanfall. Laoshuan ging ganz sachte hin und sagte noch leiser: »Xiaoshuan … du brauchst nicht aufzustehen … Um den Laden wird sich deine Mama kümmern.«

Laoshuan vernahm nichts mehr von seinem Sohn und dachte, dieser schlafe sicherlich selig. Er trat aus dem

Haus. Draußen war vor Finsternis nur das grauweiße Band der Straße zu erkennen. Das Licht der Laterne fiel auf seine Füße, als er gleichmäßig einen Schritt vor den anderen setzte. Ab und zu begegnete er einem Hund, doch keiner bellte. Es war weit kälter als drinnen. Laoshuan fühlte sich wieder frisch, wie wenn er mit einem Male verjüngt worden wäre und die magische Fähigkeit erlangt hätte, Menschen das Leben zurückzugeben, und er schritt besonders kräftig aus. Allmählich wurde auch die Straße heller, und der Himmel lichtete sich.

Laoshuan war so in seinen Schritt vertieft, daß er plötzlich mit Schrecken unmittelbar vor sich die Kreuzung erkannte. Er trat unwillkürlich einige Schritte zurück und stellte sich seitwärts unter das vorspringende Dach vor die geschlossene Tür eines Ladens. Nach einem Weilchen begann er zu frösteln.

»Na, Alter.«

»So eine Freude …«

Laoshuan schrak zusammen, er riß die Augen auf und sah ein paar Leute vorbeigehen. Einer schaute sich nach ihm um. Der Gesichtsausdruck war schlecht einzuordnen, aber er hatte etwas von einem Hungerleider an sich, der etwas Eßbares entdeckt hat. In seinen Augen blitzte es gierig. Laoshuan blickte auf seine Lampe, die bereits erloschen war. Er tastete seine Tasche ab; sie war immer noch hart. Er warf einen Blick in die Runde, konnte aber nur einen Haufen seltsamer Menschen entdecken, die sich wie Gespenster in kleinen Gruppen zusammenfanden. Er schaute sie unverwandt an, bemerkte aber nichts weiter Auffallendes.

Kurz darauf sah er einige Soldaten vorbeimarschieren. Schon von weitem war hinten und vorne an ihrer Kleidung der große weiße Kreis der kaiserlichen Truppen zu erkennen. Aus der Nähe waren auch die dunkelroten Tressen der Uniformen auszumachen. – Nicht viel später drängten sich die Soldaten stampfenden Schrittes dicht zusammen. Ebenso wurde aus den vielen kleinen Gruppen plötzlich eine größere Ansammlung. Wie eine Sturmflut rückte alles schnell voran, bis es an der Kreuzung unvermittelt zu einem Halt kam und sich alles zu einem Halbkreis zu formieren begann.

Laoshuan schaute ebenfalls hinüber, konnte aber nichts als eine Unzahl von Rücken sehen, über denen sich Hälse wie bei einer Entenschar reckten, als würden sie von einer unsichtbaren Hand hochgezogen. Ein Weilchen lang blieb alles still. Dann war ein Geräusch zu hören, und ein Ruck ging durch die Menge, mit einem dumpfen Laut wich alles zurück und eilte auseinander, genau auf Laoshuan zu, der fast umgeworfen und zerquetscht zu werden drohte.

»He, Geld gegen Ware!« schrie ein Mann ganz in Schwarz und pflanzte sich vor Laoshuan auf. Seine Augen funkelten wie zwei scharfe Dolche, die Laoshuan um die Hälfte kleiner werden ließen. Der Mann streckte ihm eine seiner Pranken geöffnet entgegen, in der anderen hielt er ein blutbeschmiertes Dampfbrot, von dem noch die rote Tunke herabtropfte.

Laoshuan nestelte nervös das Silber hervor und wollte es dem Mann übergeben, wagte aber nicht, dafür das Dampfbrötchen entgegenzunehmen. Der andere wurde nun ungeduldig und brüllte: »Was fürchtest du? Nimm doch!« Laoshuan zögerte immer noch. Der schwarze Mann entwand ihm die Laterne, riß das Abdeckpapier herunter und wickelte darin das Dampfbrötchen ein. Dann drückte er das Ganze Laoshuan in die Hand, griff sich das Silbergeld und betastete es flüchtig. Mit einem Murmeln auf den Lippen wandte er sich zum Gehen: »So ein alter Trottel …«

»Für welchen Kranken ist denn das gedacht?«

Laoshuan war so, als stellte ihm jemand eine Frage, er gab jedoch keine Antwort. Das Allerwichtigste war jetzt das Päckchen. Er drückte es an sich, als ob es der einzige Nachkomme von zehn Generationen wäre; alles andere lag bereits außerhalb seiner Wahrnehmung. Das neue Leben in dem Paket sollte nun in sein Haus verpflanzt werden, dort würde es unermeßliches Glück bringen. Inzwischen war die Sonne hervorgekommen. Vor seinen Augen kam deutlich die lange Straße zum Vorschein, die geradewegs zu seinem Haus führte. Hinter ihm schimmerten ausgeblichen auf einem Straßenschild die vier goldenen Schriftzeichen »Kreuzung am Alten X-Pavillon«.

II

Als Laoshuan nach Hause kam, war das Teehaus bereits aufgeräumt. Die in Reihen aufgestellten Teetische glänzten spiegelblank, aber es waren noch keine Gäste da. Nur Xiaoshuan saß an einem der Tische in der Mitte und aß. Große Schweißperlen rannen ihm von der Stirn, und auch die gefütterte Jacke klebte an seinem Rücken. Die beiden Schulterblätter hoben sich so scharf ab, daß sie ein erhaben ausgemeißeltes Zeichen für »acht« zu bilden schienen. Bei diesem Anblick traten Laoshuan unwillkürlich Sorgenfalten auf die Stirn. Seine Frau kam eilig vom Herd gestürzt, die Augen angstvoll geweitet, ihre Lippen bebten ein wenig: »Hast du's gekriegt?«

»Ja.«

Die beiden traten zusammen zum Herd, um kurz miteinander zu beratschlagen. Dann ging Hua Dama hinaus, kehrte aber kurz darauf mit einem getrockneten

Lotusblatt zurück, das sie sorgfältig auf den Tisch breitete. Laoshuan faltete das Papier vom Lampenschirm auseinander und umwickelte das rote Dampfbrot mit dem Lotusblatt. Inzwischen hatte Xiaoshuan seine Mahlzeit beendet. Unruhig sagte seine Mutter: »Xiaoshuan, bleib sitzen, komm nicht hierher.«

Laoshuan warf, kaum daß das Herdfeuer wieder aufflackerte, das grüne Päckchen zusammen mit der kaputten rotweißen Laterne in die Glut. Als eine schwarzrote Flamme herauszüngelte, war das Teehaus von einem seltsamen Duft erfüllt. »Riecht gut! Was eßt ihr denn da für eine Köstlichkeit?« Es war der junge Herr Kamelhöcker Fünf, der gerade eintrat. Er gehörte zu jenen, die ihre Tage immer im Teehaus verbringen; er kam als erster und ging als letzter. Diesmal stolperte er zum Tisch an der Straßenseite. Er setzte sich hin und begann Fragen zu stellen, aber niemand gab ihm Antwort. »Habt ihr vielleicht gebratenen Reisbrei?« Immer noch keine Antwort. Laoshuan kam hastig herbei, um ihm Tee aufzugießen.

»Komm her, Xiaoshuan!«

Hua Dama rief Xiaoshuan in den hinteren Raum. Dort hatte sie in die Mitte einen Hocker hingestellt, auf den sich Xiaoshuan setzte. Seine Mutter hielt ihm etwas Rundes und Rabenschwarzes entgegen und sagte leise: »Iß das hier, dann wirst du gesund.«

Xiaoshuan griff nach dem schwarzen Ding und betrachtete es, als hielte er sein eigenes Schicksal in Händen. Er fühlte sich unsäglich befremdet. Nachdem er es überaus vorsichtig aufgebrochen hatte, entwich unter der angebrannten Kruste ein Wölkchen weißen Dampfes. Als er sich verzogen hatte, stellte sich heraus, daß es sich um die beiden Hälften eines gedämpften Brötchens aus Weizenmehl handelte. – Es kostete nicht viel

Mühe, bis das Dampfbrot in seinem Magen verschwunden war, und er vergaß sogleich, wie es geschmeckt hatte. Vor ihm war nur noch ein leerer Teller. Neben ihm stand auf der einen Seite sein Vater, auf der anderen seine Mutter. Sie schauten beide so, als ob sie etwas in seinen Körper hineinschütten, aber zugleich auch etwas herauszerren wollten. Unwillkürlich begann sein Herz schneller zu schlagen. Er griff sich an die Brust und bekam einen weiteren Hustenanfall.

»Schlaf ein bißchen – es wird wieder gut.«

Xiaoshuan tat, wie ihn seine Mutter geheißen hatte, und schlief unter Hustenanfällen ein. Hua Dama wartete ab, bis sich sein schwerer Atem beruhigt hatte, dann deckte sie ihn sanft mit einer vielfach geflickten Steppdecke zu.

III

Im Teehaus saßen nun viele Leute, so daß Laoshuan viel zu tun hatte. Er trug den Kupferkessel umher und goß bald diesem, bald jenem Gast den Tee auf. Unter seinen Augen lagen dunkle Ringe.

»Laoshuan, ist etwas nicht in Ordnung? – Bist du krank?« erkundigte sich ein Mann mit graumeliertem Bart.

»Nein.«

»Wirklich? – Wenn ich dein Lächeln sehe, dann glaube ich dir allerdings«, widersprach sich der Mann mit dem grauen Bart sogleich.

»Laoshuan ist bloß immer sehr beschäftigt. Wenn sein Sohn …« Der junge Herr Kamelhöcker Fünf hatte noch nicht ausgeredet, als plötzlich jemand mit abscheulicher Fratze hereinstürmte. Er hatte ein schwarzes Gewand umgeworfen und trug, weil die Knöpfe fehlten, einen sehr breiten, nachlässig geschnürten schwarzen Gürtel. Kaum eingetreten, rief er Laoshuan zu: »Hat er es gegessen? Ist es jetzt besser? Laoshuan, du bist ein Glückspilz. Wenn ich nicht gleich zu hören bekomme, daß die Medizin gewirkt hat ...«

In der einen Hand den Teekessel, die andere ergeben am Leib, hörte Laoshuan lächelnd zu. Auch die zahlreichen Gäste lauschten andächtig. Hua Dama, deren Augen ebenfalls schwarz umrandet waren, brachte lächelnd eine Schale mit Teeblättern herbei, fügte eine Olive hinzu, und Laoshuan beeilte sich, heißes Wasser darüber zu gießen.

»Es wirkt garantiert! Es wirkt garantiert wie kein anderes Mittel! Stell dir vor: heiß empfangen, heiß gegessen.« Der vierschrötige Kerl war ein einziges Geschrei.

»Wirklich. Nicht auszudenken, wenn wir Kang Dashu nicht gehabt hätten ...« Auch Hua Dama wandte sich ihm dankbar zu.

»Garantiert, garantiert! Gleich einnehmen, wenn es noch heiß ist. Solche Dampfbrötchen mit Menschenblut sind gut gegen jede Art von Schwindsucht, garantiert ...!«

Als Hua Dama das Wort »Schwindsucht« hörte, wich ihr die Farbe aus dem Gesicht, sie wirkte besorgt. Aber sogleich setzte sie wieder ihr Lächeln auf und verschwand dann unauffällig.

Kang Dashu hatte es gar nicht bemerkt, er brüllte weiter aus voller Kehle, so laut, daß darüber sogar Xiaoshuan zu husten begann, der im Hinterzimmer geschlafen hatte.

»Euer Xiaoshuan hat doch wirklich großes Glück. Er wird gewiß wieder ganz gesund; kein Wunder, daß Laoshuan den lieben langen Tag lächelt«, sagte der

Graubärtige und ging gleichzeitig auf Kang Dashu zu, den er leise und verstohlen fragte: »Kang Dashu – ich habe gehört, daß der Gefangene, der heute daran glauben mußte, aus der Familie Xia stammt. Wessen Sohn ist er denn? Was hat er eigentlich verbrochen?«

»Wessen Sohn? Du meinst den von der Vierten Oma Xia? Dieser Schuft!« Als Kang Dashu merkte, daß ihm alle mit gespitzten Ohren lauschten, zeigte er sich hoch erfreut, plusterte sich so sehr auf, daß er noch grobschlächtiger aussah, und erhob seine Stimme noch lauter: »Dieser Nichtsnutz wollte nicht leben. Er wollte einfach nicht, und damit hat sich's. Und diesmal habe ich rein gar nichts davon gehabt. Als ihm die Kleider ausgezogen wurden, hat sich der rotäugige Gefängniswärter, dieser A Yi, alles unter den Nagel gerissen. – Profitiert haben sonst nur unser Onkel Shuan und Opa Xia Drei, der als Belohnung fünfundzwanzig schneeweiße Silberstücke eingesteckt hat, ganz für sich allein, und er hat keinem auch nur einen Groschen davon abgegeben.«

Xiaoshuan kam bedächtig aus dem kleinen Zimmer, er hielt sich mit beiden Händen den Bauch und hustete ununterbrochen. Am Herd holte er sich eine Schale kalten Reis, über den er heißes Wasser goß, anschließend setzte er sich hin und begann sogleich zu essen. Hua Dama ging zu ihm und fragte leise: »Xiaoshuan, ist es jetzt ein bißchen besser? – Hast du immer noch ständig Hunger wie bisher? ...«

»Heilung, Heilung garantiert!« Kang Dashu warf Xiaoshuan einen Blick zu, wandte sich aber gleich wieder ab und sagte zu den Leuten: »Dieser Opa Drei Xia ist ein gerissener Bursche. Hätte er nicht als erster Anzeige erstattet, seine ganze Familie wäre ausgelöscht worden. Und jetzt? Silber! – Dieser Nichtsnutz war auch so eine halbe Portion! Sogar hinter Gittern wollte er noch den Oberaufseher zur Meuterei überreden.«

»Nun ja, die kann noch kommen«, machte aus der hinteren Tischreihe ein gut Zwanzigjähriger seiner Empörung deutlich Luft.

»Ihr müßt wissen, daß der rotäugige A Yi die Leute gründlich aushorcht. Nur deshalb ist er mit dem Kerl ins Gespräch gekommen. Dieser Nichtsnutz sagte doch zu ihm: ›Das Große Reich der Qing gehört uns allen.‹ Stellt euch vor: Darf man so sprechen? Der Rotäugige wußte zwar, daß der Kerl zu Hause nur noch eine alte Mutter hatte, aber er wäre nie darauf gekommen, daß da überhaupt nichts zu holen war. Er hatte schon eine gehörige Wut im Bauch, aber der Kerl versuchte immer noch, sich mit ihm anzulegen. Da verpaßte er ihm zwei Ohrfeigen!«

»Bruder Yi hat eine gute Hand. Die zwei Hiebe haben bestimmt gereicht«, ließ sich Kamelhöcker Fünf plötzlich angeheitert aus der Ecke vernehmen.

»Aber der Lump hatte keine Angst vor Schlägen, er wagte sogar noch, ›Erbarmen, Erbarmen!‹ zu rufen.«

Darauf der Graubärtige: »Was soll daran erbarmungswürdig sein, einen solchen Nichtsnutz zu verprügeln?«

Kang Dashu setzte eine verächtliche Miene auf und erwiderte mit hämischem Grinsen: »Du hast mir nicht richtig zugehört. Nach seinem Gesichtsausdruck zu urteilen, war A Yi zu bedauern!«

Die Blicke der Zuhörer erstarrten plötzlich, es wurde ganz still. Xiaoshuan hatte seinen Reis aufgegessen. Er troff vor Schweiß, selbst sein Kopf schien zu dampfen.

»A Yi sei zu bedauern? – Das ist Wahnsinn, er ist einfach wahnsinnig geworden«, sagte der Graubärtige, wie wenn ihm schlagartig der Zusammenhang klargeworden wäre.

»Er ist wahnsinnig geworden.« Auch der Zwanzigjährige begriff plötzlich.

Die Gäste im Teehaus hatten die Sprache wiedergefunden, sie plauderten und scherzten weiter. Xiaoshuan nutzte die Gelegenheit und hüstelte drauflos. Kang Dashu ging zu ihm, um ihm auf die Schulter zu klopfen: »Heilung garantiert! Xiaoshuan – du brauchst nicht so zu husten. Heilung garantiert!«

»Er ist wahnsinnig geworden«, sagte der junge Herr Kamelhöcker Fünf mit gesenktem Kopf.

IV

Der Boden, der außerhalb des Westtors an die Stadtmauer grenzte, war ursprünglich Allmendgrund gewesen. Ein Weg zog sich hindurch, der von zielstrebigen Füßen ausgetreten worden war, jedoch eine natürliche Trennlinie ergeben hatte. Zur Linken lagen die Hingerichteten und im Gefängnis Verendeten begraben, zur Rechten die Armen. Auf beiden Seiten türmten sich die Gräber übereinander wie Dampfbrötchen anläßlich einer Geburtstagsfeier in begütertem Haus.

In jenem Jahr war es am Qingming-Fest kälter als sonst. Die Weidenknospen hatten sich erst halb so groß wie Reiskörner hervorgetrieben. Es war noch früh in der Morgendämmerung, als Hua Dama auf der rechten Seite des Wegs bereits vor einem frisch aufgeschütteten Grab vier kleine Teller mit Gemüse und eine Schale Reis unter Tränen aufgereiht hatte. Sie hatte Totengeld verbrannt und saß ganz benommen auf der Erde, als wartete sie auf etwas, doch worauf, war auch ihr verborgen. Ein Lüftchen kam auf und fuhr durch ihr kurzes Haar, das im Laufe des vergangenen Jahres viel weißer geworden war.

Auf dem kleinen Weg kam eine Frau entlang, auch sie halb ergraut und in einem verschlissenen Rock. Sie trug einen alten abgenutzten, rot lackierten runden Korb. Außen hing, an einer Schnur aufgereiht, Papiergeld herab. Sie hielt nach jedem dritten Schritt inne. Plötzlich merkte sie, daß Hua Dama sie vom Boden aus anschaute. Für einen Moment war sie unschlüssig, Schamesröte stieg ihr ins blasse Gesicht. Aber schließlich faßte sie sich, ging entschieden auf ein Grab an der linken Seite zu, wo sie ihren Korb abstellte.

Das Grab lag genau in einer Linie mit dem von Xiaoshuan, nur durch einen schmalen Pfad getrennt. Hua Dama schaute ihr zu, wie sie vier kleine Teller mit Gemüse und eine Schale Reis aufreihte und unter Tränen das Papiergeld verbrannte. »Auch da hat eine Mutter ihren Sohn begraben«, ging es ihr durch den Kopf. Die alte Frau schaute unschlüssig umher. Plötzlich lief ein Zittern durch ihren Körper, sie taumelte einige Schritte zurück, in ihren aufgerissenen Augen lag nichts als die nackte Angst.

Bei diesem Anblick begann Hua Dama, sich um die Frau Sorgen zu machen. Sie folgte einem inneren Drang und erhob sich, um zu ihr hinüberzugehen.

»Gute Frau, seid nicht mehr traurig – gehen wir besser heim!« sagte sie leise.

Die Frau nickte abwesend. Ihre weit aufgerissenen Augen waren immer noch starr nach oben gerichtet. Mit gepreßter Stimme sagte sie ebenfalls leise: »Schau – siehst du, was das ist?«

Hua Dama folgte ihrem Blick. Das Grab war noch nicht ganz zugewachsen. Da und dort schaute zwischen den Grasbüscheln besonders unansehnlich ein Fleckchen gelben Lehmbodens hervor. Als sie aufmerksam weiter nach oben schaute, erschrak auch sie unwillkürlich – eine Reihe hellroter Blumen umgab, deutlich erkennbar, die abgerundete Spitze des Grabhügels.

Die Augen der beiden Frauen, im Laufe der Jahre trübe geworden, vermochten die hellroten Blumen noch klar auszumachen. Es waren nicht sehr viele, aber sie bildeten einen runden Kreis; sie wirkten etwas matt, waren jedoch gleichmäßig angeordnet. Hua Dama schaute rasch auf das Grab ihres Sohnes und auch auf die anderen Gräber, konnte aber nur ein paar weiße Blümchen entdecken, die dort, der Kälte trotzend, verstreut blühten. Innerlich empfand sie auf einmal ein Gefühl der Unzulänglichkeit und Leere, dem sie nicht auf den Grund gehen wollte. Die alte Frau trat noch einmal näher, um genauer hinzusehen. Wie zu sich selbst meinte sie: »Sie haben keine Wurzeln, sie sind also nicht hier gewachsen. Wer mag wohl hier gewesen sein? Kinder kommen zum Spielen kaum her. Die Verwandtschaft hat sich nie sehen lassen. Wie ist das nur möglich?« grübelte sie. Plötzlich kamen ihr wieder die Tränen, und laut begann sie zu klagen: »Yu, man hat dir unrecht getan. Du kannst einfach nicht vergessen, so groß ist dein Schmerz. Und heute bist du mir eigens als Geist erschienen. Was willst du mir mitteilen?« Sie schaute sich nach allen Seiten um, konnte aber nur einen Raben auf einem kahlen Baum sehen. Sogleich fuhr sie fort: »Jetzt weiß ich es. Yu, ein Jammer, daß sie dich unter die Erde gebracht haben. Einmal werden sie dafür büßen müssen, der Himmel hat alles gesehen. Schließ nur deine Augen! Wenn du wirklich hier bist, dann höre meine Worte: Laß diesen Raben auf den Gipfel deines Grabhügels fliegen, mir zum Zeichen.«

Bald legte sich der sanfte Wind, das welke Gras stand wie Kupferdraht aufrecht. Die Halme begannen surrend zu zittern, in der Luft bebte etwas, schließlich wurde es schwächer, bis ringsum überall Totenstille herrschte. Die beiden Frauen standen im verdorrten Gras und schauten zu dem Raben hoch, der wie angegossen und mit eingezogenem Kopf auf dem sich steil aufschwingenden Ast ebenfalls aufrecht zu stehen schien.

Inzwischen war einige Zeit verstrichen, allmählich kamen immer mehr Leute auf den Friedhof, alt und jung, tauchten zwischen den Grabhügeln auf und verschwanden wieder.

Hua Dama wußte nicht, wie, aber ein schweres Joch schien von ihren Schultern genommen. Es fiel ihr ein, daß sie hatte gehen wollen, und sie drängte deshalb: »Gehen wir besser heim.«

Die alte Frau tat einen tiefen Seufzer, niedergeschlagen las sie die Opfergaben auf. Sie hielt noch einen Moment inne, ehe sie sich schließlich langsam auf den Weg machte. »Wie ist das nur möglich? …« meinte sie zu sich selbst.

Sie waren kaum zwanzig oder dreißig Schritte gegangen, als sie unvermittelt hinter sich den lauten Ruf des Raben vernahmen. Erschrocken wandten sie sich um: Mit ausgebreiteten Schwingen schoß der Rabe wie ein Pfeil in die Ferne des Himmels.

April 1919

Der morgige Tag

»Kein Laut zu hören. Wie es dem Kleinen wohl geht?«

Rotnase Lao Gong hob die Schale mit gelbem Schnaps und spitzte beim Sprechen den Mund in Richtung Nebenhaus. Blauhaut A Wu setzte seine Schale ab, um seinem Gegenüber mit voller Wucht auf den Rükken zu schlagen.

»Du … du, du grübelst ja schon wieder«, lallte er.

Luzhen war ein entlegenes und ruhiges Städtchen, wo sich noch einige althergebrachte Sitten gehalten hatten: Noch vor Anbruch der ersten Nachtwache verriegelten die Leute ihre Türen und legten sich schlafen. Es gab nur zwei Häuser, wo dies bis tief in die Nacht nicht der Fall war: Eins war die Weinstube »Zum vollkommenen Genuß«. Dort saßen stets ein paar Saufkumpane am Schanktisch und zechten ausgelassen. Das andere war das Nebenhaus mit der Vierten Schwägerin Shan. Seit dem letzten Jahr verwitwet, war sie gezwungen, ausschließlich von ihrer beiden Hände Arbeit zu leben, indem sie Baumwollgarn spann. Davon bestritt sie den Lebensunterhalt für sich und ihren dreijährigen Sohn. Deshalb ging auch sie spät schlafen.

Bestimmt schon seit einigen Tagen war vom Spinnrad nichts mehr zu hören gewesen. Und weil es mitten in der Nacht nur zwei Häuser gab, wo nicht geschlafen wurde, war es nur allzu natürlich, wenn lediglich Leute wie Lao Gong ein Ohr dafür hatten.

Nachdem Lao Gong seinen Hieb bezogen und mit

sichtlich großem Wohlbehagen einen tüchtigen Schluck genommen hatte, begann er ein Liedchen zu trällern.

In diesem Augenblick saß Schwägerin Shan gerade mit ihrem Bao'er im Arm auf dem Bettrand, während das Spinnrad unbenutzt am Boden stand. Das trübe Licht der Lampe fiel auf das glutrote und etwas grünliche Gesichtchen des Kindes. Schwägerin Shan ging in Gedanken alles durch: Sie hatte schon den Wahrsager befragt, sie hatte schon Gelübde abgelegt, sie hatte Hausmittel verabreicht, aber immer noch war keine Besserung zu sehen. Wie sollte der Junge je wieder gesund werden? – Also bleibt nichts anderes übrig, als ihn von He Xiaoxian untersuchen zu lassen. Aber vielleicht geht es ihm tagsüber besser, und es ist nur nachts so schlimm. Morgen, wenn die Sonne kommt, geht das Fieber vielleicht zurück, und der Husten beruhigt sich. Bei Kranken ist das oft so.

Schwägerin Shan war ein schlichtes Gemüt, sie begriff nicht, daß sie das Wörtchen »aber« fürchten mußte: Freilich konnte manch Schlimmes sich zum Glück wenden, andererseits konnte auch manch Gutes dank diesem Wort ins Verderben führen. Lao Gong und seine Leute hatten ihre Zechlieder noch nicht lange beendet, als es im Osten bereits hell wurde: Gleich darauf drang die silberne Morgendämmerung durch die Papierfenster herein.

Schwägerin Shan wartete, daß es endlich Tag werde. Im Gegensatz zu anderen Menschen fiel ihr das Warten jedoch nicht so leicht; sie fand sogar, es dauerte überaus lange. Bao'er schien ihr für jeden Atemzug eine Ewigkeit zu brauchen. Unvermittelt wurde es hell. Das Tageslicht verdrängte den Schimmer aus der Lampe – ihr Blick fiel auf die Nasenflügel ihres Kindes, die sich beim Aus- und Einatmen wie Fächer hin und her bewegten.

Schwägerin Shan wußte, daß es mit ihm nicht zum besten stand. Sie ließ ein leises »Ach!« vernehmen. In Gedanken ging sie alles durch: Wie sollte er wieder gesund werden? Es blieb nichts anderes übrig, als den Weg zu He Xiaoxian zu gehen. Sie mochte ein schlichtes Gemüt sein, doch in ihren Gefühlen war sie entschieden, sie stand sogleich auf und holte aus der Holztruhe dreißig kleine Silberstücke und hundertachtzig Kupfermünzen, die sie im Laufe der Zeit zusammengespart hatte. Sie verstaute das Geld in der Tasche, verriegelte die Tür und eilte mit Bao'er auf dem Arm geraden Weges zum Haus von He.

Es war noch früh, doch vor dem Haus saßen bereits vier Kranke. Sie klaubte vier Silbergroschen hervor und erstand damit eine Wartenummer. Bao'er kam als fünfter an die Reihe. He Xiaoxian fühlte mit zwei ausgespreizten Fingern, die Nägel gut und gerne vier Zoll lang, den Puls. Schwägerin Shan wunderte sich im stillen. Bao'er muß am Leben bleiben, ging es ihr durch den Sinn. Doch sie wurde, ohne es zu wollen, nervös. Sie konnte mit ihrer Frage nicht an sich halten. »Herr, was fehlt unserem Bao'er?« wollte sie ängstlich wissen.

»Er hat Milzbrand.«

»Was gibt es dagegen? Er ...«

»Er muß erst die doppelte Dosierung nehmen.«

»Er kriegt doch so schwer Luft, daß seine Nasenflügel beben.«

»Feuer überwindet Metall, deshalb ...«

Nach diesem halben Satz schloß He Xiaoxian sogleich die Augen. Schwägerin Shan schämte sich weiterzufragen. He Xiaoxian gegenüber saß ein etwas über dreißig Jahre alter Mann, der eben ein Rezept ausgestellt hatte. Die Schriftzeichen am oberen Rand besagten: »Die besten Aufbaustoffe für Kleinkinder gibt es nur in der Apotheke ›Zur Lebenshilfe‹ bei der Familie Jia.«

Schwägerin Shan nahm das Rezept entgegen. Im Gehen dachte sie nach. Obwohl sie eine Frau von einfachem Gemüt war, war sie sich bewußt, daß das Haus der Familie He, die Apotheke »Zur Lebenshilfe« und ihr eigenes Haus ein Dreieck bildeten und es selbstverständlich am günstigsten war, erst die Arznei zu kaufen und dann heimzukehren. Deshalb eilte sie zuerst zur Apotheke. Der Inhaber – auch er hatte lange gebogene Fingernägel – las bedächtig das Rezept und packte ebenso bedächtig die Arznei ein. Schwägerin Shan wartete mit Bao'er auf dem Arm. Plötzlich schoß sein Händchen hervor und riß ihr mit aller Kraft ein Büschel aus dem unordentlichen Haar. Das war noch nie vorgekommen, und Schwägerin Shan begann sich zu ängstigen.

Die Sonne war längst zum Firmament aufgestiegen. Mit Bao'er auf dem Arm und der Arznei bei sich kam Schwägerin Shan die Last immer schwerer vor, sie mühte sich mit dem Kind ab, auch der Weg schien immer länger. So mußte sie auf der Schwelle des Amtsgebäudes am Straßenrand eine Rast einlegen. Als sie sich ein Weilchen ausgeruht hatte, begann sie, in ihrer Kleidung allmählich zu frösteln. Sie merkte, daß sie am ganzen Körper schwitzte. Bao'er jedoch schien eingeschlafen zu sein. Sie stand auf, konnte sich aber trotz langsamer Schritte kaum mehr auf den Beinen halten.

»Schwägerin Shan, ich nehme dir den Jungen ab!« klang es dicht an ihrem Ohr. Es schien die Stimme von Blauhaut A Wu zu sein.

Als sie aufblickte, war es auch tatsächlich Blauhaut A Wu, der schlaftrunken neben ihr herging.

Obwohl die Schwägerin in diesem Augenblick sehr

gehofft hatte, ein guter Himmelsbote möge herniedersteigen, um ihr unter die Arme zu greifen, so hatte sie sich doch nicht A Wu herbeigewünscht. Wie dem auch sei, es war ritterlich, und er hatte immerhin seine Hilfe angeboten. Sie lehnte zunächst höflich dankend ab, ließ ihn aber schließlich gewähren. Gleich streckte er die Arme aus und griff sich ohne Umschweife das Kind von der Brust der Schwägerin. Im Moment der Berührung war ihr ganz warm ums Herz geworden. Heiß schoß es ihr sogleich ins Gesicht bis zu den Ohrläppchen.

Die beiden gingen in kurzem Abstand dahin. A Wu sprach ein paar Worte, auf die Schwägerin Shan aber kaum reagierte. Sie waren noch nicht lange unterwegs, da gab ihr A Wu das Kind mit der Erklärung zurück, am Vortag habe er sich mit einem Freund zum Essen verabredet, es sei nun Zeit dafür. Schwägerin Shan nahm das Kind umgehend wieder an sich. Zum Glück war ihr Haus nicht mehr weit. Bald gewahrte sie Mama Wang Neun am Straßenrand sitzen.

»Schwägerin Shan, wie geht's dem Kind? – Warst du beim Herrn?« wollte diese schon von weitem wissen.

»Ja, ich war bei ihm. – Mama Wang, du hast schon einige Jahre hinter dir und viel gesehen. Ich bitte dich untertänig, ihn dir einmal anzuschauen, weil du doch seit langem das Dharma-Auge hast. Wie steht es …«

»Hm …«

»Und …?«

»Hm …« Mama Wang musterte ihn genau von Kopf bis Fuß, sie wiegte bedenklich den Kopf.

Als Bao'er die Arznei zu sich nahm, war Mittag schon vorbei. Schwägerin Shan achtete aufmerksam auf seine Miene. Es machte den Anschein, als ob er sich wesentlich beruhigt hätte.

Am Nachmittag riß er aber plötzlich die Augen weit

auf, rief: »Mama!«, schloß darauf die Augen und schien wieder eingeschlafen zu sein. Nach einer Weile trat an seiner Stirn und auf seiner Nasenspitze eine Schweißperle nach der anderen hervor. Als Schwägerin Shan ihn behutsam abtupfte, blieb ihr die Hand wie in einem Leimtopf haften. Hastig fuhr sie ihm über die Brust und begann loszuschluchzen.

Sein Atem, der ruhiger geworden war, schwand schließlich ganz, während das Schluchzen von Schwägerin Shan in lautes Weinen überging. Eine Menge Leute hatten sich inzwischen eingefunden. Solche vom Schlage einer Mama Wang und der Blauhaut A Wu standen im Hof, andere wie der Wirt vom »Vollkommenen Genuß« und Rotnase Lao Gong draußen. Mama Wang erteilte gleich Befehle, nachdem sie eine Schnur voll Totengeld verbrannt hatte. Dann verpfändete sie zwei Schemel und fünf Kleidungsstücke, um für Schwägerin Shan zwei Silberdollar auszuleihen. Den Leuten, die sich behilflich zeigten, bereitete sie etwas zu essen.

Zuerst mußte ein Sarg besorgt werden. Schwägerin Shan hatte noch ein Paar silberne Ohrringe und eine vergoldete Haarspange aus Silber. Sie hatte alles dem Wirt vom »Vollkommenen Genuß« als Sicherheit und als Anzahlung auf den Sarg übergeben. Auch Blauhaut A Wu legte mit Hand an. Er wollte unbedingt seine Hilfe anbieten, aber Mama Wang ließ ihn nicht gewähren, sondern erlaubte ihm bloß, am nächsten Tag als Sargträger zu walten. A Wu beschimpfte sie als »alte Sau«, er stand belustigt und mit geschürzten Lippen da, ließ aber sehr rasch in seinen Bemühungen nach und hielt den Mund. Der Wirt entfernte sich, kam abends wieder und erklärte, der Sarg könne gleich gezimmert werden, nach Mitternacht sei er fertig.

Als der Wirt zurückkam, hatten die Helfer schon

gegessen. Denn Luzhen war ein Städtchen, wo sich einige althergebrachte Sitten gehalten hatten. Deshalb waren alle noch vor Ablauf der ersten Nachtwache schlafen gegangen. Einzige Ausnahme waren A Wu am Tresen von der Schenke »Zum vollkommenen Genuß« und Rotnase Lao Gong, der seine Liedchen sang.

Derweil saß Schwägerin Shan in Tränen aufgelöst auf dem Bett neben Bao'er, das Spinnrad stand unberührt auf der Erde. Nach einer Weile waren alle Tränen versiegt. Die Augen weit aufgerissen, blickte sich Schwägerin Shan in ihrer Umgebung um: Alles sah so aus, als ob nichts geschehen wäre. Ach, wäre es nur ein Traum gewesen, dachte sie bei sich. Alles war nur ein Traum. Morgen werde ich daraus erwachen, im Bett liegen und ausgezeichnet schlafen, Bao'er neben mir und ebenfalls in tiefem Schlaf. Er wird aufwachen, laut »Mama« rufen und wild wie ein Drache und lebhaft wie ein Tiger zum Spielen hinausrennen.

Der Gesang von Lao Gong war schon früh verstummt, und auch im »Vollkommenen Genuß« wurden die Lichter gelöscht. Schwägerin Shan starrte vor sich hin. Sie konnte einfach nicht glauben, was geschehen war. Der Hahn krähte, und im Osten wurde es allmählich heller. Durch die Papierfenster drang die silberne Morgendämmerung herein.

Dann ging das silberweiße Morgenlicht in glühendes Rot über, und die Sonnenstrahlen erreichten den Dachfirst. Schwägerin Shan saß stieren Blickes da. Da hörte sie es an der Tür klopfen, und nach einem tiefen Seufzer eilte sie hinaus, um zu öffnen. Draußen stand ein Unbekannter mit einer Last auf der Schulter, hinter ihm Mama Wang.

Ach, sie waren mit dem Sarg gekommen.

Erst in der zweiten Tageshälfte wurde der Sarg geschlossen: Schwägerin Shan hatte sich unter Tränen bis zuletzt dagegen gewehrt. Mama Wang war jedoch ungeduldig geworden und aufgebracht zu ihr geeilt, um sie bei der Hand wegzuziehen. Dann vernagelten hilfreiche Hände den Deckel.

Doch Schwägerin Shan hatte für Bao'er alles in ihrer Macht Stehende getan und es an nichts fehlen lassen. Am Vortag hatte sie für ihn eine Schnur Papiergeld verbrannt und vormittags noch einmal neunundvierzig Hefte mit Mantras aus dem Dhāraṇīpiṭaka. Nachdem er verschieden war, hatte sie ihm neue Kleider angezogen und ihm seine Lieblingsspielsachen beigegeben – eine Tonfigur, zwei kleine Holzbecher und zwei Flaschen aus Glas –, alles neben sein Kopfkissen. Danach zählte Mama Wang ganz genau an den Fingern ab, ob auch ja nichts fehle, aber es fiel ihr auch bei angestrengtem Nachdenken nichts ein.

An diesem Tag tauchte Blauhaut A Wu einfach überhaupt nicht auf. Der Wirt von der Schenke »Zum vollkommenen Genuß« hatte für Schwägerin Shan zwei Träger angeheuert, jeden für etwas über zweihundert Käsch. Sie stellten den Sarg bei den Armengräbern ab. Noch einmal hatte Mama Wang ihr beim Kochen beigestanden, und alle, die sich durch Taten oder Worte behilflich gezeigt hatten, konnten zulangen. Allmählich verfärbte sich die Sonne, als wolle sie bald hinter den Bergen untergehen. Die Leute befanden zwar, es sei noch nicht die Zeit heimzugehen – aber schließlich gingen doch alle nach Hause.

Der Schwägerin war ganz schwindlig im Kopf. Sie ruhte sich ein bißchen aus, fühlte sich dann unerwartet etwas erholt. Aber ihr war weiterhin sehr merkwürdig zumute: Ihr war etwas nie Dagewesenes zugestoßen.

Das Unglaubliche war nun tatsächlich eingetreten. Je länger sie überlegte, desto absonderlicher kam es ihr vor. Und noch etwas war merkwürdig: Im Zimmer war es auf einmal so still.

Sie stand auf und steckte die Lampe an. Das Zimmer wirkte noch stiller. Ganz benommen ging sie hinaus, um die Tür zu verriegeln, anschließend setzte sie sich auf den Bettrand. Das Spinnrad stand still am Boden. Sie versuchte, sich zu sammeln, und schaute sich um. Sie hielt es im Sitzen nicht mehr aus: Das Zimmer war nicht nur zu still, sondern auch zu groß und alles darin zu sinnlos. Dieses zu große Zimmer schien sie von allen Seiten zu umfangen, und die zu sinnlosen Dinge wollten sie schier niederdrücken, so daß sie keine Luft bekam.

Nun wurde ihr bewußt, daß sie Bao'er tatsächlich verloren hatte. Sie wollte das Zimmer nicht mehr sehen, blies die Lampe aus und legte sich nieder. Weinend erinnerte sie sich: Damals hatte sie einmal am Spinnrad gesessen und Baumwolle gesponnen. Bao'er saß neben ihr und aß mit Anis gewürzte Saubohnen. Er sah sie auf einmal groß aus seinen schwarzen Äuglein an und sagte nach einem Moment des Überlegens: »Mama! Papa verkauft doch Suppe mit Fleischtaschen. Wenn ich einmal groß bin, verkaufe ich auch Fleischtaschensuppe, ganz, ganz teuer – und das Geld gebe ich alles dir.« Damals ging ihr das Garn wirklich leicht von der Hand, als ob es Zoll für Zoll eine Bedeutung und Zoll für Zoll Leben hätte. Und jetzt? Jetzt war es so, daß sie keinen einzigen Gedanken fassen konnte. – Ich habe es bereits gesagt: Sie war ein schlichtes Gemüt. Was hätte sie sich ausdenken sollen? Sie empfand ganz einfach das Zimmer als zu still, zu groß, zu sinnlos, und sonst nichts.

Aber obwohl die Schwägerin Shan ein schlichtes Gemüt hatte, so wußte sie doch, daß es keine Geister gibt und daß sie ihren Sohn nie mehr wiedersehen würde. Sie seufzte schwer auf und sprach wie zu sich selbst: »Bao'er, du solltest noch hier sein. Erscheine mir doch im Traum!« Zuletzt schloß sie die Augen, weil sie hoffte, so rascher einzuschlafen und ihrem Bao'er zu begegnen. Sie vernahm nun in der Stille und Weite und Leere deutlich ihre eigenen tiefen Seufzer.

Schließlich glitt Schwägerin Shan ganz benommen ins Reich der Träume. Vollkommene Stille erfüllte den Raum. Auch Rotnase Lao Gong hatte nun sein Liedchen abgesungen. Er war eben auf wackeligen Beinen aus dem »Vollkommenen Genuß« getorkelt, begann aber trotzdem noch einmal aus voller Kehle ein Lied zu schmettern: »Du mein Lieb ... ach! ... welch ein Jammer ... so einsam und verlassen.«

Sogleich packte ihn Blauhaut A Wu heftig an den Schultern, und unter gepreßtem Lachen zogen die beiden wankend davon.

Schwägerin Shan war längst eingeschlafen, auch Lao Gong und seine Leute waren gegangen, und im »Vollkommenen Genuß« wurden die Türen verriegelt. Das Städtchen Luzhen war in völliger Ruhe versunken. Nur die finstere Nacht eilte durch die Stille, um sich rasch in den morgigen Tag zu verwandeln. Irgendwo im Dunkeln verbargen sich Hunde, die ab und zu jaulten.

Juni 1920

Eine Bagatelle

Seit ich vom Land in die Hauptstadt gekommen bin, sind wie im Nu sechs Jahre vergangen. In dieser Zeit habe ich die sogenannten großen nationalen Wechselfälle teils selber miterlebt, teils von ihnen gehört und mir über sie so meine Gedanken gemacht, aber in meinem Herzen haben sie keine Spuren hinterlassen. Angenommen, ich müßte nach dem Einfluß forschen, den diese Wechselfälle der Geschichte auf mich ausgeübt haben, könnte ich nur sagen, daß sie mich in meiner Launenhaftigkeit bestärkt haben. Um es geradeheraus zu sagen: Sie haben mich gelehrt, die Menschen Tag für Tag mehr zu verachten.

Doch es gibt einen kleinen Zwischenfall, der für mich sehr wohl bedeutsam gewesen ist. Er hat mich aus meinen Launen herausgerissen und ist mir bis auf den heutigen Tag unvergeßlich geblieben.

Es war an einem Wintertag im sechsten Jahr der Republik, als es von Norden her heftig stürmte. Um mir meinen Lebensunterhalt zu verdienen, mußte ich mich schon in der Frühe auf die Beine machen. Auf der Straße begegnete ich kaum einer Menschenseele. Deshalb war es so leicht, eine Rikscha zu bekommen. Ich sagte dem Fahrer, er solle mich zum S-Tor bringen. Gleich darauf ließ der Nordwind ein wenig nach, und da die Straßen längst blank geputzt waren, war ein heller sauberer Fahrweg zurückgeblieben, auf dem der Rikschakuli noch schneller laufen konnte. Wir näherten uns eben dem S-Tor, als plötzlich die Deichsel jemanden aufgabelte und langsam zu Boden fallen ließ.

Es war eine Frau, die da umgeworfen worden war, mit schlohweißem Haar und in völlig zerschlissener Kleidung. Sie war unvermittelt vom Straßenrand her seitwärts auf die Rikscha zugekommen. Der Rikschakuli war ihr zwar ausgewichen, doch wegen eines Windstoßes verfing sich ihre zerschlissene Weste, die sie nicht zugeknöpft hatte, in der Deichsel. Zum Glück hatte der Rikschakuli seinen Schritt schon verlangsamt, sonst wäre es bestimmt übel ausgegangen, sie hätte mit dem Kopf blutig aufschlagen können. Sie lag mit dem Bauch auf dem Boden. Der Rikschakuli war inzwischen zum Stehen gekommen. Vermutlich war sie nicht verletzt. Außerdem hatte es niemand bemerkt. Er brauchte sich also weiter keine Gedanken zu machen. Wollte man hier einen Streit vom Zaune brechen, dann hätte dies nur aufgehalten.

Ich sagte zu ihm: »Es ist nichts weiter, fahr schon!«

Der Rikschakuli begriff nicht im geringsten – oder hatte mich einfach nicht gehört –, jedenfalls stellte er die Rikscha ab, um der alten Frau sachte am Arm auf die Beine zu helfen.

»Ist alles in Ordnung?«

»Ich habe mir etwas gebrochen.«

Ich habe selber gesehen, wie langsam du gefallen bist, dachte ich bei mir, spiel dich doch nicht so auf, einfach widerlich. Und was den Rikschafahrer angeht, so hat er sich selber ohne Not etwas eingebrockt, nun soll er zusehen, wie er aus der Patsche kommt.

Bei ihren Worten hatte der Rikschakuli keinen Augenblick gezögert, sondern sie immer noch am Arm Schritt für Schritt geradeaus geführt. Ich war verblüfft und schaute eilig, was es da denn wohl gäbe. Es war ein

Polizeirevier, vor dem kein Mensch zu sehen war, obwohl der Sturm sich gelegt hatte. Der Rikschakuli half der Frau unter dem Arm geradewegs auf die große Toreinfahrt zu.

Mir war plötzlich unbehaglich zumute. Sein staubbedeckter Rücken schien mir mit einem Male gewachsen zu sein, ja, mit jedem Schritt sogar noch größer zu werden, so daß ich zu ihm aufschauen mußte. Zudem verwandelte er sich allmählich in eine geradezu bedrohliche Macht, als wolle er sogar alles »Kleinliche«, unter meinem Pelz gut gehütet, aus mir herauspressen.

Es war, als wäre in jenem Augenblick meine Tatkraft ins Stocken geraten. Ich blieb reglos und gedankenleer sitzen. Erst als ich einen Schutzmann aus dem Polizeirevier kommen sah, stieg ich aus der Rikscha.

Der Polizist trat näher und sagte: »Nehmen Sie sich eine andere Rikscha, er kann Sie nicht mehr fahren.«

Ohne weiter zu überlegen, klaubte ich aus der Außentasche eine Handvoll Kupfermünzen hervor und gab sie dem Schutzmann.

»Bitte geben Sie ihm das ...«

Der Wind hatte sich inzwischen vollständig gelegt, auf den Straßen war es immer noch sehr ruhig. Unterwegs begann ich zu grübeln, hatte aber kaum den Mut, über mich selber nachzudenken. Der Zwischenfall von vorhin war zwar vorläufig überstanden, doch was bedeutete eine Handvoll Kupfermünzen? Eine Belohnung für den Rikschakuli? Oder wollte ich mich zum Richter über ihn erheben? Ich wußte mir keine Antwort.

Bis heute kommt mir diese Sache ständig in den Sinn. Sie hat mir immer wieder Schmerz bereitet, weil sie mich gezwungen hat, über mich selber nachzudenken. Die gewaltigen politischen und militärischen Wechselfälle der vergangenen Jahre sind wie das »Zi yue shi yun« aus meiner Kindheit: Nichts ist davon haftengeblieben. Was mir jedoch immer vor Augen schwebt, ist diese Bagatelle. Manchmal tritt sie deutlich hervor, sie lehrt mich Scham, drängt mich zur Erneuerung, überdies stärkt sie meinen Mut und meine Hoffnung.

Juli 1920

Geschichten vom Haar

Eines Sonntags morgens, ich hatte gerade das Kalenderblatt des Vortages abgerissen, fiel mein Blick auf das neue Blatt. Ich mußte zweimal hinschauen.

»Ach! Der 10. Oktober – heute ist also das Fest vom Doppelten Zehnten. Aber keinerlei Hinweis …«

Herr N, eine Generation älter als ich, trat in diesem Augenblick in mein Zimmer, um mit mir ein bißchen zu plaudern. Kaum hatte er meine Worte gehört, meinte er ungehalten: »Recht so! Man erinnert sich nicht daran. Was hast du dagegen? Du erinnerst dich. Was soll's!«

Herr N war von etwas hochfahrendem Temperament. Häufig geriet er unerklärlicherweise in Wut und ließ dann zynische Worte vernehmen: Diesmal ließ ich es im großen und ganzen geduldig über mich ergehen, so als ob er zu sich selber spräche, und würdigte seine Bemerkung keines Wortes. Er äußerte seine eigene Meinung, und damit hatte es sein Bewenden.

»Am meisten«, sagte er, »beeindrucken mich die Feiern des Doppelten Zehnten in Peking. Frühmorgens gehen die Polizeitruppen vor die Haustore und rufen ihre Befehle: ›Fahnen hoch!‹ – ›Fahnen oben!‹ Aus fast allen Häusern kommt träge und gemächlichen Schrittes ein Bürger hervor und hängt die Fahne der Republik hinaus. So geht es weiter bis in die Nacht – dann nehmen sie die Fahnen wieder herunter und verschließen die Tore. In manchen Häusern vergessen die Leute, die

Fahnen einzuziehen, dann bleiben sie eben bis zum nächsten Vormittag hängen. Sie vergessen, daran zu denken; dann vergißt auch der Feiertag sie! Ich gehöre auch zu den Vergeßlichen. Angenommen, ich dächte doch daran, so würde ich mich als erstes an die Ereignisse um den ersten Doppelten Zehnten erinnern, alles würde in mir hochkommen und mich nicht mehr ruhig sitzen lassen.

Die Gesichter von so vielen Freunden ziehen an meinem inneren Auge vorüber. Einige junge Menschen haben mehr als zehn Jahre lang Leid erlebt, ehe eine Kugel aus dem Hinterhalt ihr Leben auslöschte. Einige sind beim ersten Angriff überwältigt worden und waren in düsteren Kerkern wochenlangen Foltern ausgesetzt. Andere hegten hochfliegende Pläne, sie sind auf einmal spurlos verschwunden, noch nicht mal ihr Leichnam ist auffindbar. Sie alle haben ihr Leben in einer Gesellschaft verbracht, die für sie nur Hohn, Schimpf und Verfolgung übrig hatte. Und jetzt fallen auch ihre Gräber allmählich dem Vergessen anheim. Ich ertrage es nicht, mich an solche Ereignisse zu erinnern. Sprechen wir doch lieber über die Dinge, an die sich zu erinnern mehr Vergnügen bereitet.«

Plötzlich ging ein Lächeln über Ns Gesicht. Er faßte sich kurz an den Kopf und fuhr mit lauter Stimme fort: »Am erfreulichsten finde ich, daß ich seit dem ersten Doppelten Zehnten durch die Straßen gehen kann, ohne mich verspotten oder beschimpfen zu lassen.

Alter Freund, du weißt doch, daß die Haare Segen und Fluch von uns Chinesen sind. Seit alters haben sie über so viele sinnloses Leid gebracht.

Unsere Urahnen haben ihr Haar offenbar unterschätzt. Strafrechtlich gesprochen, verdient der Kopf natürlich die höchste Aufmerksamkeit. Deshalb war

Köpfen die Kapitalstrafe. Dann folgten die Zeugungsorgane, weshalb Entmannung und Einzelhaft ebenfalls gefürchtete Strafen waren. Zuletzt kam die Strafe des Kahlscherens, die ja wirklich ganz harmlos wäre. Dennoch läßt sich vermuten, daß unzählig viele Menschen ein Leben lang von der Gesellschaft mit Füßen getreten, verachtet und verfemt worden sind, nur weil sie ein kahles Haupt hatten.

Wenn wir von revolutionären Zeiten sprechen, so muß auch gesagt sein, daß es sich beim Gerede um das zehntägige Massaker von Yangzhou und Jiading in Wahrheit auch bloß um ein abgekartetes Vorgehen handelt. Ehrlich gesagt: Die Chinesen leisteten damals nicht etwa Widerstand, weil sie den Untergang des Landes fürchteten, sondern nur, weil sie gezwungen wurden, Zöpfe zu tragen.

Als die einfältigen Seelen kurzerhand getötet worden waren und die Anhänger der Ming-Dynastie ihr natürliches Ende gefunden hatten, war bald verfügt worden, sich den Zopf stehenzulassen, doch dann kamen Hong und Yang, um Unruhe zu stiften. Meine Großmutter sagte früher, es sei damals wirklich hart gewesen, zur großen Masse der Bevölkerung zu gehören: Wer sich die Haare frei wachsen ließ, wurde von den Regierungstruppen getötet; und wer den Mandschu-Zopf trug, wurde von den ›Langhaaren‹ getötet!

Ich weiß nicht, wie viele Chinesen allein der Haare wegen, die an sich weder schmerzen noch stören, Leiden erduldet haben, in Schwierigkeiten geraten und in den Tod gegangen sind.«

N richtete beide Augen zur Decke, als dächte er über etwas nach, und erzählte weiter: »Wer weiß schon, daß auch mich das Schicksal wegen meiner Haare auserkor. Als ich zum Studium ins Ausland ging, ließ ich mir den

Zopf abschneiden. Es steckte überhaupt nichts dahinter, er war mir einfach zu unpraktisch geworden. Ich hatte nicht bedacht, daß es einige Kommilitonen gab, die noch einen Zopf trugen und mich tief verabscheuen würden. Auch der Tutor erzürnte sich sehr und schrie, mir sollte das Regierungsstipendium entzogen und ich müßte nach China zurückgeschickt werden.

Es waren aber kaum ein paar Tage verstrichen, da lief der Tutor ohne Zopf davon. Unter den Leuten, die ihm den Zopf abgeschnitten hatten, fand sich auch Zou Rong, der das Buch ›Die Revolutionsarmee‹ geschrieben hat. Er durfte nicht mehr weiterstudieren, mußte nach Shanghai zurückkehren und starb später im ›Westgefängnis‹. Hast du das etwa schon wieder vergessen?

Ein paar Jahre darauf ging es mit meiner Familie immer mehr bergab. Ich mußte etwas unternehmen, sollte sie nicht bald verhungern. So blieb mir nichts anderes übrig, als ebenfalls nach China zurückzukehren. Kaum in Shanghai angekommen, kaufte ich mir sogleich einen künstlichen Zopf. Damals kostete er in der Stadt zwei Yuan. Damit kehrte ich nach Hause zurück. Meine Mutter sagte kein Wort, doch die Umgebung musterte mich ganz genau, alle begutachteten als erstes den Zopf und brannten nur darauf herauszufinden, daß er falsch sei, um dann höhnisch zu lachen und mich wie einen zum Tod Verurteilten zu behandeln. Einer aus der Sippschaft erwog sogar, mich anzuzeigen, unterließ es dann aber nur, weil er entweder Angst vor einer Rebellion oder vor einem künftigen Erfolg der revolutionären Partei hatte.

Ich fand, einen falschen Zopf zu tragen sei weniger aufrichtig, als ihn einfach abzuschneiden. Deshalb nahm ich den falschen Zopf ab und bewegte mich in einem westlichen Anzug durch die Straßen.

Jedesmal wenn ich unterwegs war, begleiteten mich Gespött und Beschimpfungen. Sogar hinter meinem Rücken hieß es: ›Ehrloser Teufel, falscher ausländischer Teufel, du!‹

Als ich schließlich keine westliche Kleidung mehr trug, sondern sie gegen ein traditionelles chinesisches Übergewand eintauschte, wurde ich noch heftiger beschimpft.

Erst in dieser aussichtslosen Situation begann ich, einen Spazierstock bei mir zu führen, mit dem ich ohne Rücksicht um mich schlug, so daß mit der Zeit die Beschimpfungen nachließen. Bloß wenn ich in Gegenden kam, wo ich meinen Stock noch nicht eingesetzt hatte, wurde ich weiterhin beschimpft.

Die Sache hat mir viel Verdruß bereitet. Bis heute ist sie mir im Gedächtnis haftengeblieben. Als ich im Ausland studierte, las ich einmal in einer Tageszeitung den Bericht über die Reise eine gewissen Dr. Honda Seiroku durch Malaysia und China. Dieser Doktor verstand weder Malai noch Chinesisch. Als man ihn fragte, wie er sich zurechtfinde, wo er doch die Sprache nicht verstehe, holte er einen Stock hervor und antwortete: ›Das ist doch ihre Sprache, die verstehen sie!‹ Ich war noch tagelang darüber empört. Wer hätte damals geahnt, daß ich selber mich einmal so verhalten würde. Aber die Leute, die mich zu beschimpfen pflegten, verstanden diese Sprache.

Im ersten Jahr der Regierungszeit Xuantong wurde ich Verwaltungsangestellter an der örtlichen Mittelschule. Die Kollegen mieden mich; die Bürokraten hatten strenge Obacht auf mich. Den ganzen Tag war es nicht anders als in einem Eiskeller oder auf einem Richtplatz, und das bloß, weil mir der Zopf fehlte!

Eines Tages stürmten plötzlich ein paar Schüler in

mein Zimmer und sagten: ›Herr, wir möchten uns die Zöpfe abschneiden.‹ Ich erwiderte: ›Das kommt unter keinen Umständen in Frage!‹ – ›Was ist besser: einen Zopf tragen oder keinen Zopf tragen?‹ – ›Keinen Zopf tragen.‹ – ›Warum also sagen Sie, daß es nicht in Frage komme?‹ – ›Lehnt euch nicht gegen die Obrigkeit auf. Es ist besser, ihr wartet noch ein wenig.‹ Sie verließen wortlos und mit beleidigt gespitzten Lippen das Zimmer. Hinterher schnitten sie sich die Zöpfe doch ab.

Ach, es war entsetzlich. Nichts als abfällige Bemerkungen. Ich stellte mich dumm und ließ zu, daß Geschorene zusammen mit Bezopften in den Unterricht kamen.

Danach wirkte das Abschneiden der Zöpfe jedoch ansteckend. Am übernächsten Tag fielen in der Lehrerbildungsabteilung sechs weitere Zöpfe. Am Abend wurden die sechs Schüler gleich aus der Schule ausgeschlossen. Sie konnten weder an der Schule bleiben, noch wagten sie sich nach Hause. Erst über einen Monat nach dem ersten Doppelten Zehnten waren die Brandmale dieser Missetat getilgt.

Und bei mir? Da war es genauso. Allerdings wurde ich in Peking, wohin ich im Winter des ersten Jahres der Republik gegangen war, noch gelegentlich beschimpft. Später wurde den Betreffenden der Zopf von der Polizei höchstpersönlich abgeschnitten. Danach wurde ich nicht mehr mit Schimpftiraden belästigt, aber ich bin noch nicht auf dem Land gewesen.«

N schien außerordentlich vergnügt, plötzlich jedoch verfinsterte sich sein Gesicht wieder: »Jetzt fordert ihr paar Idealisten lautstark, auch die Frauen sollten sich die Haare schneiden. Und wiederum werdet ihr damit vielen Menschen unermeßliches Leid bescheren!

Gibt es nicht jetzt schon Frauen, die von der Schule

verwiesen oder gar nicht erst zur Aufnahmeprüfung zugelassen worden sind, bloß weil sie ihr Haar abgeschnitten haben? Reformen? Aber wo sind die Waffen? Das Studium durch Arbeit finanzieren? Aber wo sind die Fabriken?

Sollen sie ihre Haare behalten, sollen sie heiraten und Schwiegertöchter werden: Wenn sie alles vergessen, können sie immer noch glücklich werden. Wenn sie sich aber Dingen wie Gleichheit und Freiheit verschreiben, werden sie lebenslang zu leiden haben!

Euch alle möchte ich mit Michail Arcybašev fragen: ›Ihr versprecht den Enkeln ein goldenes Zeitalter, was aber versprecht ihr den Menschen heute?‹

Wahrlich, ohne die Peitsche des Weltenschöpfers auf dem Rücken wird China immer und ewig so bleiben, wie es ist, ganz und gar unwillig, sich selber auch nur ein bißchen zu ändern! Zwar habt ihr gewiß keine Giftzähne im Mund, warum aber tragt ihr denn die beiden Schriftzeichen für ›Giftschlange‹ auf der Stirn, die einen Bettler dazu bringen könnten, euch totzuschlagen?«

Je länger N sprach, desto seltsamer wurde er. Aber sobald er bemerkt hatte, daß ich nicht in Stimmung war, ihm weiter zuzuhören, hielt er augenblicklich den Mund, erhob sich und nahm seinen Hut.

»Willst du gehen?«

»Ja, es sieht nach Regen aus.«

Schweigend begleitete ich ihn zum Tor.

Er setzte den Hut auf und sagte: »Auf Wiedersehen! Ich bitte, die Störung zu entschuldigen. Gut, daß morgen der Doppelte Zehnte vorbei ist und wir das Ganze vergessen können.«

Oktober 1920

Viel Lärm um nichts

Die Sonne hatte nach und nach ihre gelben Strahlen vom Flußsand zurückgezogen und die ausgedörrten Blätter der Talgbäume am Ufer wieder zu Atem kommen lassen. Mücken hoben nun wieder an, unter dem Geäst zu summen und zu tanzen. Der Rauch über den Schornsteinen der Bauernhäuser, die mit der Vorderseite auf den Fluß schauten, wurde immer dünner. Frauen und Kinder sprengten den Sandboden vor ihrer Tür und stellten kleine Tische und niedrige Schemel auf. Offensichtlich war es Zeit für das Abendessen.

Die Alten und die Männer saßen auf den niedrigen Schemeln, und während sie mit großen Palmwedeln fächelten, hielten sie ein Schwätzchen. Die Kinder tobten wild umher oder spielten, unter den Talgbäumen hockend, mit Steinen. Die Frauen trugen pechschwarzes, gedämpftes, noch ganz heißes Trockengemüse und hellgelben Reis heraus. Auf dem Fluß zog ein Vergnügungsboot mit Gelehrten vorüber. Als aus ihrer Mitte ein begnadeter Dichter die Szene am Ufer sah, überkam ihn die lyrische Eingebung: »Frei von Gedanken, frei von Sorgen, dies ist wahrlich die Freude des Landmanns!«

Aber die Worte unseres begnadeten Dichters hatten gar nichts mit der Realität gemein, zumal er nicht hören konnte, was Oma Neunpfund zu sagen hatte, die gerade in großer Wut mit dem zerfledderten Palmwedel gegen die Schemelbeine schlug. »Ich bin nun achtundsiebzig und habe lang genug gelebt. Es ist nicht mit anzusehen, wie alles vor die Hunde geht – lieber wäre ich tot. Es gibt gleich Essen, aber trotzdem ißt die da immer noch geröstete Bohnen, sie wird ihre Familie noch arm essen!«

Ihre Urenkelin Sechspfund kam gerade, eine Hand voller Bohnen, auf sie zugelaufen, drehte jedoch schleunigst zum Fluß ab, als sie merkte, woher der Wind blies. Sie versteckte sich hinter einem Eukalyptusbaum, streckte aber gleich wieder ihren zierlichen Kopf mit den zwei Rattenschwänzchen hervor und rief laut: »Stirbst ja doch nicht!«

Trotz ihres hohen Alters war Oma Neunpfund noch keineswegs taub, dennoch hatte sie die Worte des Kindes nicht mitbekommen. Wie immer sagte sie zu sich selbst: »Es ist wahr, von Generation zu Generation geht es bergab!«

In diesem Dorf herrschte ein merkwürdiger Brauch. Kam ein Kind zur Welt, so hatte man seinen Spaß daran, mit einer Waage dessen Gewicht zu ermitteln und dann aus der Zahl der Pfunde den Vornamen zusammenzustellen. Oma Neunpfund hatte sich nach der Feier ihres fünfzigsten Geburtstags allmählich zu einer Nörglerin entwickelt. Zu ihrer Jugendzeit sei es nie so heiß gewesen wie heute, und auch die Bohnen seien nicht so hart gewesen, war ihre ständige Rede. Kurzum, heute sei alles aus den Fugen. Überflüssig zu erwähnen, daß Sechspfund drei Pfund weniger wog als ihr Großvater und ein Pfund weniger als ihr Vater. In der Tat, eine Kette unwiderlegbarer Beispiele, weshalb sie immer wieder mit Nachdruck verkündete: »Es ist wahr, von Generation zu Generation geht es bergab!«

Die Frau ihres Enkels, Schwägerin Siebenpfund, brachte gerade den Reiskorb heraus. Sie knallte ihn auf den Tisch und sagte voller Wut: »Was redest du da schon wieder, du alte Schnepfe! Wog Sechspfund bei ihrer Geburt nicht sechs Pfund und fünf Tael? Eure Waage ist nicht geeicht, ihr habt eure eigenen Maße. Mit euren Gewichten machen achtzehn statt sechzehn Tael ein Pfund. Wäre die Waage geeicht gewesen, dann hätte unsere Sechspfund gut und gerne ihre sieben Pfund gehabt. Und daß Großvater und Vater auf ganze neun oder acht Pfund gekommen sind, glaube ich nicht so recht, vielleicht wog die Waage damals vierzehn Tael auf ein Pfund ...«

»Von Generation zu Generation geht es bergab!«

Bevor Schwägerin Siebenpfund etwas erwidern konnte, sah sie plötzlich Siebenpfund aus einer Gasse auftauchen. Sie drehte sich ihm zu und herrschte ihn an: »Wieso kommst du erst jetzt zurück, du Strolch, bleib doch, wo der Pfeffer wächst! Daß wir mit dem Essen auf dich warten, kümmert dich einen Dreck!«

Obwohl Siebenpfund auf dem Lande lebte, hatte ihm dennoch schon früh der Sinn nach Höherem gestanden. Seit drei Generationen hatte in seiner Familie keiner eine Hacke in die Hand genommen. Und auch er hatte sich diesem Brauch gemäß auf einem Boot verdingt. Täglich machte er einmal die Tour: Früh am Morgen ging es von Luzhen in die Stadt und gegen Abend wieder zurück. So kam es, daß er immer auf dem laufenden war, er wußte zum Beispiel, wo der Donnergott ein tausendfüßiges Ungeheuer erschlagen oder wo eine Jungfrau einen Dämon zur Welt gebracht hatte. Unter den Dorfbewohnern galt er daher längst als eine wichtige Persönlichkeit. Da man zu Sommerzeiten in seiner Familie dennoch dem Brauch der Bauern folgte, noch vor Sonnenuntergang zu essen, um kein Licht anzünden zu müssen, war es nur recht und billig, daß er aufs heftigste beschimpft wurde, wenn er so spät nach Hause kam.

Eine gemaserte, sechs Pfund lange Pfeife mit einem Elfenbeinmundstück und einem Kopf aus Zinn in der Hand, kam Siebenpfund gesenkten Blickes langsam herbei und setzte sich auf einen niedrigen Schemel. Sechspfund nutzte die Gelegenheit, sich heranzuschleichen und neben ihn zu setzen. Ihrem Gruß schenkte Siebenpfund keinerlei Beachtung.

»Von Generation zu Generation geht es bergab!« wiederholte Oma Neunpfund.

Langsam hob Siebenpfund den Kopf und sagte seufzend: »Der Kaiser hat den Drachenthron bestiegen.«

Schwägerin Siebenpfund verschlug es für einen Moment die Sprache, doch dann war ihr mit einem Male alles klar: »Das trifft sich ja wirklich gut. Bedeutet das nicht, der Kaiser wird eine Generalamnestie erlassen?«

»Ich habe keinen Zopf«, seufzte Siebenpfund abermals.

»Verlangt der Kaiser Zöpfe?«

»Der Kaiser verlangt Zöpfe.«

»Woher weißt du das?« fragte Schwägerin Siebenpfund aufgeregt.

»In der Weinschenke ›Zum vollkommenen Genuß‹ war man allgemein der Meinung, daß der Kaiser Zöpfe verlangt.«

Intuitiv spürte Schwägerin Siebenpfund, daß die Sache nicht ganz geheuer war, denn die Weinschenke »Zum vollkommenen Genuß« galt als Umschlagplatz für Nachrichten jeglicher Art. Ein kurzer Blick auf Siebenpfunds kurzgeschorenen Schädel ließ plötzlich eine Mordswut in ihr aufsteigen. In einer Anwandlung jäher Verzweiflung füllte sie eine Schale mit Reis und knallte sie ihm auf den Tisch. »Sieh lieber zu, daß du mit dem

Essen fertig wirst! Vom Trübsalblasen wächst dir auch kein Zopf!«

Die Sonne hatte nun ihre letzten Strahlen zurückgezogen, und die Luft über dem Wasser kühlte mit zunehmender Dunkelheit allmählich ab. Überall klapperten Schüsseln und Eßstäbchen, Schweiß lief jedermann den Rücken hinunter. Schwägerin Siebenpfund hatte drei Schalen Reis aufgegessen, als ihr beim zufälligen Aufschauen unwillkürlich das Herz zu klopfen begann. Durch die Blätter der Talgbäume sah sie den kurzbeinigen und fettbäuchigen Zhao Siebenwürden über den Holzsteg herbeikommen. Er war in ein langes saphirblaues Baumwollgewand gekleidet.

Zhao Siebenwürden war der Wirt der Weinschenke »Zum Überfluß«. Im Umkreis von dreißig Meilen war er die einzige herausragende Persönlichkeit, die zugleich über Bildung verfügte. Deshalb haftete ihm etwas von dem Dünkel jenes Gelehrtentyps an, der sich auch nach dem Fall der Dynastie loyal zu verhalten pflegte. Er besaß mehr als zehn Bände des Romans »Die drei Reiche« in der Kommentierung von Jin Shengtan, in die er sich ohne Unterlaß zu vertiefen und dabei jedes Zeichen umzudrehen pflegte. Er war nicht nur in der Lage, Familiennamen und Vornamen der fünf Tigergeneräle herzusagen, sondern wußte gar auch, daß Hansheng der Ehrenname von Huang Zhong und Mengqi der von Ma Zhao war. Nach der Revolution von 1911 hatte er seinen Zopf wie ein Daoist auf dem Kopf aufgerollt. Oft sagte er seufzend, wenn Zhao Zilong noch lebte, wäre es mit der Welt nicht so weit gekommen. Mit ihren scharfen Augen hatte Schwägerin Siebenpfund schon von weitem gesehen, daß Zhao Siebenwürden heute seinen Zopf nicht mehr wie ein Daoist auf dem Kopf trug, sondern ihn herunterhängen ließ und auch die Schläfen kahlrasiert hatte. Das überzeugte sie vollends, der Kaiser saß wieder auf dem Drachenthron, ein Zopf war nun unabdingbar, somit schwebte Siebenpfund zweifelsohne in höchster Gefahr. Zhao Siebenwürden trug selten das lange Baumwollgewand. In den letzten drei Jahren hatte er es nur zweimal angezogen. Das erste Mal, als der pockennarbige A Vier, mit dem er im Streit lag, erkrankte, das zweite Mal beim Tod des Ehrwürden Lu, der ihm einmal seine Weinschenke verwüstet hatte. Nun war es das dritte Mal, was mit Sicherheit das Beste für ihn und das Schlimmste für seine Feinde ahnen ließ.

Schwägerin Siebenpfund fiel ein, daß Siebenpfund vor zwei Jahren Zhao Siebenwürden im Trunk einmal einen Schurken geheißen hatte, daher spürte sie jetzt intuitiv die Gefahr, und ihr Herz begann heftig zu schlagen.

Als Zhao Siebenwürden näher trat, standen alle vom Essen auf und zeigten mit den Stäbchen auf ihre Reisschälchen. »Siebenwürden, bitte bedienen Sie sich!«

Doch Zhao Siebenwürden nickte nur und begab sich mit den Worten »Keine Umstände, bitte keine Umstände« direkt zum Tisch der Familie Siebenpfund. Sogleich beeilten sich die Siebenpfündler, ihn willkommen zu heißen, und während er mit dem Anflug eines Lächelns die Worte »Keine Umstände, bitte keine Umstände« wiederholte, inspizierte er eingehend ihr Essen.

»Wie gut das Trockengemüse duftet – habt ihr schon das Neueste gehört?« Zhao Siebenwürden hatte Siebenpfund im Rücken und Schwägerin Siebenpfund vor sich.

»Der Kaiser hat den Drachenthron bestiegen«, antwortete Siebenpfund.

Schwägerin Siebenpfund blickte angestrengt lächelnd

Siebenwürden ins Gesicht. »Wenn der Kaiser nun schon auf dem Thron sitzt, wann wird es denn dann eine Generalamnestie von Kaisers Gnaden geben?«

»Generalamnestie von Kaisers Gnaden? – Sie wird schon noch früh genug kommen!« Doch nach diesen Worten wurde Siebenwürdens Miene strenger, und auch seine Stimme nahm mit einem Mal einen scharfen Klang an. »Aber was ist mit dem Zopf von Siebenpfund? Die Sache ist nicht zu unterschätzen. Zur Zeit der Langhaare verloren alle, wie ihr wißt, ihren Kopf, die sich nicht scheren lassen wollten, und man kam mit dem Leben davon, wenn man seine Haare drangab …«

Siebenpfund und seine Frau waren ohne jede Bildung, daher verstanden sie auch das Mysterium dieser klassischen Anspielung nicht, aber sie spürten, wenn der gebildete Siebenwürden so sprach, dann mußte es sich unweigerlich um eine wichtige Angelegenheit handeln, aus der es kein Entrinnen gab. Es war ihnen, als hätten sie ihr Todesurteil vernommen. Die Ohren dröhnten ihnen, sie brachten kein Wort mehr heraus.

»Von Generation zu Generation geht es bergab«, nörgelte Oma Neunpfund. Sie nutzte die Gelegenheit, um an Zhao Siebenwürden ein paar Sätze zu richten. »Heutzutage schneiden die Aufständischen den Leuten die Zöpfe ab, so daß alle wie Buddhisten oder Daoisten aussehen. Haben die Langhaare das auch so gemacht? Ich bin nun achtundsiebzig Jahre alt und habe lang genug gelebt. Die Langhaare pflegten ihren Kopf in rote Atlasseide einzuhüllen, die bis zu den Fersen hinunterhing. Die Prinzen trugen gelbe Atlasseide, bis zu den Fersen, gelbe Atlasseide. Rote Atlasseide, gelbe Atlasseide. – Ich habe lang genug gelebt, bin nun achtundsiebzig.«

Schwägerin Siebenpfund hatte sich erhoben. »Was

machen wir bloß? Wir alle, alt und jung, sind auf ihn angewiesen …«, sagte sie zu sich selbst.

»Da ist nichts zu machen«, gab Zhao Siebenwürden kopfschüttelnd zur Antwort. »Die Bücher legen die Strafen für diejenigen genau fest, die keinen Zopf mehr haben. Auf Familienumstände wird da keine Rücksicht genommen.«

Als Schwägerin Siebenpfund vernahm, daß es schriftliche Bestimmungen gab, schwand auch ihre letzte Hoffnung. Sie konnte sich gar nicht mehr beruhigen und empfand mit einem Male wieder tiefen Abscheu gegenüber Siebenpfund. Mit den Stäbchen zeigte sie auf seine Nasenspitze. »Du Strolch, löffle die Suppe nur selber aus, die du dir eingebrockt hast! Zur Zeit des Umsturzes habe ich dir schon gesagt, du sollst verdammt noch mal mit dem Boot hierbleiben. Aber er mußte sich ja in die Stadt verpissen und dort den Zopf abschneiden lassen. Früher hatte er einen schwarzen, seidigglänzenden Zopf, jetzt sieht er schlimmer aus als ein Buddhist oder Daoist. Verurteilt gehört er, eingelocht, soll er doch selbst die Suppe auslöffeln, die er sich eingebrockt hat. Aber daß wir da mit hineingezogen werden … Dieser Strolch, verurteilt gehört er, eingelocht …«

Kaum hatten die Dorfbewohner Zhao Siebenwürden ins Dorf kommen sehen, beendeten sie schleunigst ihre Mahlzeit und standen nun um den Eßtisch der Familie Siebenpfund herum. Obwohl Siebenpfund sich durchaus seiner Persönlichkeit bewußt war, gab er jetzt eine recht klägliche Figur ab, nachdem ihn seine Frau so in aller Öffentlichkeit beschimpft hatte. So hob er nur den Kopf und sagte langsam: »Jetzt hast du leicht reden, aber damals …«

»Du Strolch, verurteilt gehörst du und eingelocht …«

Unter den Zuschauern befand sich Schwägerin Achtkommaeins, welche die Güte in Person war. Auf dem Arm ihr zweijähriges Kind, das nach dem Tod ihres Mannes zur Welt gekommen war, stand sie unmittelbar neben Schwägerin Siebenpfund und schaute dem Spektakel zu. Die Auseinandersetzung machte ihr das Herz schwer, so daß sie eilig um Vermittlung bemüht war. »Schwägerin Siebenpfund, laß es gut sein. Kein Mensch ist ein Heiliger, wer kann schon die Zukunft voraussehen? Hast du nicht damals auch gesagt, ohne Zopf sei man nicht weniger ansehnlich? Und außerdem haben bisher die Behörden noch keinerlei Anordnungen erlassen …«

Sie hatte noch nicht ausgeredet, da war Schwägerin Siebenpfund schon bis über beide Ohren rot geworden, böse fuhr sie herum und zeigte mit ihren Stäbchen auf die Nase von Schwägerin Achtkommaeins. »Was soll das heißen? Schwägerin Achtkommaeins, bei so einem Unsinn müßte ich mich doch in Grund und Boden schämen. Damals habe ich ganze drei Tage geweint, das hat jeder gesehen. Selbst Sechspfund, dieses kleine Aas, hat geweint …«

Sechspfund hatte gerade ihre große Portion Reis aufgegessen, sie hielt die leere Schale ausgestreckt und forderte einen Nachschlag. Doch Schwägerin Siebenpfund war so in Rage, daß sie ihre Stäbchen zwischen Sechspfunds Rattenschwänzen niedersausen ließ. »Du bist nicht gefragt, du kleine männergeile Witwe!« fuhr sie sie an.

Peng, Sechspfund fiel die leere Schale aus der Hand. Sie schlug auf einem Ziegelstein auf, so daß gleich eine große Ecke herausbrach. Siebenpfund fuhr kerzengerade in die Höhe. Er hob die zerbrochene Schale auf und setzte die Teile sorgfältig zusammen. »Hure!« brüllte er Sechspfund an und schlug auf sie ein, daß sie zu Boden fiel und zu weinen begann. Oma Neunpfund nahm sie bei der Hand und führte sie mit den Worten »Von Generation zu Generation geht es bergab« mit sich fort.

Schwägerin Achtkommaeins wurde nun ebenfalls zornig. »Schwägerin Siebenpfund, du läßt an dem Falschen deine Wut aus ...«, schrie sie.

Bisher hatte Zhao Siebenwürden dem Ganzen belustigt zugesehen, doch seit den Worten von Schwägerin Achtkommaeins, »Die Behörden haben bisher noch keine Anordnungen erlassen«, hatte ihn leichte Wut gepackt. Er trat vor den Tisch und polterte los: »Was heißt das denn schon, ›am Falschen seine Wut auslassen‹? Die Soldaten werden bald hier sein. Ihr wißt, daß sich diesmal der Großmeister Zhang des Kaisers angenommen hat. Er ist ein Nachfahre von Zhang Fei aus der Zeit der Drei Reiche. Sein Speer ist acht Fuß lang, und er nimmt es mit zehntausend Streitern auf. Niemand kann ihm widerstehen.« Bei diesen Worten fuhr er ein paar Schritte auf Schwägerin Achtkommaeins zu und rief: »Kannst du es mit ihm etwa aufnehmen?«

Schwägerin Achtkommaeins, das Kind auf dem Arm, zitterte vor Wut. Aber als sie so plötzlich Zhao Siebenwürden mit schweißtriefendem Gesicht auf sich zuschießen sah, wurde ihr angst und bange, so daß sie nicht weiterzureden wagte, sondern Reißaus nahm. Zhao Siebenwürden setzte ihr nach, und während die Menge den Weg freigab und dabei Schwägerin Achtkommaeins der Einmischung bezichtigte, versteckten sich hinter der Menschenansammlung eiligst ein paar Gestalten, die ihren Zopf längst abgeschnitten hatten, nun aber ihr Haar wieder wachsen lassen wollten; denn sie fürchteten, Zhao Siebenwürden könnte sie sehen. Doch der hatte sich überhaupt nicht umgeschaut, sondern war mit einem Male hinter der Menge in den Talgbäumen verschwunden. »Kannst du es mit ihm etwa aufnehmen?« war sein theatralischer Abschied auf dem Holzsteg gewesen.

Die Dorfbewohner waren völlig verdutzt. Sie rechneten sich aus, daß sie gegen Zhang Fei nicht den Hauch einer Chance besaßen, und kamen zu dem Schluß, daß Siebenpfunds Tage gezählt seien. Woher nahm Siebenpfund, der gegen die Gesetze des Kaisers verstoßen hatte, eigentlich das Recht, wie üblich, mit der Pfeife im Mund, Neuigkeiten aus der Stadt herumzuposaunen, meinten sie und empfanden dabei eine gewisse Schadenfreude. Eigentlich hätten sie den Fall gern erörtert, aber was gab es da schon groß zu diskutieren. Moskitos setzten mit wildem Gesumm ihren nackten Oberkörpern zu, um sich sogleich wieder unter die Talgbäume zu stürzen, wo sie sich in Schwärmen sammelten, nachdem sich die Dorfbewohner allmählich zerstreut hatten und heimgekehrt waren.

Man verschloß die Tore und ging schlafen. Schwägerin Siebenpfund räumte erst noch unter Murren das Geschirr sowie Tisch und Hocker weg, bevor sie sich ins Haus begab, die Tür verriegelte und sich zur Ruhe legte.

Indes nahm Siebenpfund die zerbrochene Schale, setzte sich auf die Türschwelle und rauchte seine Pfeife. Vor lauter Niedergeschlagenheit vergaß er jedoch bald, daran zu ziehen, so daß die Glut im Zinnkopf seiner gemaserten, sechs Fuß langen Bambuspfeife mit dem Elfenbeinmundstück nach und nach erlosch. Ganz erfüllt von dem äußersten Ernst seiner Lage, suchte er nach einem Ausweg, aber er kam zu keinem eindeutigen Ergebnis: »Zöpfe, ach Zöpfe? Ein acht Fuß langer Speer. Von Generation zu Generation geht es bergab. Der Kaiser hat den Drachenthron bestiegen. Die zerbrochene Schale muß in der Stadt genietet werden. Wer kann es mit ihm aufnehmen? Die Bücher legen die Strafen genau fest. Hure! ...«

Am nächsten Morgen machte sich Siebenpfund wie immer in aller Frühe mit dem Boot von Luzhen auf den Weg in die Stadt. Gegen Abend kehrte er mit seiner über sechs Fuß langen gemaserten Bambuspfeife und der Reisschale in den Händen wieder zurück. Beim Abendessen erzählte er Oma Neunpfund, daß die Schale in der Stadt genietet worden sei. Wegen der beträchtlichen Größe des herausgebrochenen Stücks seien sechzehn Kupferklammern nötig gewesen. Drei Käsch habe jede gekostet, so daß er insgesamt achtundvierzig Käsch habe anlegen müssen.

»Von Generation zu Generation geht es bergab«, meinte Oma Neunpfund traurig. »Ich habe lang genug gelebt. Drei Käsch das Stück! Waren früher die Klammern auch so teuer? Die Klammern früher ... Ich habe achtundsiebzig Jahre gelebt –«

Obwohl Siebenpfund wieder Tag für Tag wie gewöhnlich in die Stadt fuhr, blieb ein Schatten über seiner Familie. Die Mehrzahl der Dorfbewohner mied ihn und war nicht gerade auf die Neuigkeiten erpicht, die er aus der Stadt mitbrachte. Auch Schwägerin Siebenpfund war nach wie vor wütend und beschimpfte ihn des öfteren mit den Worten »Verurteilt gehörst du, eingelocht«.

Eines Abends – mehr als zehn Tage waren inzwischen vergangen – fand Siebenpfund bei der Rückkehr aus der Stadt seine Frau bei bester Stimmung vor. »Was Neues aus der Stadt?« wollte sie von ihm wissen.

»Nein, gar nichts.«

»Hat der Kaiser den Drachenthron bestiegen oder nicht?«

»Darüber hat niemand gesprochen.«

»Und die Leute in der Weinschenke ›Zum vollkommenen Genuß‹?«

»Die haben auch nichts gesagt.«

»Ich denke, der Kaiser kann unmöglich auf dem Drachenthron sitzen. Als ich heute an der Schenke von Zhao Siebenwürden vorbeikam, sah ich ihn wie eh und je in seine Bücher vertieft dasitzen. Den Zopf trug er wieder auf dem Kopf zusammengerollt, und das lange Gewand hatte er auch nicht mehr an.«

»…«

»Du glaubst, er ist nicht mehr auf dem Drachenthron?«

»Ja, ich glaube, er ist nicht mehr drauf.«

Heute wird Siebenpfund von Schwägerin Siebenpfund und den Dorfbewohnern wieder mit dem gebührenden Respekt behandelt. Wie immer ißt man im Sommer draußen vor dem Haus auf dem Lehmplatz. Vorübergehende grüßen mit einem freundlichen Lächeln. Oma Neunpfund ist bereits in ihr achtzigstes Lebensjahr getreten, zwar immer noch als Nörglerin, aber bei bester Gesundheit. Sechspfund flicht ihre Rattenschwänze inzwischen zu einem großen Zopf zusammen. Obwohl man ihr vor kurzem die Füße eingebunden hat, geht sie Schwägerin Siebenpfund zur Hand oder humpelt mit der sechzehnfach genieteten Reisschale in den Händen auf dem Lehmboden herum.

Oktober 1920

Heimat

Der bitteren Kälte trotzend, hatte ich mich auf den Weg in meine Heimat gemacht, von der mich mehr als zweitausend Li und mehr als zwanzig Jahre trennten.

Es war mitten im Winter. Der Himmel wurde immer dunkler, je näher ich der Heimat kam. Ein kalter Wind blies heulend in die Schiffskajüte. Durch einen Spalt im Verdeck warf ich einen Blick nach draußen. Unter einem schmutziggelben Himmel streckten sich nah und fern einige kümmerliche Dörfer, die ohne jedes Zeichen von Leben waren. Unwillkürlich begann mir das Herz schwer zu werden.

Das war doch nicht die Heimat, an die ich in den zwanzig Jahren so oft gedacht hatte?

Die Heimat, die ich in meiner Erinnerung trug, war vollkommen anders. Meine Heimat war sehr viel schöner. Aber wollte ich mir ihre Schönheit ins Gedächtnis rufen, ihren Zauber beschreiben, fehlte es mir an Vorstellungskraft und Worten. Sie war wohl doch nur so, wie ich sie jetzt vor Augen hatte. Eigentlich ist sie nie anders gewesen, suchte ich nach einer Erklärung. Und selbst wenn sie keinerlei Fortschritte aufzuweisen hatte, bestand doch kein Grund für meine Traurigkeit. Es lag wohl an meiner Stimmung. Sie war umgeschlagen, weil ich dieses Mal bei der Heimreise in keiner guten Verfassung war.

Ich war eigens gekommen, um von der Heimat Abschied zu nehmen. Das alte Haus, in dem wir so viele Jahre, jung und alt vereint, gelebt hatten, war bereits mit allem Drum und Dran an eine andere Familie verkauft worden. Der Tag der Übergabe sollte noch in diesem Jahr sein. Daher mußten wir uns beeilen. Vor dem ersten Januar galt es, von dem vertrauten alten Gebäude für immer Abschied zu nehmen und die vertraute Heimat auf ewig zu verlassen, um dann an einen anderen Ort zu ziehen, wo ich meinen Lebensunterhalt verdiente.

In der Morgendämmerung des folgenden Tages war ich zu Hause angekommen. Zahlreiche geknickte Halme verdorrter Gräser, die zwischen den Ziegeln im Wind schwankten, machten nur allzu klar, warum dieses alte Haus den Besitzer wechseln mußte. Einige Familienmitglieder waren wohl schon samt Anhang ausgezogen, daher war es so ruhig. Als ich den Teil des Anwesens erreichte, den meine Angehörigen bewohnten, war meine Mutter schon zur Begrüßung herausgeeilt. Hinter ihr kam mein siebenjähriger Neffe Honger herausgeflogen.

Meine Mutter war glücklich, konnte aber ihre tiefe Traurigkeit nicht verbergen. Sie bat mich, Platz zu nehmen und bei einer Tasse Tee zu entspannen. Auf den Umzug kam sie vorerst nicht zu sprechen. Honger hatte mich noch nie gesehen. Er blieb mir gegenüber auf Distanz und schaute mich nur an.

Schließlich sprachen wir doch über den Umzug. Ich sagte, ich hätte bereits anderweitig gemietet und auch schon Möbel gekauft. Um noch weiteren Hausrat anzuschaffen, sei es nötig, alle Möbel im Hause zu verkaufen. Mutter stimmte dem zu und sagte, das Gepäck sei fast vollständig zusammengetragen. Die zum Umzug ungeeigneten Möbel habe man zur Hälfte verkauft, nur bereite es Schwierigkeiten, das Geld einzutreiben.

»Ruh dich ein, zwei Tage aus, und wenn du die Verwandtschaft besucht hast, können wir aufbrechen«, meinte Mutter.

»Ja.«

»Du mußt auch an Runtu denken. Jedesmal wenn er bei uns vorbeikam, fragte er nach dir. Er würde dich gern einmal sehen. Das ungefähre Datum deiner Ankunft habe ich ihm bereits mitgeteilt. Er dürfte bald dasein.«

In diesem Moment leuchtete urplötzlich ein wunderbares Bild vor meinen Augen auf: Am tiefblauen Himmel hing ein goldgelber runder Mond, darunter breitete sich die sandige Meeresküste aus, so weit das Auge reichte, mit jadegrünen Wassermelonen bepflanzt. In der Mitte stand ein Junge von zehn oder elf Jahren. Um den Hals trug er eine silberne Kette, und in den Händen hielt er eine Heugabel, mit der er unter Aufbietung all seiner Kraft nach einer Dechse stach. Aber die Dechse entwischte ihm durch eine Körperdrehung zwischen den Beinen.

Dieser Junge war Runtu. Als ich ihn kennenlernte, war ich auch nur etwas mehr als zehn Jahre alt. Das liegt nun schon bald dreißig Jahre zurück. Damals lebte mein Vater noch, und auch der Familie ging es gut. Ich war ein junger Herr. In jenem Jahr war meine Familie für die Ahnenopfer zuständig, die nur alle dreißig Jahre einmal auf uns fielen und daher eine feierliche Angelegenheit waren. Im Januar wurden vor den Ahnenbildern Opfer dargebracht. Die Gaben waren reichlich, die Zahl der Teilnehmer gewaltig. Da jedoch die Opfergeräte sehr kostbar waren, mußten sie vor Diebstahl geschützt werden. Meine Familie hatte nur eine Aushilfskraft. (In der Gegend teilte man Arbeitskräfte in drei Gruppen ein: Wer das ganze Jahr über im Dienst einer bestimmten Familie stand, war eine volle Kraft; wer tageweise einer Arbeit nachging, gehörte zu den Tagelöhnern, und wer selbst sein Land bestellte und nur zu Neujahr, an bestimmten Festen und bei Pachtbeginn Dienste für einen bestimmten Herrn tat, hieß Aushilfskraft.) Unsere Aushilfskraft hatte viel zu tun, daher schlug der Betreffende meinem Vater seinen Sohn Runtu zur Bewachung der Opfergeräte vor.

Als mein Vater einwilligte, war ich außer mir vor Freude, weil ich Runtus Namen schon lange kannte und wußte, daß wir fast gleichaltrig waren. Runtu war im Schaltmonat (runyue) geboren, und da unter den fünf Elementen in seinem Horoskop das Element Erde (tu) fehlte, hatte ihm sein Vater den Namen Runtu gegeben. Runtu verstand sich darauf, Fallen aufzustellen und Vögel zu fangen.

Ich sehnte Tag für Tag das Neujahrsfest herbei. Mit dem neuen Jahr würde auch Runtu kommen. Wie endlos lange dauerte es doch, bis sich das Jahr dem Ende zuneigte! Als meine Mutter eines Tages sagte: »Runtu ist da!«, jagte ich aus dem Zimmer, um ihn mir anzusehen. Er befand sich gerade in der Küche. Er hatte ein rundes, purpurfarbenes Gesicht, auf dem Kopf trug er ein Filzkäppchen und um den Nacken eine funkelnde Silberkette, die zu erkennen gab, daß sein Vater ihn über alles liebte. Aus Furcht, Runtu könnte sterben, hatte dieser vor Buddha ein Gelübde abgelegt und Runtu die Kette als Talisman um den Hals gelegt. Anderen gegenüber empfand Runtu Scheu, nur vor mir hatte er keine Angst. Als wir allein waren, sprach er mit mir. Es dauerte nicht lange, da waren wir schon gute Freunde.

Worüber wir damals sprachen, weiß ich nicht mehr. Ich erinnere mich nur noch daran, daß er glücklich war und daß er sagte, er habe nach seiner Ankunft in dem Städtchen eine Unzahl von Dingen gesehen, die ihm bis dahin völlig unbekannt gewesen seien.

Am nächsten Tag forderte ich ihn auf, Vögel zu fangen.

»Das geht nicht«, sagte er. »Erst muß viel Schnee gefallen sein. Wenn es geschneit hat, fege ich auf dem hiesigen Sandboden ein Plätzchen frei. Mit Hilfe eines kurzen Stockes stelle ich dann einen großen Dreschkorb aus Bambus auf, und zwar so, daß die eine Seite schräg steht. Darunter verstreue ich Spreu. Und wenn dann die Vögel zum Aufpicken kommen, brauche ich nur einmal in einiger Entfernung an dem Strick zu ziehen, den ich an dem Stock befestigt habe, dann sind die Vögel wie in einem Käfig eingesperrt. Es gibt hier alle Sorten von Vögeln: Wildfasane, Waldschnepfen, Ringeltauben, Blaurücken ...«

Daraufhin konnte ich es kaum noch erwarten, daß endlich Schnee fiel.

»Jetzt ist es zu kalt«, sagte Runtu. »Du mußt im Sommer zu uns kommen. Tagsüber können wir dann am Meer Muscheln sammeln gehen. Es gibt rote und grüne, Teufelsschreckmuscheln und auch Buddhahände. Abends passe ich mit meinem Vater auf die Wassermelonen auf, und du kommst auch mit.«

»Paßt ihr wegen der Diebe auf?«

»Nein. Wenn Vorübergehende, um den Durst zu stillen, Wassermelonen pflücken, ist das für uns hier kein Diebstahl. Worauf wir zu achten haben, sind Dachse, Igel und Dechsen. Das knabbernde Geräusch, das man bei Mondschein hört, kommt von den Dechsen, die an Wassermelonen nagen. Man schleicht sich dann leise mit der Heugabel heran ...«

Damals wußte ich überhaupt nicht, was für ein Tier

eine Dechse ist. Ich habe es bis heute noch nicht in Erfahrung gebracht. Ich hatte nur irgendwie das Gefühl, daß es Ähnlichkeit mit einem kleinen Hund haben und sehr wild sein müsse.

»Beißt die Dechse Menschen?«

»Ich habe doch eine Heugabel. Wenn man sich herangeschlichen und die Dechse erblickt hat, dann sticht man zu. Es ist ein kluges Tier. Es kommt auf einen zugelaufen und schlüpft durch die Beine hindurch. Sein Fell ist glatt wie Öl …«

Ich hatte überhaupt nicht gewußt, welche Vielzahl von Wunderdingen die Erde barg: Am Meeresstrand lagen zahllose Muscheln in allen erdenklichen Farben, und die Wassermelonen, von denen ich früher nur wußte, daß sie im Obstladen zum Verkauf angeboten wurden, hatten solch gefährliche Situationen durchzustehen.

»Wenn in dieser sandigen Gegend die Flut bevorsteht, dann springen all die Springfische wie wild. Sie haben zwei Füße, ähnlich wie die Frösche …«

Ach, Runtus Herz war übervoll mit den seltsamsten Dingen, von denen meine sonstigen Spielgefährten keine Ahnung hatten. Während Runtu am Meer lebte, wußten sie von der übrigen Welt rein gar nichts, hatten wie ich nur den viereckigen Himmel vor Augen, den die hohen Hofmauern freigaben.

Zu meinem tiefen Bedauern ging der Januar vorbei, und Runtu mußte nach Hause zurück. Ich war so aufgebracht, daß ich laut weinte. Auch Runtu versteckte sich in der Küche und weigerte sich unter Tränen, das Haus zu verlassen, aber schließlich nahm ihn sein Vater mit. Später hat er seinem Vater ein Päckchen Muscheln und ein paar wunderschöne Vogelfedern für mich mitgegeben. Ich habe ihm auch ein-, zweimal etwas geschickt, aber seitdem haben wir uns nicht wiedergesehen.

Als Mutter jetzt auf ihn zu sprechen kam, erwachten urplötzlich und blitzartig diese Kindheitserinnerungen zu neuem Leben. Es war mir, als ob ich meine schöne alte Heimat erblickte.

»Das ist ja großartig, daß er kommt! Wie geht es ihm denn? …«, wollte ich wissen.

»Ihm? … Seine Verhältnisse sind alles andere als rosig …« Während Mutter das sagte, blickte sie nach draußen. »Da sind sie schon wieder. Sagen, daß sie Möbel kaufen wollen, und lassen bei der Gelegenheit einfach etwas mitgehen. Ich muß mal nach dem Rechten sehen.«

Mutter erhob sich und ging hinaus. Daraufhin wurden draußen ein paar Frauenstimmen laut. Ich rief Honger zu mir und begann, mit ihm zu plaudern. Ich fragte ihn, ob er schreiben könne und ob er sich freue, einmal rauszukommen.

»Fahren wir mit dem Zug?«

»Ja, wir fahren mit dem Zug.«

»Mit dem Schiff auch?«

»Ja, zuerst mit dem Schiff …«

»Ach! So siehst du jetzt also aus! Mit so einem langen Bart!« rief ganz plötzlich eine schrille Stimme.

Erschrocken blickte ich auf. Vor mir stand eine Frau um die Fünfzig mit vorstehenden Wangenknochen und dünnen Lippen. Sie hatte ihre Hände in die Hüften gestemmt, und wie sie so ohne Schürze breitbeinig vor mir stand, hatte sie eine frappante Ähnlichkeit mit einem dünnbeinigen Zirkel aus einem Zirkelkasten.

Ich war verblüfft.

»Du kennst mich wohl nicht mehr? Dabei habe ich dich doch auf dem Arm gehabt!«

Ich war noch mehr verblüfft. Glücklicherweise kam meine Mutter herein und sagte von der Seite: »Er ist schon so viele Jahre von zu Hause fort, daß er alles vergessen hat. Daran hättest du denken können.« Und zu mir gewandt, sagte Mutter: »Das ist die Zweite Schwägerin Yang von schräg gegenüber … Sie führt einen Bohnenquarkladen.«

Ach ja, nun erinnerte ich mich.

Als ich ein Kind war, saß im Bohnenquarkladen schräg gegenüber mit tödlicher Sicherheit den ganzen lieben Tag lang eine Schwägerin Yang. Alle Welt nannte sie Bohnenquark-Aphrodite. Aber damals war sie weißgepudert. Weder zeichneten sich ihre Wangenknochen so deutlich ab, noch waren ihre Lippen so dünn. Und da sie den ganzen Tag über saß, hatte ich sie auch niemals in dieser zirkelförmigen Haltung gesehen. Damals sagten die Leute: »Nur ihretwegen geht der Bohnenquarkladen so außerordentlich gut.« Aber wahrscheinlich hatte es mit dem Alter zu tun, daß sie auf mich nicht den geringsten Eindruck machte und ich sie schließlich vollständig vergaß. Doch sie ärgerte sich und machte eine verächtliche Miene. Als mache sie sich über einen Franzosen lustig, der noch nie etwas von Napoleon gehört hat, oder über einen Amerikaner, dem Washington unbekannt ist, sagte sie mit kaltem Lachen: »Hast mich wohl vergessen? Ja, vornehme Leute tragen den Kopf oben …«

»Aber nein … ich …« In meiner Verlegenheit suchte ich nach einer Erklärung, wobei ich mich erhob.

»Also, ich sag dir was. Bruder Xun, du bist zu Geld gekommen, und die Möbel sind für den Umzug nicht geeignet. Was willst du da noch mit diesem Gerümpel. Laß es mich fortschaffen. Wir armen Leute können es gebrauchen.«

»Ich bin überhaupt nicht reich. Ich muß diese Dinge verkaufen, um dafür neue …«

»So, so. Du wurdest doch als Landrat hierhergeschickt. Wie kannst du da sagen, du seist nicht reich? Du hast jetzt drei Konkubinen, und wenn du außer Haus gehst, steht für dich eine große Sänfte mit acht Trägern bereit. Da sagst du, du seist nicht reich? Ha, mir kannst du nichts vormachen …«

Da ich wußte, daß es darauf nichts zu antworten gab, hielt ich meinen Mund und blieb schweigend stehen.

»Ja, ja, je mehr man hat, desto knickeriger wird man, und je knickeriger einer ist, desto mehr hat er …«, fuhr »Zirkelbein« geschwätzig fort und wandte sich wütend ab. Langsam schickte sie sich zum Fortgehen an und griff sich auf dem Weg noch ein Paar Handschuhe, die meiner Mutter gehörten. Sie stopfte sie in den Hosenbund, und weg war sie.

Danach suchten mich dann noch Familienangehörige und Verwandte aus der Nachbarschaft auf. Während ich einerseits Gäste empfing, nutzte ich andererseits die freien Minuten zwischen den Besuchen, um das Gepäck fertigzumachen. So vergingen drei bis vier Tage.

Eines Tages, wir hatten schon zu Mittag gegessen, und draußen war es empfindlich kalt, saß ich gerade beim Tee, als ich das Gefühl hatte, es sei Besuch da. Ich wandte mich herum, um nachzusehen. Und wie ich so schaute, durchfuhr mich unwillkürlich ein tiefes Erstaunen. Schnell erhob ich mich zur Begrüßung.

Es war Runtu. Obwohl ich auf den ersten Blick wußte, daß es Runtu war, war es doch nicht der Runtu meiner Erinnerung. Er hatte nun die doppelte Körpergröße. Sein früher purpurfarbenes rundes Gesicht war bereits fahlgelb und von tiefen Furchen durchzogen. Seine Augen glichen denen seines Vaters, die Ränder waren rot geschwollen, wie es bei Leuten der Fall zu sein pflegt, die am Meer auf den Feldern arbeiten und den ganzen Tag über den Wind im Gesicht haben. Auf dem Kopf trug er eine zerschlissene Filzkappe, und seine äußerst dünne wattierte Kleidung bot wenig Schutz gegen die Kälte. Er zitterte am ganzen Körper. In den Händen hielt er ein in Papier eingeschlagenes Päckchen und eine lange Pfeife. Seine Hände waren nicht die roten und pummeligen meiner Erinnerung, sondern sie waren rauh, grobschlächtig und spröde wie die Rinde einer Kiefer.

Ich war in diesem Moment des Wiedersehens außer mir vor Freude, wußte aber nicht, was ich sagen sollte. So sagte ich nur: »Ach, Bruder Runtu. Bist du da? …«

Ich hätte dem so viel hinzufügen können, daß sich mir die Worte wie Perlen an einer Perlenkette aneinandergereiht hätten: Worte wie Waldschnepfe, Springfisch, Muschel, Dechse lagen mir auf der Zunge … Aber ich war wie gelähmt. So verharrte ich in Gedanken und brachte nichts heraus.

Während er so dastand, lag auf seinem Gesicht ein Ausdruck von inniger Freude und Traurigkeit. Er bewegte die Lippen, aber die Stimme versagte ihm. Schließlich nahm er eine respektvolle Haltung an und sagte klar und deutlich: »Ehrwürdiger Herr! …«

Ein Schauder schien sich meiner zu bemächtigen, denn nun war klar, zwischen uns stand bereits eine dicke Mauer, die uns so sehr voneinander trennte, daß man darüber in Schwermut hätte verfallen können. So sagte auch ich nichts.

Er wandte den Kopf und sagte: »Shuisheng, mach einen Diener vor Ehrwürden.« Daraufhin zog er hinter seinem Rücken ein Kind hervor, das sich dort versteckt hatte. Es war der Runtu von vor zwanzig Jahren, nur etwas blasser und ohne Silberkette um den Hals. »Das ist mein fünftes Kind. Es hat von dieser Welt noch nichts gesehen und ist sehr scheu ...«

Mutter kam mit Honger vom oberen Stockwerk herunter. Sie hatten wahrscheinlich ebenfalls die Stimmen gehört.

»Gnädige Frau, ich habe den Brief schon früh erhalten. Ich war wirklich hoch erfreut zu hören, daß der ehrwürdige Herr zurückkommt ...«, sagte Runtu.

»Ach, warum so förmlich? Habt ihr euch früher nicht Brüder genannt? Mach es wie damals, sage Bruder Xun«, meinte Mutter fröhlich.

»Gnädige Frau, Sie sind wirklich ... Aber das entspricht nicht dem Anstand. Damals war ich ein Kind, verstand von diesen Dingen nichts ...« Während Runtu das sagte, veranlaßte er Shuisheng, noch einmal hervorzutreten und seine Verbeugung zu machen. Aber das Kind klammerte sich ängstlich hinter seinem Vater fest.

»Ist das Shuisheng? Das fünfte?« wollte Mutter wissen. »Wir sind doch alle fremd für ihn. Man kann ihm seine Scheu nicht übelnehmen. Am besten geht Honger mit ihm spielen.« Als Honger das gehört hatte, kam er herbei und machte Shuisheng ein Zeichen. Unbekümmert und gelassen folgte ihm Shuisheng nach draußen. Mutter forderte Runtu auf, Platz zu nehmen. Er zögerte zunächst, setzte sich schließlich aber doch. Nachdem er seine lange Pfeife an den Tischrand gelehnt hatte, reichte er mir das in Papier eingewickelte Päckchen mit den Worten: »Im Winter gibt es so gut wie gar nichts. Diese Bohnen haben wir selbst getrocknet. Wenn ich Sie, ehrwürdiger Herr, bitten darf ...«

Als ich ihn nach seinen Lebensumständen fragte, schüttelte er nur den Kopf.

»Es sieht gar nicht gut aus. Zwar kann das sechste

Kind nun auch mithelfen, aber wir haben nie genug zu essen … Die Zeiten sind unsicher … überall wird einem Geld abverlangt, ohne daß es dafür feste Bestimmungen gibt … und die Ernten sind schlecht. Man pflanzt etwas an, bringt es zum Verkauf und muß ständig doppelt und dreifach Steuern zahlen. Nichts als Verluste. Verkauft man nichts, verfault einem alles …«

Er schüttelte nur den Kopf. Sein Gesicht war tief zerfurcht, aber nicht eine seiner Falten bewegte sich. Man hätte denken können, es sei aus Stein. Er litt wohl schwer an dem, was er durchzumachen hatte, wollte oder konnte sich darüber aber offensichtlich nicht weiter äußern. Nachdem er eine Weile in tiefem Schweigen verharrt hatte, griff er nach seiner Pfeife und zündete sie an, ohne ein Wort zu sagen.

Mutter brachte durch weitere Fragen aus ihm heraus, daß er zu Hause viel zu tun hatte und morgen schon wieder zurückmußte. Da er noch nicht zu Mittag gegessen hatte, forderte sie ihn auf, in die Küche zu gehen und sich selbst gerösteten Reis zu machen.

Als er draußen war, beklagten Mutter und ich sein Los: viele Kinder, Hunger, gewaltige Steuern, Soldaten, Banditen, Großgrundbesitzer. Das alles machte ihm das Leben so bitter, daß er wie eine Marionette schien. Mutter meinte, wir sollten ihm all das überlassen, was wir beim Umzug entbehren könnten und wofür er Verwendung hätte.

Am Nachmittag suchte er sich ein paar Dinge aus: zwei lange Tische, vier Stühle, ein Weihrauchgefäß samt Kerzenständer und eine Waage. Er bat auch um die vorhandene Strohasche (wir kochten hier mit Reisstroh, dessen Asche sich als Düngemittel für die Sandböden verwenden läßt). Zum Zeitpunkt unseres Aufbruchs würde er sie mit dem Kahn abholen kommen.

Abends plauderten wir dann noch miteinander über belanglose Dinge. In der Frühe des nächsten Tages machte er sich mit Shuisheng auf den Heimweg.

Neun Tage später war der Zeitpunkt unseres Aufbruchs gekommen. Runtu war am Morgen eingetroffen, aber ohne Shuisheng. Er hatte nur seine vierjährige Tochter mitgebracht, die auf das Boot aufpaßte. Den ganzen Tag über hatten wir alle Hände voll zu tun und fanden keine Zeit mehr für eine Plauderei. Es hatte sich auch eine beträchtliche Zahl von Besuchern eingefunden, sei es, um uns das Abschiedsgeleit zu geben, sei es, um Dinge fortzutragen oder beides miteinander zu verbinden. Als wir gegen Abend das Boot bestiegen, hatte man alles Gerümpel aus unserem Haus bereits weggeschafft.

Während unser Boot seinen Weg nahm, wurden die blauen Berge, die zu beiden Seiten des Flusses in die Dämmerung ragten, in tiefes Schwarz gehüllt, bis sie schließlich hinter dem Heck verschwanden.

Honger lehnte mit mir am Bootsfenster. Gemeinsam schauten wir in die Landschaft hinaus. Sie verschwamm in der Dunkelheit. Plötzlich fragte Honger: »Onkel! Wann werden wir zurückkehren?«

»Zurückkehren? Du bist doch noch gar nicht fort, wie kannst du da schon wieder an Rückkehr denken?«

»Aber ich habe mich doch mit Shuisheng verabredet. Wir wollen bei ihm zu Hause spielen …«, drückte er seine kindlichen Wünsche aus und schaute mich dabei mit weit aufgerissenen schwarzen Augen an.

Es gab da eine Sache, die sowohl Mutter als auch mir schwer auf dem Herzen lag. Daher kamen wir wieder auf Runtu zu sprechen. Mutter erzählte mir, Schwägerin Yang, besagte Bohnenquark-Aphrodite, sei regelmäßig jeden Tag bei uns aufgetaucht, seit die Familie mit dem Packen begonnen habe. Vorgestern habe sie aus dem Aschehaufen mehr als zehn Schalen und Teller herausgefischt. Zur Rede gestellt, behauptete sie steif und fest, Runtu habe sie dort vergraben, um sie beim Abtransport der Asche mitgehen zu lassen. Da Schwägerin Yang es sich als Verdienst anrechnete, diese Sache aufgedeckt zu haben, griff sie sich einen Futterkorb für Hühner und machte sich mit ihm auf und davon. (Bei uns heißen diese Futterkörbe »Hund-stirb-vor-Wut«. Es handelt sich dabei um einen mit einem Holzgitter überspannten Holzteller, der mit Futter gefüllt ist. Hühner können ihren Hals hineinstecken und das Futter aufpicken, nicht aber Hunde; ihnen bleibt nichts anderes übrig, als sich zu Tode zu ärgern.) Ein Wunder, wie schnell sie mit ihren kleinen Füßen und hohen Absätzen davonlaufen konnte.

Mich überkam keinerlei Wehmut, als mit dem alten Haus auch die heimatlichen Gefilde allmählich in der Ferne entschwanden. Beklommen empfand ich nur das Gefühl von hohen, unsichtbaren Mauern, die mich isoliert hielten. Das Bild des jungen Helden zwischen den Wassermelonen und mit der silbernen Kette um den Hals, das mir so deutlich vor Augen gestanden hatte, war mit einem Mal ganz verschwommen, so daß mich eine tiefe Traurigkeit befiel.

Mutter und Honger schliefen schon.

Im Liegen vernahm ich das Plätschern des Wassers unter dem Boot. Ich wußte, ich war auf meinem Weg. Ich dachte: Zwar sind Runtu und ich uns völlig fremd geworden, aber die Generation der Kinder versteht sich noch. Dachte nicht Honger voller Sehnsucht an Shuisheng? Ich hoffte, sie würden – anders als Runtu und ich – sich nicht fremd werden ... Aber ich wollte auch wieder nicht, daß ihr Leben vor Bitterkeit so unstet würde wie das meine, nur weil sie nach Gemeinsamkeit strebten. Ebensowenig wollte ich, daß ihr Leben vor Bitterkeit so abgestumpft würde wie das von Runtu, und ich wollte auch nicht, daß ihr Leben vor Bitterkeit so haltlos würde wie das anderer. Ich wünschte ihnen ein neues Leben, das von uns noch niemals gelebt worden ist.

Daß ich wieder zu hoffen wagte, ließ mich plötzlich erschrecken. Als Runtu um das Weihrauchgefäß und den Kerzenhalter bat, hatte ich noch insgeheim über ihn gelacht, in der Meinung, er verehre immer noch Götzenbilder und käme für keinen Augenblick von ihnen los. War nicht, was ich jetzt Hoffnung nannte, ebenfalls ein Götzenbild, das ich selbst geschaffen hatte? Seine Wünsche bezogen sich lediglich auf naheliegende Dinge, meine dagegen verloren sich im Unbestimmten.

Während ich in einen Halbschlaf zu versinken begann, erstand vor meinen Augen wieder der jadegrüne Meeresstrand, darüber erhob sich am tiefblauen Himmel ein goldgelber runder Mond. Es läßt sich nicht mit Bestimmtheit sagen, dachte ich, ob es schon immer Hoffnung gegeben hat oder nicht. Es verhält sich wie mit den Wegen auf der Erde, ursprünglich gab es keine, doch als immer mehr Menschen die Erde beschritten, entstanden auch Wege.

Januar 1921

Die wahre Geschichte des Herrn Jedermann

I

Schon lange wollte ich die wahre Geschichte des Herrn Jedermann niederschreiben, aber ich habe es mir immer wieder anders überlegt, was zeigen mag, daß ich nicht zu jenen gehöre, die sich durch Schreiben ein unvergängliches Denkmal zu setzen verstehen. Und da unvergängliche Pinselstriche stets nur unsterblichen Persönlichkeiten gewidmet wurden – wobei immer unklarer wurde, ob eigentlich der Dargestellte dank der Aufzeichnung fortlebt oder umgekehrt –, scheint auch an diesem Wunsche, die Geschichte des Herrn Jedermann zugänglich zu machen, letztendlich irgend etwas faul zu sein.

Greift man aber trotzdem zum Pinsel, um dieses nun alles andere als unsterbliche Werk zu verfassen, stellen sich einem sogleich unermeßliche Schwierigkeiten in den Weg. Da ist zunächst der Titel: »Ist der Titel aus dem Lot, so fügt auch das Folgende sich nicht.« Dieser Ausspruch von Konfuzius sollte eigentlich in höchstem Maße beherzigt werden. Vergegenwärtigen wir uns doch allein die biographische Artenvielfalt: Da gibt es die biographischen Sammlungen der jeweiligen Dynastien, Autobiographien, Lebensbeschreibungen von Yogis und Unsterblichen, inoffizielle Biographien, biographische Nachträge, Familienbiographien und Kurzbiographien – nur passen sie leider alle nicht. Weder erscheint meine Geschichte des Herrn Jedermann gemeinsam mit Biographien namhafter Persönlichkeiten als Teil einer offiziellen Dynastiengeschichte. Noch paßt »Autobiographie«, da ich nicht Herr Jedermann bin. »Inoffizielle Biographie« scheidet als Titel ebenso aus wie »Biographie ›unsterblicher Wesen‹« – letzterer um so mehr, als bei Herrn Jedermann von »unsterblich« keine Rede sein kann. Und »Nachtrag zur Biographie des Herrn Jedermann«? Bisher hat unser Staatspräsident das Amt für Geschichtsschreibung noch nicht angewiesen, etwas Ähnliches wie die »Biographie des Herrn Jedermann« zu verfassen. Zwar hatte in England der Schriftsteller Conan Doyle einmal einen »biographischen Nachtrag zu Rodney Stone« verfaßt, obgleich die offizielle englische Geschichtsschreibung noch keine »Biographie des Rodney Stone« kannte, aber das ist eben einem großen Dichter möglich, nicht meinesgleichen. Schließlich »Familienbiographien«. Weder ist mir bekannt, ob Herr Jedermann und ich derselben Sippe angehören, noch habe ich je einen entsprechenden Auftrag seitens seiner Nachkommen erhalten. Und »Kurzbiographie« paßt nicht, da Herr Jedermann noch weniger eine »ausführliche Biographie« vorzuweisen hätte. Es handelt sich also schlicht um eine »Biographie«. Doch angesichts ihres schlechten literarischen Stils – sie wird im Jargon der Fuhrleute und Bohnenmushändler geschrieben – wäre auch dies als Titel vermessen. Deshalb bleibt mir nur, mich auf den gängigen Ruf »Nun Schluß mit dem Geschwätz, zurück zur wahren Geschichte!« der außerhalb jeglicher religiöser und philosophischer Gruppierung stehenden »Geschichtenerzähler« zu beziehen und hieraus die Worte »wahre Geschichte« für meinen Titel zu wählen. Zwar ergibt sich dann eine formale Übereinstimmung mit der »Wahren Geschichte der Kalligraphe«, einem Werk, das uns von unseren Vorfahren überliefert wurde, doch das muß mir dann egal sein.

Die zweite Schwierigkeit ergibt sich aus biographischen Gepflogenheiten. Man ist gehalten, etwa folgendermaßen zu beginnen: »Der Soundso, mit Beinamen Soundso, aus Soundso stammend …« Doch ich weiß nicht, wie Herr Jedermann mit Familiennamen hieß. Einmal schien mir, er heiße Zhao, doch am Tag darauf hatte ich bereits Zweifel. Als ich damals unter Gongschlägen die Nachricht im Dorf verbreitete, der Sohn des ehrwürdigen Herrn Zhao habe die erste der drei kaiserlichen Prüfungen bestanden, gestikulierte Herr Jedermann – er hatte gerade zwei Schalen Reiswein getrunken –, auch ihm gereiche das zur Ehre, da er und der ehrenwerte Herr Zhao eigentlich zur selben Sippe gehörten. Und verfolge man seine Abstammung genau, so stehe er zum jungen Bakkalaureus wie Urgroßvater zu Urenkel. Tatsächlich empfanden damals einige Zuhörer so etwas wie feierlichen Respekt. Wer hätte gedacht, daß am folgenden Tag der Dorfpolizist Herrn Jedermann zum ehrenwerten Herrn Zhao bestellte!

»Jedermann, du elender Wicht! Du behauptest, ich gehöre zu deiner Sippe?« donnerte der alte Herr mit zornesrotem Gesicht, kaum daß er seiner ansichtig geworden war. Herr Jedermann schwieg. Je länger der alte Herr ihn anblickte, desto mehr echauffierte er sich. »Wag bloß, solchen Unsinn zu verbreiten! Wie könnte ich einer Sippe wie der deinen angehören! Heißt du vielleicht Zhao?« Und er näherte sich ihm bedrohlich. Herr Jedermann schwieg. Er dachte an Rückzug. Doch der alte Herr war schneller und schlug ihm ins Gesicht.

»Wie könntest du Zhao heißen! Für diesen Namen kommst doch du überhaupt nicht in Frage!«

Herr Jedermann beharrte nicht weiter darauf, wirklich Zhao zu heißen. Statt dessen rieb er sich seine linke Backe und verließ mit dem Dorfpolizisten den Hof. Draußen mußte er sich, nach erfolgter polizeilicher Zurechtweisung, mit zweihundert Kupferlingen bei ihm bedanken.

Alle, die davon erfuhren, meinten, Herr Jedermann sei vermessen gewesen und habe sich die Prügel selbst zuzuschreiben. Wahrscheinlich heiße er doch nicht Zhao. Und selbst wenn – er hätte es nicht so daherreden dürfen, solange der ehrwürdige Herr Zhao im Dorfe wohnte.

Später sprach niemand mehr über Jedermanns Abstammung. Deshalb ist mir sein Familienname bis heute unbekannt.

Drittens weiß ich nicht, wie sich sein Vorname schreibt. Zu Lebzeiten riefen ihn alle »A Quei«, aber nach seinem Tode wurde sein Name nicht mehr erwähnt, von »Aufzeichnungen auf Bambus oder Seide« ganz zu schweigen. Da diese meine Niederschrift die erste »Aufzeichnung« zu diesem Thema darstellt, bin ich es, der als erster mit diesem Problem konfrontiert wird. Ich hatte mir schon überlegt, ob »Quei« wohl für den »Kassiabaum« stehen mochte oder ob das Schriftzeichen für »Adel« damit gemeint sein könnte. Aber hieß A Q, Herr Jedermann, mit Beinamen etwa »Mondpavillon«? Oder war er im achten Monat des Mondkalenders geboren? Doch wohl nicht. (Und falls er einen Beinamen hatte, so kannte ihn niemand, und Geburtstagseinladungen hat er auch nie verschickt.) Es wäre also eigenmächtig entschieden, wollte ich seinen Namen mit dem Zeichen für Kassiabaum schreiben. Hätte er nun einen Bruder mit Vornamen »Reichtum«, schriebe A Q sich gewiß mit dem Zeichen für »Adel«. Aber er hatte keine Geschwister. So besteht auch für diese Schreibweise keine Rechtfertigung. Und andere, entlegenere Schriftzeichen mit der Aussprache »Quei« kamen noch weniger in Betracht.

Ich hatte einmal den jungen Bakkalaureus Zhao dazu befragt, aber überraschenderweise tappte auch dieser gelehrte Herr im dunkeln. Seiner Meinung nach ging übrigens gerade die chinesische Kultur zugrunde, weil Chen Duxiu in seiner Zeitschrift »Neue Jugend« die Lateinschrift für das Chinesische propagierte – womit auch keine Möglichkeit bestand, dem gesuchten Schriftzeichen noch auf die Spur zu kommen. Als letzten Ausweg beauftragte ich einen Bekannten aus meinem Heimatort mit der Einsichtnahme der Polizeiakte des A Q. Acht Monate später erhielt ich seinen Antwortbrief, in dem er mir mitteilte, es sei dort niemand verzeichnet, dessen Name auch nur annähernd wie Quei laute. Damit konnte ich in dieser Sache nun auch nichts mehr tun, obwohl ich mir nicht sicher war, ob das die Wahrheit war oder ob er der Angelegenheit überhaupt nicht nachgegangen war. Da ich befürchten muß, daß unsere chinesischen Lautzeichen zur Angabe der Aussprache noch nicht allgemein bekannt sind, bleibt mir in diesem Fall nur, auf die ausländischen Buchstaben zurückzugreifen und seinen Namen in englischer Manier mit »A Quei« wiederzugeben oder kurz: A Q. Damit bin ich zwar beinahe ein Apologet der »Neuen Jugend«, wofür ich mich entschuldigen möchte, doch was soll ich tun, wenn sogar der junge Herr Bakkalaureus keine Lösung weiß!

Die vierte Schwierigkeit schließlich ist die Frage nach A Qs Herkunft. Hieße A Q mit Nachnamen Zhao, könnten wir die Tradition derer in Anspruch nehmen, die heute gern als »Edle Sippe derer von Soundso« firmieren, und den Eintragungen im »Herkunftsbuch der hundert Sippen« entnehmen, er stamme aus Tianshui in Longxi. Leider aber sind die Anhaltspunkte, die für diesen Namen sprechen, dürftig. Deshalb bleibt auch seine Herkunft im dunkeln. A Q verbrachte zwar die meiste Zeit seines Lebens im Dorfe Weizhuang, aber er nächtigte auch schon mal außerhalb. Deshalb läßt sich nicht eigentlich behaupten, er stamme aus Weizhuang. Täte man es trotzdem, wäre dies ein Verstoß gegen die Methoden der Geschichtsschreibung.

Zu meinem Trost möchte ich jedoch bemerken, daß die Silbe »A« völlig korrekt ist. Sie wurde weder sinnentstellend verwendet noch falsch entlehnt. Ja, sie wird in ihrer Korrektheit vor den Gelehrten bestehen! Die vollständige Klärung all der übrigen fraglichen Punkte wird einem nur oberflächlich Gebildeten nicht möglich sein. Ich kann nur hoffen, daß vielleicht dereinst die Schüler des Herrn Hu Shi, dieses »Geschichtsnarren«, der meint, alles beweisen zu müssen, ein paar neue Gesichtspunkte in die Diskussion werden einbringen können. Doch fürchte ich, daß bis dahin meine »Wahre Geschichte des Herrn Jedermann« längst der Vernichtung anheimgefallen sein wird.

Dies gelte als Einleitung.

II
Von überlegenen Siegen

Nicht nur Herrn Jedermanns Familienname, Vorname und Herkunft sind ungewiß, auch sein Lebenslauf bleibt unklar. Die Leute von Weizhuang nahmen ihn nur wahr, wenn sie seine Hilfe benötigten oder sich über ihn lustig machen konnten. Für seine Vergangenheit zeigte niemand Interesse. Und Herr Jedermann selbst äußerte sich nicht dazu. Höchstens im Streit riß er die

Augen auf und rief: »Früher waren wir viel mächtiger als du! Für wen hältst du dich eigentlich!«

Herr Jedermann besaß weder Familie noch Zuhause. Er wohnte im Tempel der Erdgottheit. Ohne feste Beschäftigung fristete er sein Leben mit Handlangerdiensten, half bei der Weizenernte, enthülste Reis im Mörser oder stakte Boote. Bei länger dauernden Arbeiten durfte er auch im Hause des jeweiligen Arbeitgebers wohnen, doch immer nur bis zum Ende der Saison. Deshalb erinnerten sich die Dorfbewohner an Herrn Jedermann, wenn es viel zu tun gab, doch sie erinnerten sich nur an seine Arbeitskraft, nicht an seine Geschichte. Hatten sie keine Arbeit, war er ihnen bald aus dem Gedächtnis entschwunden, von seinem Lebenslauf ganz zu schweigen.

Nur einmal hatte ein älterer Bauer lobend über ihn gesagt: »A Q kann wirklich zupacken!« Herr Jedermann stand damals gerade faul da, den schmächtigen Oberkörper entblößt, und die Umstehenden waren unschlüssig, ob der Ausspruch ernst oder spöttisch gemeint war. Er jedenfalls freute sich über dieses Lob.

Herr Jedermann hielt viel von sich. Keinen Einwohner von Weizhuang würdigte er eines Blickes. Selbst den zwei Prüfungsanwärtern des Ortes begegnete er mit einer Miene, als verdienten sie es nicht einmal, von ihm ausgelacht zu werden. Solch gelehrte Jünglinge werden später gar Bakkalaureus, dachte er. Nun genossen der ehrenwerte Herr Zhao und der ehrenwerte Herr Qian großen Respekt bei der Dorfbevölkerung, weil sie, abgesehen von ihrem Reichtum, die Väter der beiden »Gymnasiasten« waren. Doch für Herrn Jedermann war das kein Anlaß zu besonderer Hochachtung. Mein Sohn wird einmal viel vermögender sein, dachte er. Außerdem war er schon öfter in der Stadt gewesen, weshalb er sich noch großartiger vorkam. Die Städter verachtete er allerdings nicht minder. So hieß zum Beispiel ein Hocker mit einem drei Zoll breiten und drei Fuß langen Brett in Weizhuang »Langhocker«, wie er selbst ja auch »Langhocker« sagte, aber die Städter redeten von einem »Längshocker«! Das ist falsch! Geradezu lächerlich ist das, dachte er. Oder der Bratfisch: In Weizhuang bereitete man ihn stets mit halblangem Lauch zu, in der Stadt dagegen mit kleingehacktem! Das ist ebenfalls falsch! Lächerlich! dachte er. Trotzdem blieben die Leute von Weizhuang für ihn Dorftölpel ohne Ahnung von der großen Welt. Noch nie hatten sie einen Bratfisch gesehen, wie er in der Stadt zubereitet wurde.

Daß Herr Jedermann »früher vermögend war«, viel herumgekommen war und »wirklich zupacken« konnte, machte ihn fast schon zu einem »Menschen ohne Fehl«, doch leider wies er einige körperliche Mängel auf. Am auffallendsten waren die Narben von der Krätze auf seinem Schädel, wer weiß, seit wann er die schon hatte. Obwohl sie das eigene Haupt zierten, waren sie Herrn Jedermann doch nicht edel genug. So hatte er das Wort »Krätze« und ähnlich klingende Lautungen zum Tabu erklärt, das er im Laufe der Zeit noch auf Worte wie »blank« und »hell« erweiterte, bis selbst »Lampe« und »Kerze« darunter fielen. Verletzte jemand, sei es mit Absicht oder nicht, dieses Tabu, erlitt Herr Jedermann unweigerlich einen Wutanfall. Das heißt, er maß mit knallrot angelaufenen Krätzenarben kurz den jeweiligen Gegner und überschüttete den weniger Zungenfertigen mit Flüchen, während er den körperlich Schwächeren mit Fäusten bearbeitete.

Trotzdem zog Herr Jedermann meist unerklärlicherweise den kürzeren. Deshalb änderte er sein Vorgehen und bediente sich immer häufiger des »strafenden

Blicks«. Er hatte allerdings nicht bedacht, daß die Müßiggänger des Dorfes sich hiernach in steigendem Maße nun ihren Spaß mit ihm erlauben könnten. Erspähten sie ihn, stellten sie sich erstaunt und riefen: »Oh, es wird bald so hell!«

Herr Jedermann zürnte wie gewöhnlich, das heißt, er nahm Zuflucht zum strafenden Blick.

»Ah, das kommt von der Kerosinlampe da drüben!«

Man zeigte sich unerschrocken, und Herr Jedermann mußte anderweitig nach Rache sinnen: »Ihr seid für mich nicht mal …!« Da deuchte ihn bereits, sein Haupt ziere nicht irgendeine x-beliebige, sondern vielmehr eine erhabene und ruhmreiche Krätze. Nun hatten wir aber weiter oben erwähnt, daß Herr Jedermann zu denen zählte, die über eine gewisse Weltläufigkeit verfügten, und so war ihm sogleich klar, daß diese im Widerspruch zur Verfolgung gewisser Tabuverletzungen stand, und er ließ das Thema fallen.

Doch die Müßiggänger hatten noch nicht genug und zogen ihn so lange auf, bis es Prügel gab. Formal war Herr Jedermann dabei der Unterlegene: Man packte ihn an seinem dünnen Zopf, knallte ihn fünfmal mit dem Kopf gegen die nächste Mauer und zog völlig befriedigt und siegreich von dannen. Herr Jedermann verharrte einen Moment regungslos und dachte: Sie könnten meine Söhne sein und schlagen mich! Die heutige Welt steht wirklich kopf! Worauf auch er völlig befriedigt und siegreich davonging.

Was Herrn Jedermann da durch den Sinn ging, sprach er bei späteren Gelegenheiten auch laut aus. Daher erfuhr fast jeder, der sich seinen Spaß mit ihm erlaubte, von dieser Art des geistigen Siegens. Hielt er ihn das nächste Mal an seinem dünnen Zopf, kam er ihm gleich zuvor: »Jedermann, hier schlägt nicht ein

Sohn seinen Alten, sondern ein Mensch ein Vieh. Sprich mir nach: Ein Mensch prügelt sein Vieh!«

»Schlägt ein Insekt, in Ordnung?« Herr Jedermann, den Kopf schief, umklammerte mit beiden Händen seinen Zopf. »Ich bin ein Insekt! Laßt ihr mich jetzt laufen?«

Aber die Müßiggänger willigten noch nicht ein, obwohl er jetzt ein Insekt war. Sie stießen ihn erst fünfmal mit dem Kopf gegen den nächstbesten Gegenstand, bevor sie völlig befriedigt und siegreich davonzogen. Diesmal, so nahmen sie an, hatten sie Herrn Jedermann endgültig erledigt.

Doch noch keine zehn Sekunden waren vergangen, als auch Herr Jedermann völlig befriedigt und siegreich von dannen zog. Er glaubte nämlich, der »erste unter den Selbstverächtern« zu sein. Und sah er von den »Selbstverächtern« einmal ab, so war er »der Erste«. Hieß nicht auch der Examenserste bei den höchsten Staatsprüfungen »der Erste«? Eben! Was glaubt ihr eigentlich, wer ihr seid!

Hatte nun Herr Jedermann mit derlei Wundermethoden seine Gegner besiegt, eilte er beschwingten Schritts zur Schenke, um sich ein paar Schalen Reiswein zu genehmigen. Nachdem er sich ordentlich amüsiert und gezankt hatte und wieder mal als Sieger hervorgegangen war, kehrte er fröhlich zurück zum Tempel der Erdgottheit und war bald eingeschlafen.

Hatte er Geld, beteiligte er sich am Glücksspiel. Man sah ihn mit schweißüberströmtem Gesicht zwischen den Spielern hocken. Es war seine Stimme, die am lautesten herübertönte: »Vierhundert auf den grünen Drachen!«

»Er-öff-ne«, sang der Spielführer, ebenfalls schweißüberströmt, und hob den Deckel.

»Himmlisches Tor … Nichts auf die Ecke, Halle der

menschlichen Harmonie ist noch frei ... Jedermann, her mit den Münzen!«

»Hundert auf die Halle ... hundertfünfzig!«

Unter derlei Singsang floß Herrn Jedermanns Geld allmählich in die Taschen anderer, ebenfalls schweißüberströmter Gesellen. Zu guter Letzt mußte er sich aus dem Kreis hinauszwängen und weiter zuschauen, wobei er mit den anderen mitzitterte, bis endlich alle nach Hause gingen. Nur ungern kehrte er in den Tempel zurück. Am folgenden Morgen kam er mit verquollenen Augen zur Arbeit.

Doch nicht zu Unrecht sagt das Sprichwort: »Der Alte vom nördlichen Grenzland verlor seinen Hengst – wer weiß, wozu es gut war!« Als Herr Jedermann nämlich unglücklicherweise einmal gewonnen hatte, wurde daraus beinahe eine Niederlage.

Es war in Weizhuang am Abend des Götterfestes. Wieder einmal hatte man eine kleine Opernbühne aufgebaut, zu deren Linken, ebenfalls wie üblich, die Glücksspielstände warteten. Für Herrn Jedermann waren die Gongs und Trommeln auf der Bühne meilenweit entrückt. Nur dem Singsang der Spielführer galt sein Ohr. Er gewann und gewann. Aus Kupfermünzen wurden kleine Silbermünzen, aus kleinen Silbermünzen wurden große Silbermünzen, und die großen Silbermünzen begannen sich zu häufen. Herr Jedermann fühlte sich im siebten Himmel.

»Zwei Silberne auf Himmlisches Tor!«

Er bemerkte nicht, wie die Schlägerei begann, ein Durcheinander aus Flüchen, Tritten und Schlägen. Als er sich endlich hochrappelte, waren Spieltische und Mitspieler verschwunden. Ihm wollte scheinen, als schmerzten ihn einige Körperteile. Ihm war auch, als hätte er Faustschläge und Fußtritte empfangen. Überraschte Blicke der Umstehenden trafen ihn. Mit dem Gefühl, irgend etwas verloren zu haben, kehrte er in seinen Tempel zurück. Er mußte erst einmal zur Ruhe kommen. Plötzlich bemerkte er, daß seine Silbermünzen verschwunden waren! Es war sinnlos, nach ihnen zu suchen, da die Spielleiter zu solchen Festen meist aus fremden Dörfern kamen. Ein Haufen blankes, glänzendes Silbergeld! Dazu noch seines! Und jetzt war es fort. Gut, hatten es ihm eben seine Söhne abgenommen. Aber er fand keinen Trost. Und wenn er ein Insekt wäre? Auch das konnte ihn nicht trösten. Zum ersten Mal kostete Herr Jedermann vom Schmerz der Niederlage. Doch er wußte diese sogleich in einen Sieg umzuwandeln. Er erhob seine Rechte und gab sich zwei schallende Ohrfeigen, Schmerz durchfuhr ihn. Er beruhigte sich. Ihm schien, er sei der Schlagende, der Geschlagene aber sei ein anderes Selbst. Bald schien ihm, er habe einen anderen geschlagen. So legte er sich denn, obwohl er noch etwas Hitze auf seiner Wange verspürte, völlig befriedigt und siegreich nieder – und war auch schon eingeschlummert.

III
Von weiteren überlegenen Siegen

Obwohl Herr Jedermann oft überlegen siegte, wurde er doch erst richtig berühmt durch die Ohrfeigen des ehrenwerten Herrn Zhao.

Er hatte sich, nachdem er dem Dorfpolizisten das Trinkgeld überlassen mußte, empört im Tempel niedergelegt. Die heutige Welt! dachte er. Es ist doch nicht zu fassen! Da schlägt der Sohn seinen Alten! Doch dann mußte er an die Autorität und das Ansehen des ehrenwerten Herrn Zhao denken, der ja nun sein Sohn war, und er fühlte Stolz aufkommen. Er erhob sich und ging zur Weinstube. Unterwegs sang er ein Stück aus der Shaoxing-Oper »Die junge Witwe tritt ans Grab«. Zu diesem Zeitpunkt hielt er den ehrenwerten Herrn Zhao bereits für eine allen übrigen Bewohnern überlegene Persönlichkeit.

Es mag zwar eigenartig klingen, doch seit jenem Vorkommnis schien man ihm allseits mit größtem Respekt zu begegnen. Aus seiner Sicht mochte das daran liegen, daß er der Vater des ehrenwerten Herrn Zhao war. Aber das war nicht der wahre Grund. In Weizhuang hatte es noch nie Aufsehen erregt, wenn sich A Sieben mit A Acht schlug oder Li Vier den Zhang Drei verprügelte. Erst wenn ein Mann von Rang, wie der ehrenwerte Herr Zhao, in die Sache verwickelt war, durfte man damit rechnen, in aller Munde zu sein. Dann erlangten der Sieger wie auch der Geschlagene Berühmtheit, letzterer deshalb, weil vom Ansehen des Siegers etwas auf ihn abfiel.

Daß die Schuld im vorliegenden Fall bei Herrn Jedermann lag, wurde übrigens ganz selbstverständlich vorausgesetzt. Der Grund? Nun, weil sie nicht beim ehrenwerten Herrn Zhao liegen konnte. Aber wie erklärt sich dann dieser außerordentliche Respekt, wenn Herr Jedermann der Schuldige war? Das ist in der Tat eine schwierige Frage. Eine Erklärung liefert hier vielleicht seine Behauptung, zur Sippe des ehrenwerten Herrn Zhao zu gehören, denn obwohl er für diese Behauptung Prügel bezogen hatte, fürchtete man doch, es könnte etwas Wahres dran sein. Es war deshalb sicherer, ihm für alle Fälle mit etwas mehr Ehrerbietung zu begegnen. Es wiederholte sich hier die Geschichte von den Opfertieren in den konfuzianischen Tempeln: Sie waren eigentlich Schlachtvieh wie Schwein und Schaf auch, und nur weil es dem heiligen Konfuzius einst beliebte, seine Eßstäbchen in ein Rindvieh zu tauchen, begegneten seine Jünger dieser Gattung sogleich mit großer Ehrfurcht.

Auf jeden Fall verlebte Herr Jedermann nach diesen Ereignissen etliche zufriedene Jahre.

Da geschah es einmal im Frühling, daß er betrunken auf den Bärtigen Wang stieß, der mit bloßem Oberkörper an einer sonnenwarmen Mauer hockte und Läuse knackte. Sofort begann es auch bei Herrn Jedermann zu jucken. Der Bärtige Wang hatte die Krätze. Da er immer unrasiert war, hieß er bei allen der Bärtige Krätze-Wang. Herr Jedermann kürzte seinen Namen zwar um das Wort »Krätze«, verachtete ihn aber trotzdem über die Maßen. Krätze war aus seiner Sicht ja nichts Absonderliches, aber dieser Vollbart, der war nun wirklich zu eigenartig! Nicht zum Hinsehen! Er setzte sich neben den Bärtigen Wang. Zu anderen hätte er sich nicht ohne weiteres gesetzt, aber was hatte er von dem schon zu befürchten! Ehrlich gesagt, seine Bereitschaft, sich zu ihm zu setzen, stellte bereits eine Aufwertung seines Gegenübers dar.

Herr Jedermann entledigte sich seiner zerschlissenen Joppe und durchsuchte die Innenseite. Aber auch nach längerem Bemühen hatte er erst vier Läuse gefunden. Vielleicht, weil er die Jacke neulich gewaschen hatte? Vielleicht hatte er nicht gründlich genug gesucht. Dagegen mußte er feststellen, daß der Bärtige Wang eine Laus nach der anderen fing, gleich zwei oder drei auf einmal, und immer zwischen die Zähne steckte, daß es nur so knackte.

Die anfängliche Enttäuschung wich allmählich dem Gefühl, daß ihm Ungerechtigkeit widerfuhr. Es verstieß doch gegen alle guten Sitten, daß der gräusliche Bärtige

Wang so viele Läuse fing und er nur so wenige! Wie gerne hätte er jetzt zwei richtig große Läuse gefangen, aber er fand einfach keine! Endlich, nach erheblichen Schwierigkeiten, konnte er einer mittelgroßen habhaft werden. Haßerfüllt schob er sie zwischen seine dicken Lippen und biß aus Leibeskräften. Doch es knackte nicht so schön wie beim Bärtigen Wang.

Herrn Jedermanns Krätzestellen färbten sich knallrot. Er schleuderte seine Jacke zu Boden und spuckte aus.

»Du haariger Wurm!«

»Räudige Töle, wen meinst du?« Der Bärtige Wang blickte verächtlich auf.

Herr Jedermann stand zwar weiterhin in der Achtung der Leute, was seinen Stolz beflügelte, doch vor den Müßiggängern, die ihn so gern vermöbelten, hatte er immer noch Angst. Nur dieses Mal fühlte er sich ungemein tapfer. So ein vollbärtiges Etwas wagte, unflätig über ihn herzuziehen?

»Ich meine den, der sich angesprochen fühlt!« gab er zurück. Er stand auf und stemmte die Hände in die Seite.

»Juckt's dich in den Knochen?« Der Bärtige Wang war ebenfalls aufgestanden und hängte sich seine Jacke über. In der Annahme, sein Gegenüber wolle sich davonmachen, sprang Herr Jedermann plötzlich auf ihn zu, um ihm einen Schlag zu versetzen. Aber der Bärtige Wang hatte seine Faust gepackt, noch ehe er überhaupt zuschlagen konnte, und ließ ihn ins Leere stolpern. Dann zerrte er ihn am Zopf zur Mauer, um ihn wie gewohnt ein paarmal mit dem Kopf dagegen zu stoßen.

»Der Edle macht's mit Köpfchen, nicht mit Gewalt«, meinte Herr Jedermann mit verdrehtem Hals. Doch der Bärtige Wang schien kein Edler zu sein, denn, anstatt auf ihn einzugehen, knallte er ihn fünfmal gegen die

Mauer und ließ ihn anschließend meterweit ins Gelände stolpern. Dann ging er zufrieden davon.

Soweit sich Herr Jedermann erinnern konnte, war dies die erste Schmach seines Lebens. Denn bisher war Wang ihm immer unterlegen gewesen, der ja mit den Defekten des Vollbarts geschlagen war, und nie andersherum! Von tätlichen Übergriffen gar nicht zu reden! Und jetzt hatte der Bärtige Wang ihn angegriffen! Wer hätte das geahnt? Sollte der Kaiser wirklich, wie man sich in der Stadt erzählte, die staatlichen Prüfungen abgeschafft haben, im bewußten Verzicht auf Bakkalaureus und Magister, so daß auch das Ansehen des Hauses Zhao gelitten hatte, weshalb man schließlich ihn, Herrn Jedermann, nicht mehr respektierte?

Herr Jedermann wußte nicht, wohin er seine Schritte lenken sollte. Da näherte sich von der Ferne ein Mann. Schon wieder ein Gegner! Einer von denen, die er am meisten verabscheute: der älteste Sproß des ehrenwerten Hauses Qian. Er war in die Stadt gezogen, um eine ausländische Schule zu besuchen. Dann war er – keiner wußte, wie er das geschafft hatte – auch noch nach Japan gefahren. Als er nach sechs Monaten zurückkehrte, hatte er keine krummen Bauernbeine mehr und keinen Zopf. Seine Mutter erlitt ein gutes Dutzend Weinkrämpfe, und seine Frau versuchte dreimal, sich in den Brunnen zu stürzen. Später wußte seine Mutter allerorten zu verbreiten, der Zopf sei ihm von Bösewichten abgeschnitten worden, die ihn zuvor betrunken gemacht hätten. Er sei ja eigentlich zum Staatsbeamten qualifiziert, aber jetzt müsse man warten, bis sein Haar wieder gewachsen sei. Herr Jedermann glaubte davon kein Wort und nannte ihn nun erst recht »Falscher Ausländer« und »Verräter« und versäumte nicht, ihm heimlich hinterherzufluchen, wenn er ihm begegnete.

Was er an ihm »ganz besonders strikt ablehnte und zutiefst verabscheute«, wie er sich ausdrückte, war der falsche Zopf. Trug jemand erst einen falschen Zopf, hatte er sich als Mensch disqualifiziert. Daß sein Eheweib nicht ein viertes Mal in den Brunnen sprang, war außerdem Beweis ihrer Minderwertigkeit.

Der Falsche Ausländer kam näher.

»Esel! Glatzkopf …«

Herr Jedermann hatte insgeheim geflucht, aber diesmal waren ihm seine Worte vor Empörung und Rachedurst unversehens über die Lippen geschlüpft. Unerwartet kam der Glatzkopf mit seinem gelblackierten Spazierstock – Herr Jedermann nannte ihn immer den Jammerknüppel – mit Riesenschritten auf ihn zu. Ihm war sofort klar, daß es Prügel setzen würde, und er wartete erstarrt, mit hochgezogenen Schultern. Da: zack!

Es wurde wohl in der Tat auf seinen Kopf geschlagen.

»Ich meine doch den da!« verteidigte sich Herr Jedermann und deutete auf einen Jungen in der Nähe.

Zack! Zack! Zack!

Soweit sich Herr Jedermann entsinnen konnte, war das die zweite Schmach in seinem Leben. Glücklicherweise stellte sich, nachdem all die Schläge verklungen waren, das Gefühl ein, er habe nun eine wichtige Angelegenheit zu Ende gebracht. Diesem Gefühl folgte eine gewisse Erleichterung. Zudem begann das Vergessen – sein Erbvermächtnis – Wirkung zu zeigen, und bald hatte er sich davongetrollt. Am Eingang der Weinschenke befand er sich bereits wieder in, man könnte fast sagen, freudiger Verfassung.

Da tauchte aus entgegengesetzter Richtung die kleine Nonne vom Kloster »Zur stillen Vervollkommnung« auf. Schon unter normalen Umständen schimpfte und geiferte Herr Jedermann, wenn er ihr begegnete. Wie sollte es erst nach diesen schmählichen Niederlagen werden? Seine Erinnerung setzte wieder ein. Prompt wurde er feindselig. Warum ich heute nur so viel Pech habe? Jetzt weiß ich's! Weil du mir über den Weg gelaufen bist! sinnierte er. Er trat ihr entgegen und rotzte ihr geräuschvoll vor die Füße.

Die kleine Nonne ging gesenkten Hauptes weiter, ohne ihn zu beachten. Plötzlich schnellte seine Hand vor und strich ihr über den frisch rasierten Schädel. Dazu bleckte er dämlich die Zähne: »Glatzi, lauf schnell nach Haus, dein Mönch wartet schon!«

»Was rührst du mich an!« Die Nonne wurde feuerrot und beeilte sich fortzukommen. Die Weinstube grölte.

Als Herr Jedermann bemerkte, daß seine Heldentat Anerkennung fand, spornte ihn das zu Größerem an: »He, he, dein Mönch darf dich anfassen und ich nicht?« rief er und kniff ihr ausdauernd in die Backe. In der Schenke johlte alles. Herr Jedermann fand sich immer besser. Um seine »Gutachter« zufriedenzustellen, zwackte er noch einmal kräftig zu, bevor er endlich von ihr abließ. Über diesen Waffengang hatte Herr Jedermann längst den Bärtigen Wang vergessen. Und er hatte auch den Falschen Ausländer vergessen. Er hatte sich, so schien es, für all das Pech dieses Tages gerächt. Und eigenartig: Er fühlte sich noch entspannter als vorhin nach den Schlägen. So luftig und zufrieden, als wolle er im nächsten Moment davonschweben.

»Kinderlos sollst du bleiben, Jedermann!« war da die kleine Nonne aus der Ferne zu hören, Tränen in der Stimme.

»Ha, ha, ha!« lachte er. Er war vollauf befriedigt.

»Ha, ha, ha!« lachten auch die Leute in der Schenke. Sie waren beinahe so befriedigt wie er.

IV
Tragödie einer Liebe

Manche behaupten ja, es gebe Menschen, die erst Adler und Tiger besiegen müssen, um die Freuden des Sieges auch genießen zu können; über Lämmer und Küken zu triumphieren bedeute ihnen nichts. Andere dagegen, so heißt es, spürten nach der Unterwerfung all ihrer Feinde gerade das Tragische ihres Sieges. Umgeben von Toten und Besiegten mit einem »Wir erzittern in Furcht und verdienen den Tod!« auf den Lippen, besitzen sie nicht Feind, nicht Gegner, noch Freund. Nur sie allein bleiben, ganz oben, einsam und verlassen. Doch unser Herr Jedermann war von solch einem Mangel unberührt, denn er war ewig zufrieden – möglicherweise ein Beweis für die globale Überlegenheit der geistigen Zivilisation Chinas.

Schaut, wie zufrieden er sich fühlte, zum Schweben luftig!

Doch nach diesem letzten Sieg wurde ihm ein wenig eigenartig zumute. Den lieben langen Tag war er so luftig umhergeflogen, schwebte nun in den Tempel der Erdgottheit ein und hätte sich eigentlich nach alter Gewohnheit niederlegen und schnarchen sollen. Doch wider Erwarten kostete es Herrn Jedermann an diesem Abend große Mühe, die Augen zu schließen.

Daumen und Zeigefinger kamen ihm nämlich merkwürdig vor: Sie erschienen ihm glatter als sonst. Verfügte das Nönnchen über irgend etwas Cremeartiges an ihrer Haut, das nun an seinen Fingern haftete, oder hatten sich seine Finger an ihrem Gesicht sozusagen glattpoliert?

Kinderlos sollst du bleiben! hörte er sie noch rufen. Genau, dachte er, man sollte eine Frau haben. Wenn man kinderlos bleibt, bekommt man später keine Reisopfer … Man sollte eine Frau haben! Wie hieß es noch? »Drei Arten von Ungehorsam gibt es gegenüber den Eltern. Ohne Nachkommen zu bleiben gilt als die schlimmste!« Auch hinter der Sorge »Sonst hungern die toten Seelen der Sippe Ruo'ao« verbarg sich ja eine große menschliche Tragödie. Herrn Jedermanns Überlegungen deckten sich also mit den weisen Überlieferungen und heiligen Schriften. Nur war es ihm später leider nicht gegeben, »die einmal freigesetzten Energien wieder einzufangen«.

Frauen, Frauen, dachte er, die Mönche dürfen sie anfassen … Frauen, Frauen! … Frauen! Wir können nicht wissen, wann an diesem Abend Herr Jedermann zu schnarchen begann. Doch es war wohl seit dieser Zeit, daß sich seine Finger stets ein wenig glatt anfühlten und ihm immer etwas luftig zumute war. Frauen … dachte er.

Daraus können wir ersehen, daß Frauen etwas Schädliches sind. Die chinesischen Männer könnten im Grunde fast alle Heilige oder Weise sein, würden sie nicht – leider – sämtliche von den Frauen zugrunde gerichtet. So ging die Shang-Dynastie durch Daji unter, die Westliche Zhou-Dynastie durch Bao Si und die Qin-Dynastie … nun, obwohl die Geschichtsschreibung dazu schweigt, können wir annehmen, daß auch sie durch eine Frau … das wird schon nicht ganz falsch sein. Aber Dong Zhuo wurde wirklich wegen Diao Chan ermordet!

Herr Jedermann war ein Mann von korrekter Gesinnung. Obwohl wir nicht wissen, welcher große Meister ihn unterrichtet hat, hielt er sich stets sehr streng an die »Große Trennung der Geschlechter«. Seine korrekten Auffassungen waren völlig unvereinbar mit jenen von

Ketzern wie der kleinen Nonne oder dem Falschen Ausländer. Nach seiner Sicht der Dinge hatten zweifelsohne alle Nonnen heimlichen Verkehr mit Mönchen. Erschien eine Frau auf der Straße, beabsichtigte sie, herumstreunende Männer zu verführen. Sprachen ein Mann und eine Frau miteinander, so wurden gewisse Absprachen getroffen. Um sie allesamt zu bestrafen, bediente sich Herr Jedermann des strafenden Blicks, oder er ereiferte sich lautstark zwecks »Bestrafung der bösen Absicht«. An abgelegeneren Stellen warf er schon mal einen kleinen Stein aus dem Hinterhalt.

Wer hätte gedacht, daß Herr Jedermann, der auf die Dreißig zuging, ein Alter, in dem man laut Konfuzius »Standvermögen« bekommt, derart von der jungen Nonne verhext würde, daß er nur noch schweben wollte! Dieses luftig-verhexte Gefühl war nach der Tugendlehre allerdings nicht gestattet – deshalb waren ja auch die Frauen verabscheuenswert. Wäre das Gesicht der kleinen Nonne nicht so cremig glatt gewesen, wäre Herr Jedermann nicht verführt worden. Und nehmen wir weiter an, ein Schleier hätte ihr Gesicht verdeckt, so wäre er ebensowenig in Gefahr geraten. Vor fünf Jahren hatte er einmal im Gewühl vor der Dorfbühne einer Frau in den Schenkel gekniffen, doch hatte er sich danach nicht luftig gefühlt, denn der Stoff ihrer Hose hatte sich als zu hinderlich erwiesen. Aber die junge Nonne hatte nicht auf diese Weise vorgesorgt – woraus zur Genüge die Verabscheuungswürdigkeit von Ketzern zu ersehen ist.

Frauen, dachte Herr Jedermann.

Frauen, von denen er ja annahm, daß sie »beabsichtigen, herumstreunende Männer zu verführen«, beobachtete er immer sehr genau, aber er konnte nie feststellen, daß sie ihm zulächelten. Ebenso achtete er stets aufmerksam auf das, was Frauen ihm mitteilten, doch sie trafen nie irgendwelche Absprachen mit ihm. O ja, das gehörte zu ihrer Verabscheuungswürdigkeit! Sie spielten die Tugendhaften!

An diesem Tag hatte er auf dem Hof des ehrenwerten Herrn Zhao bis spät Reis enthülst. Nach dem Abendessen saß er in der Küche und rauchte. Bei anderen Familien hätte er nach dem Abendessen nach Hause gehen können. Bei den Zhaos wurde früh gegessen. In der Regel war der Gebrauch von Lampen nicht gestattet, und man legte sich gleich nach dem Abendbrot schlafen. Allerdings gab es auch Ausnahmen: Als der junge Herr Zhao sich auf das Bakkalaureat vorbereitete, durfte er bei Lampenlicht studieren. Und: Wenn Herr Jedermann zum Arbeiten kam, durfte er bei Lampenlicht Reis enthülsen. Aufgrund dieser Ausnahme saß er rauchend in der Küche, bevor er wieder an die Arbeit ging.

Die Wu – sie war das einzige weibliche Wesen unter den Bediensteten – hatte das Geschirr gespült und ließ sich auf einem Schemel nieder, um mit Herrn Jedermann zu schwatzen.

»Unsere Herrin hat seit zwei Tagen nichts mehr gegessen. Unser Herr möchte sich nämlich eine Nebenfrau kaufen …«

Frauen … die Wu … diese kleine Witwe …, dachte Herr Jedermann.

»Unsere junge Herrin wird im Oktober ihr Kind bekommen …«

Frauen … dachte er.

Er legte seine Pfeife beiseite und erhob sich.

Die Wu war noch lange nicht zu Ende: »Unsere junge Herrin …«

»Ich will mit dir schlafen!« war Herr Jedermann mit

einem Satz bei ihr und kniete nieder. Einen Augenblick herrschte lähmende Stille.

»Aaaaa …«

Wieder bei Sinnen, stürzte die Wu, von einem Schüttelanfall gepackt, schreiend aus der Küche. Draußen rannte sie kreischend weiter. Zu guter Letzt klang es wie ein Schluchzen.

Herr Jedermann kniete vor der Wand und glotzte verstört. Schließlich stützte er sich auf den leeren Schemel und erhob sich langsam. Er hatte das Gefühl, irgend etwas sei schiefgelaufen. Diesmal war er wirklich ein wenig aus dem Gleichgewicht geraten. Fahrig steckte er seine Pfeife in den Gürtel und wollte sich an die Arbeit machen, da – peng! – traf ihn ein harter Gegenstand am Kopf. Als er sich hastig umwandte, stand der junge Doktor vor ihm, einen Bambusknüppel in der Hand.

»Du probst hier den Aufstand? Du …«

Von neuem sauste der Bambusknüppel auf ihn nieder: Herr Jedermann hatte seinen Kopf mit den Händen geschützt – zack! – traf der Hieb genau seine Fingerknöchel. Das schmerzte. Als er aus der Küchentür stürzte, war ihm, als treffe ihn noch ein Schlag auf den Rücken. »Schildkrötenei!« fluchte ihm der junge Herr Bakkalaureus in seinem Beamten-Hochchinesisch nach.

Herr Jedermann rannte auf den Hof, wo der Reis enthülst wurde, blieb dort stehen, allein, die Finger schmerzten, das »Schildkrötenei« klang noch im Ohr. Die Bauern von Weizhuang benutzten dieses Wort nie. Sie hörten es nur die Mächtigen sagen, die in der Stadt bei den Beamten ein und aus gingen. Deshalb fürchtete er dieses Wort ganz außerordentlich, es hinterließ einen nicht zu unterschätzenden Eindruck bei ihm. Die »Frauen …« hatte er nun auch nicht mehr im Sinn.

Nach den Schlägen und Flüchen war für ihn die Sache beendet. Unbeschwert machte er sich an die Arbeit, und als ihm nach einer Weile warm wurde, hielt er inne und zog sein Hemd aus.

Dann hörte er draußen Lärm. Herr Jedermann liebte nichts mehr, als dabeizusein, wenn irgendwo etwas los war. Er lief aus dem Hof und folgte dem Lärm bis zum Wohnkomplex des ehrenwerten Herrn Zhao. Trotz der Dämmerung konnte er etliche Leute unterscheiden: Da war die gesamte Familie Zhao angetreten, einschließlich der seit zwei Tagen sich im Hungerstreik befindlichen alten Dame, auch die Siebte Schwägerin Zou von nebenan war da, und Zhao Weißauge und der Nachtwächter Zhao – beide gehörten wirklich zur Sippe der Zhao. Die Frau des jungen Bakkalaureus zog gerade die Wu aus ihrer Kammer: »Nicht immer drinnen hocken! Und bloß nicht an dumme Sachen denken!«

»Wir wissen doch alle, daß du anständig bist! Selbstmord kommt ja überhaupt nicht in Frage!« warf auch die Siebte Schwägerin Zou ein.

Die Wu heulte nur, unterbrochen durch einige Sätze, die aber unverständlich blieben. Herr Jedermann dachte, interessant, was die kleine Witwe wieder hat? Und er trat zum Nachtwächter Zhao, um sich zu erkundigen. Plötzlich sah er den jungen Bakkalaureus mit einem großen Bambusprügel in seine Richtung stürzen. Und es war der Anblick dieses Knüppels, der ihm klarmachte, daß die Schläge von vorhin und diese Szene irgend etwas miteinander zu tun haben mußten. Er wollte zurücklaufen, aber der Knüppel versperrte ihm den Weg. Also wandte er sich um und verließ das Anwesen wie selbstverständlich durch das Hintertor. Bald war er in seinem Tempel angelangt.

Dort saß er eine Weile. Eine Gänsehaut überkam

ihn: Ihm war kalt geworden. Denn trotz des frühlingshaften Wetters waren die Nächte noch kühl. Es war noch nicht die Zeit, mit bloßem Oberkörper herumzusitzen. Ihm fiel ein, daß er sein Baumwollhemd bei den Zhaos hatte liegenlassen. Doch eine tiefsitzende Angst vor dem Bambusknüppel des jungen Herrn Bakkalaureus hinderte ihn, es zu holen.

Statt dessen erschien der Polizist.

»Verdammt … Jedermann! Selbst mit dem Gesinde der Zhaos treibst du es! Das ist Rebellion! Und mich bringst du um meinen Schlaf! Verdammt!« So und ähnlich stutzte er Herrn Jedermann zurecht.

Der wußte natürlich nichts zu entgegnen. Dem scheidenden Besuch mußte er noch vierhundert Kupferlinge Trinkgeld entrichten – einhundert Prozent mehr, weil es schon Abend war. Da er gerade kein Bargeld hatte, nahm der Polizist seine Filzmütze als Pfand. Und er stellte fünf Bedingungen: Erstens: Herr Jedermann hatte sich am folgenden Tag mit zwei roten Kerzen (es mußten die ein Pfund schweren sein) sowie einer Packung Räucherstäbchen bei den Zhaos einzufinden, um sein Vergehen zu sühnen. Zweitens: Die Zhaos würden daoistische Mönche bitten, die Selbstmordgeister in ihrem Anwesen zu vertreiben. Die Kosten hatte Herr Jedermann zu tragen. Drittens: Es war Herr Jedermann hinfort untersagt, das Anwesen der Zhaos zu betreten. Viertens: Sollte der Wu etwas zustoßen, war Herr Jedermann zur Verantwortung zu ziehen. Fünftens: Herr Jedermann durfte weder seinen Lohn noch das Baumwollhemd einfordern.

Selbstverständlich war Herr Jedermann mit allem einverstanden. Nur hatte er leider kein Geld. Ein Glück, daß schon Frühling war; auf die wattierte Steppdecke konnte er verzichten. Er verpfändete sie für zweitausend große Kupfermünzen, um seinen Verpflichtungen nachzukommen. Nachdem er mit nacktem Oberkörper vor dem Polizisten den Abschiedskotau vollzogen hatte, blieben ihm wider Erwarten noch ein paar Pfennige, die er aber nicht zur Einlösung seiner Filzmütze verwandte, sondern in Alkohol umsetzte. Die Zhaos dachten übrigens gar nicht daran, den Weihrauch und die Kerzen zu entzünden, sondern legten sie für später zurück. Wenn die ehrenwerte Herrin Zhao zu Buddha betete, würde sie alles gut gebrauchen können. Aus Herrn Jedermanns Baumwollhemd wurden Windeln für das Kind, das die junge Herrin im Oktober erwartete. Die Reste dienten als Schuhsohlen für die Wu.

V
Probleme des Lebensunterhalts

Nachdem Herr Jedermann die Zhaos um Vergebung gebeten hatte, kehrte er zum Tempel zurück. Die Sonne ging unter. Langsam kam er zu dem Schluß, etwas stimme nicht auf dieser Welt. Nach genauer Analyse hatte er die Ursache gefunden: sein nackter Oberkörper! Besaß er nicht noch eine alte gefütterte Jacke? Die hing er sich um. Dann legte er sich schlafen. Als sich seine Augen wieder öffneten, stand das Sonnenlicht bereits auf der Westwand. Verdammt, murmelte er und richtete sich auf. Später spazierte er wie eh und je auf der Dorfstraße umher. Und wieder verdichtete sich in ihm der Eindruck, etwas stimme nicht auf dieser Welt – wenn diesmal auch nicht so spürbar wie nach der Einbuße seines Hemdes. Es war ihm nämlich, als seien die Frauen und Mädchen des Dorfes über Nacht schüchtern geworden. Sie drückten sich in Türeingänge, wenn sie ihn sahen. Auch die Siebte Schwägerin Zou, die fast fünfzig Jahre alt war, ergriff mit den andern die Flucht und rief sogar ihre elfjährige Tochter ins Haus. Herrn Jedermann kam das recht eigenartig vor. Diese Weiber, dachte er, jetzt führen sie sich plötzlich wie Fräulein auf! Huren!

Etliche Zeit später spürte er noch deutlicher, etwas könne auf dieser Welt nicht in Ordnung sein. Erstens ließ man ihn in der Weinstube nicht mehr anschreiben, zweitens hatte der Alte vom Tempel der Erdgottheit auf ihn eingeredet, er solle doch woandershin gehen, und drittens hatte ihn – er hatte vergessen, seit wieviel Tagen, aber es war wirklich eine lange Zeit – niemand mehr zum Arbeiten bestellt. Daß er in der Schenke keinen Kredit mehr bekam, ließ sich verschmerzen. Und daß der Alte ihn hinauskomplimentieren wollte? Sollte er doch reden! Aber daß ihn keiner mehr zum Arbeiten bestellte, machte ihn hungrig. Das war wirklich eine ganz »verdammte« Geschichte! Herr Jedermann war gezwungen, bei seinen ehemaligen Arbeitgebern die Runde zu machen. Zu den Zhaos durfte er nicht. Und die Lage hatte sich überhaupt geändert. Immer kam ein männlicher Dienstbote heraus und versuchte, ihn mit abweisender Miene wie einen Bettler zu verscheuchen: »Hier gibt's nichts. Nun verschwind schon!«

Herr Jedermann fand das sehr befremdlich. Diese Leute brauchen doch sonst immer Hilfe, dachte er, wieso haben die plötzlich nichts mehr für mich? Da muß was faul sein! Als er sich umhörte, erfuhr er, daß sie jetzt immer den jungen Don holten. Das war ein armer Wicht, der D, abgemagert und schwächlich, stand in seinen Augen noch unter dem Bärtigen Wang. Und diese armselige Kreatur hatte es auf seine Schale Reis abgesehen? Herrn Jedermanns Zorn war mit früheren Malen nicht zu vergleichen. »In der Faust die Peitsche von Stahl, werd ich dich strafen …«, hub er unvermittelt an zu singen, während er sich auf den Heimweg machte, und unterstrich sein Geschmettere mit allerhand Gesten.

Einige Tage darauf traf er vor dem Tor des Qianschen Anwesens auf D. Hier ließe sich der Spruch zitieren: »Zwei Feinde sich begegnen; entflammt gar ist das Aug.« So jedenfalls trat Herr Jedermann dem D entgegen. Beide blieben stehen.

»Scheißvieh!« rief Herr Jedermann, daß ihm der Speichel aus dem Mundwinkel floß, und strafte ihn mit einem wütenden Blick.

»Bin ich ein Insekt, ja?« versuchte es D, doch seine Bescheidenheit war Öl auf Herrn Jedermanns Feuer. Da er jedoch keine Stahlpeitsche dabeihatte, konnte er sich nur auf ihn stürzen und ihm – beinahe – den Zopf ausreißen. D schützte mit einer Hand seinen Zopf und zerrte mit der anderen am Zopf Herrn Jedermanns. Schnell schützte auch dieser mit seiner freien Hand den eigenen Zopf. Früher war D für ihn kein Gegner gewesen, aber er hatte in letzter Zeit gehungert, so daß er ebenso abgemagert und schwächlich war wie D Zwischen den feindlichen Kräften herrschte ein ausgeglichenes Verhältnis. Vier Hände rissen an zwei Zöpfen. Beide standen vornübergebeugt. Wie ein bläulicher Regenbogen fiel ihr Schatten auf die weißgekalkte Mauer des Qianschen Anwesens. So hielten sie sich eine halbe Stunde.

»Ist ja gut! Schon gut!« meinten die Zuschauer vermittelnd. Und etwas später: »Gut, gut!« Man wußte schon nicht mehr, war es wohlgemeinter Rat, war es Lob oder gar Ermunterung? Aber die zwei hörten nichts. Rückte Herr Jedermann drei Schritt vor, wich D drei Schritt zurück. Und so standen sie dann. Ging

D drei Schritt vor, wich Herr Jedermann drei Schritt zurück. Und wieder standen sie da. Das mochte eine halbe Stunde so gegangen sein. In Weizhuang gab es wenig Uhren, deshalb ist die Zeit schwer anzugeben. Vielleicht waren es auch nur zwanzig Minuten. Aus ihrem Haar stieg der Staub, von ihren Stirnen rann der Schweiß. Herrn Jedermanns Hand lockerte sich. Im selben Augenblick lockerte sich Ds Hand. Gleichzeitig richteten sie sich auf, traten zurück und zwängten sich durch die Menge.

»Daß du's dir merkst! Soll doch deine Mutter!« rief Herr Jedermann über die Schulter zurück.

»Soll doch deine Mutter! Daß du's dir merkst!« rief auch D über seine Schulter zurück.

In diesem Kampf zwischen Drache und Tiger hatte es wohl weder Sieg noch Niederlage gegeben. Ebenso unklar blieb auch, ob die Zuschauer auf ihre Kosten gekommen waren, niemand hatte sich geäußert. Aber Arbeit bot man Herrn Jedermann auch jetzt noch nicht an.

Eines Tages, es war mild und warm, und der leicht dahinstreichende Wind ließ bereits den nahen Sommer ahnen, fröstelte Herr Jedermann. Das war noch auszuhalten. Weit schlimmer war: Er hatte Hunger. Steppdecke, Filzmütze und Hemd waren längst dahin. Später hatte er auch seine gefütterte Jacke verkauft. Jetzt besaß er nur noch eine Hose, von der er sich unter keinen Umständen trennen durfte. Er hatte noch eine zweite Jacke, aber die bestand nur aus Fetzen. Vielleicht konnte sie noch für Schuhsohlen herhalten. Er hatte schon immer Geld auf der Straße finden wollen, doch bis jetzt war ihm das nicht widerfahren. Er malte sich auch aus, in seiner schäbigen Behausung plötzlich Geld zu entdecken, aber wenn er sich aufgeregt umschaute, war sie wie immer leer und ohne geheimnisvolle Ecken und Winkel.

Herr Jedermann beschloß, sich etwas zu essen zu besorgen. Er kam an der vertrauten Weinschenke vorbei mit ihren vertrauten Mantous und ging weiter. Er ging nicht nur weiter, nein, er *wollte* diese Dinge überhaupt nicht. Was er wollte, war nicht dies. Was er wollte, das wußte er selber nicht.

Weizhuang war nicht groß. Schnell war man hinausgelangt zu den Reisfeldern. Wohin das Auge blickte, sah man das zarte Grün der jungen Reissaat. Darin bewegten sich schwarze Punkte, das waren die Bauern bei der Feldarbeit. Herr Jedermann genoß die dörfliche Idylle mit keinem Blick. Er ging schnurstracks weiter, denn er wußte instinktiv, daß dies hier mit seiner »Essensbeschaffung« sehr wenig zu tun hatte, und erreichte schließlich die Umfriedungsmauer des Klosters »Zur Stillen Vervollkommnung«.

Auch dieses Kloster war von Reisfeldern umgeben, aus deren zartem Grün sich das Weiß der gekalkten Mauern besonders abhob. Eine niedrige Lehmmauer umgab den Gemüsegarten. Herr Jedermann zögerte. Er wollte sich überzeugen, daß niemand in der Nähe war, bevor er über die Mauer kletterte. Schlingpflanzen halfen ihm, sich emporzuziehen. Lehm bröckelte ab, seine zittrigen Füße fanden keinen festen Halt. Erst der Ast eines Maulbeerbaums half ihm, heil auf die andere Seite zu gelangen.

Im Gemüsegarten war es herrlich grün, aber es schien weder Reiswein, Mantous noch sonst etwas Eßbares zu geben. Gegen Westen wuchs nahe der Mauer zwar Bambus mit zahlreichen jungen Sprößlingen, aber die waren leider noch nicht gar gekocht. Dann wuchs da noch Raps, der längst ins Kraut geschossen war, Senf, kurz vor der Blüte, und Weißkohl, der etwas ältlich aussah.

Herr Jedermann kam sich betrogen vor wie ein Schulkind, das man hatte durchfallen lassen. Kurz vor der Gartenpforte wurde er allerdings freudig überrascht: ein Rübenbeet, ganz zweifelsohne! Er hatte sich eben hingehockt, um ein paar Rüben herauszuziehen, als an der Pforte ein rundes Köpfchen auftauchte und gleich wieder verschwand. Das war doch die junge Nonne! Zwar hatte Herr Jedermann Leute wie sie nie höher eingestuft als das Gras am Wegesrand, trotzdem galt es, die Dinge besonnen anzugehen: Eilig riß er vier Rüben heraus, drehte die Blätter ab und verstaute das Gut in seiner Jacke.

»Bei Buddha!« Die alte Obernonne war nämlich erschienen. »Bei Buddha, Jedermann! Warum dringst du in unseren Garten ein und stiehlst Rüben? Weh, eine Untat! Weh, weh!«

»Wann sollte ich aus eurem Garten Rüben gestohlen haben?« entgegnete ihr Herr Jedermann, während er den Rückzug antrat.

»Aber hier, du hast doch …«, und sie deutete auf seine Jacke.

»Das sind deine? Antworten sie dir denn, wenn du sie rufst? Du …« Noch mitten im Satz sprang er davon. Die Verfolgung hatte ein schwarzer Riesenköter übernommen. Der gehörte eigentlich ans Vordertor, keine Ahnung, wie er hier in den Garten kam. Der Schwarze jagte knurrend hinter Herrn Jedermann her und wollte ihn gerade ins Bein beißen, als glücklicherweise eine Rübe aus der Jacke fiel. Der Schwarze hielt erschrocken inne. Derweil war Herr Jedermann auf den Maulbeerbaum geklettert, mit einem Satz auf die Lehmmauer gesprungen und samt seinen Rüben auf die andere Seite gelangt. Der schwarze Riesenhund schnüffelte noch am Maulbeerbaum, die alte Nonne betete zu Buddha.

Herr Jedermann klaubte die Rüben auf und machte sich davon, da er befürchtete, sie könnten den Hund noch einmal auf ihn loslassen. Unterwegs sammelte er noch ein paar Steine auf, warf sie aber fort, als er unbehelligt blieb. Hier gibt's ja doch nichts Tolles mehr, dachte er, während er im Gehen seine Rüben aß, vielleicht sollte ich's mal in der Stadt versuchen.

Als er mit den drei Rüben fertig war, stand sein Entschluß fest.

VI
Aufstieg und Fall

Kurz nach dem Mittherbstfest tauchte Herr Jedermann wieder im Dorf auf. Erstaunt hörten die Bewohner von seiner Rückkehr und fragten sich, wohin er denn eigentlich entschwunden war. Bei früheren Stadtbesuchen hatte er sein Vorhaben meist freudig angekündigt, nicht jedoch dieses Mal. Deshalb war seine Abwesenheit auch niemandem aufgefallen. Hatte er es vielleicht dem alten Tempelwärter gesagt? Doch in Weizhuang galten seit jeher nur Unternehmungen der ehrenwerten Herren Zhao und Qian sowie des jungen Bakkalaureus als beachtenswert. Selbst der Falsche Ausländer zählte nicht dazu, wie dann erst Herr Jedermann! Deshalb hatte der alte Tempelwächter die Verbreitung der Nachricht wohl auch unterlassen. Man *konnte* in Weizhuang also gar nichts gewußt haben.

Herrn Jedermanns Rückkehr unterschied sich gewaltig von früheren Gelegenheiten. Man hatte allen Grund zu staunen:

Er erschien – es war schon fast dunkel – mit schläfrig

verschwommenem Blick in der Tür der Weinschenke. Er kramte eine Handvoll Silber und Kupfer hervor, knallte sie auf den Tresen und rief: »Bares Geld! Her mit dem Wein!«

Er trug eine neue gefütterte Jacke. Von seiner Hüfte baumelte ein großer Beutel, der so schwer war, daß er den Gürtel wie ein »U« nach unten zog. In Weizhuang war es üblich, Persönlichkeiten, die irgendwie auffielen, eher zu respektieren, als zu verspotten. Es war zwar allen klar, daß sie es hier mit Herrn Jedermann zu tun hatten, aber weil er anders aussah als der Herr Jedermann in der alten Jacke, zeigten sich Kellner, Wirt, Gäste und die gesamte Zuschauerschaft, wenn auch noch nicht vollends überzeugt, so doch von ihrer respektvollen Seite, denn bereits unsere Vorfahren hatten erkannt: »War einer drei Tage fort, sollst du ihn mit anderen Augen sehen.« Der Wirt nickte Herrn Jedermann zu, und es entspann sich folgende Unterhaltung:

»Jedermann, du bist zurück?«

»Ja.«

»Reich geworden! Du hast … du bist …«

»In der Stadt gewesen.«

Diese Nachricht verbreitete sich am folgenden Tag im ganzen Dorf. Alle wollten die Geschichte vom Aufstieg des Herrn Jedermann, seiner neuen wattierten Jacke und seinem Bargeld hören. In der Weinschenke, im Teehaus und unterm Tempelvordach erfuhren sie es dann nach und nach. Und so begannen sie auch wieder, Herrn Jedermann mit dem gehörigen, ein wenig ängstlichen Respekt zu begegnen.

Folgte man ihm, so hatte er im Hause des ehrenwerten Herrn Magister ausgeholfen. An dieser Stelle der Erzählung wurde den Zuhörern ganz feierlich zumute. Der ehrenwerte Herr Magister hieß übrigens Bai, aber da es in der ganzen Stadt nur einen Mann seines Ranges gab, brauchte man seinen Namen gar nicht zu nennen. Wenn vom »ehrenwerten Herrn Magister« die Rede war, meinte man selbstverständlich ihn. In Weizhuang und im Umkreis von einhundert Li herum glaubten fast alle, das sei sein Name. Bei diesem Manne gearbeitet zu haben machte Herrn Jedermann natürlich zur Respektsperson. Folgte man ihm nun weiter, hatte er schließlich die Lust verloren, denn der ehrenwerte Herr Magister war ein wenig zu »verdammt«, wie Herr Jedermann es ausdrückte. An diesem Punkt der Erzählung seufzten die Zuhörer. Schließlich war es schade um eine solche Stellung. Gleichzeitig erfüllte sie diese Wendung aber auch mit Befriedigung, da Herr Jedermann eben nicht dazu geschaffen war, im Hause des ehrenwerten Herrn Magister zu dienen. Nach seinen Worten war die Rückkehr aber auch auf seine Unzufriedenheit mit den Städtern zurückzuführen. Sie nannten eine Langbank »Längsbank« und bereiteten ihren Bratfisch mit kleingehacktem Lauch zu! Dazu kam als Ergebnis jüngster Beobachtungen, daß die Städterinnen sich, soweit es ihren Hüftschwung betraf, noch nicht besonders gut fortzubewegen verstanden. Allerdings gab es auch Bemerkenswertes: Schon die Gassenburschen spielten Mah-Jongg wie die Alten, während die Dörfler bloß Zhupai mit zweiunddreißig Karten spielten. Hier konnte nur der Falsche Ausländer Mah-Jongg (Herr Jedermann sagte dazu immer »Sesamsoße«, weil die beiden Worte so ähnlich klingen), aber der sollte mal den städtischen Halbstarken in die Hände fallen. Er würde dastehen wie das »Teufelchen vorm Höllenfürsten«! Da schauten die Zuhörer betreten.

»Habt ihr schon mal eine Hinrichtung gesehen?« fragte Herr Jedermann. »Ha, das sieht toll aus, so eine

Hinrichtung! Hinrichtung von Revolutionären! Ich sage euch, das sieht irre aus!« Weil er dabei den Kopf schüttelte, flog sein Sabber dem Nachtwächter Zhao ins Gesicht, der direkt vor ihm stand. Nun wurden die Zuhörer ernst. Herr Jedermann sah in die Runde, hob urplötzlich seine Rechte und ließ sie auf des Bärtigen Wangs weit vorgestreckten Nacken sausen.

»Tschack!«

Wang, der wie weggetreten gelauscht hatte, machte vor Schreck einen Satz und zog blitzartig seinen Kopf ein. Die Zuhörer waren entsetzt – nicht allerdings ohne eine Portion Schadenfreude. Noch viele Tage später lief der Bärtige Wang herum, als sei mit seinem Kopf etwas nicht in Ordnung. Und er mied Herrn Jedermanns Nähe. Den anderen ging es nicht besser.

Es wäre vermessen zu behaupten, Herrn Jedermanns Ansehen habe damals das des ehrenwerten Herrn Zhao übertroffen, doch zu sagen, es habe nicht viel dazu gefehlt, dürfte nicht ganz falsch sein. So dauerte es nicht lange, bis sich sein Ruf auch in den Frauengemächern verbreitete. In Weizhuang besaßen zwar nur die Qians und die Zhaos Frauengemächer, während alle übrigen sich mit kleinen Kämmerchen zufriedengeben mußten, aber ein Frauengemach ist immerhin ein Frauengemach, und deshalb darf man es schon als Wunder bezeichnen, daß sich alles überhaupt so weit entwickelte.

Trafen sich jetzt die Frauen, kamen sie unweigerlich auf den blauen Satinrock zu sprechen, den die Siebte Schwägerin Zou von Herrn Jedermann erstanden hatte. Natürlich war er aus zweiter Hand, aber sie hatte nur neun Groschen dafür bezahlt. Außerdem hatte Zhao Weißauges Mutter – oder war es die von Nachtwächter Zhao, das muß ich noch nachprüfen – ein knallrotes Kinderhemd aus dünnem, maschinell gewebtem Material gekauft, das noch wie neu war. Bloß 300 große Kupfermünzen hatte sie dafür bezahlt, die 100-Münzen-Schnur zu nur zweiundneunzig Münzen! Die Frauen wünschten sich nichts sehnlicher, als Herrn Jedermann zu treffen. Die einen wollten von ihm einen Satinrock, die anderen ein maschinell gewebtes Hemd. Statt davonzurennen, folgten sie ihm sogar und sprachen ihn an: »Jedermann, hast du noch einen Satinrock? Was, nicht mehr? Ich könnte auch ein maschinell gewebtes Hemd brauchen, hast du noch eins?«

Daß die Kunde davon endlich auch die großen abgeschirmten Frauengemächer erreichte, war der Siebten Schwägerin Zou zu danken, die den Satinrock in ihrer Begeisterung gleich von der Herrin Zhao begutachten ließ. Die verständigte ihren Gatten und beeilte sich, ihm Schmeichelhaftes zu sagen. Dieser wiederum diskutierte beim Abendbrot mit seinem Sohn über die Angelegenheit, wobei er die Ansicht vertrat, mit Herrn Jedermann habe es eine besondere Bewandtnis und man möge ein wachsames Auge auf Tür und Fenster haben. Dennoch sei nicht auszuschließen, daß das eine oder andere von seiner Ware noch zu haben sei, und möglicherweise fände sich sogar etwas Passables darunter.

Da traf es sich gut, daß die alte Herrin Zhao gerade nach einer eleganten und doch preisgünstigen Pelzweste Ausschau hielt. So beschloß der Familienrat, die Siebte Schwägerin Zou habe auf der Stelle Herrn Jedermann herbeizuholen, und schuf zu diesem Zwecke die dritte Ausnahmeregelung: Aus besonderem Anlaß durfte an diesem Abend – vorübergehend – die Öllampe entzündet werden.

Die Lampe brannte schon eine gute Weile, aber von Herrn Jedermann war noch keine Spur zu sehen. Die versammelte Verwandtschaft wurde ungeduldig. Man gähnte, zeigte sich ungehalten über Jedermanns unstete Lebensweise und beschuldigte die Siebte Schwägerin Zou, die Suche nicht energisch genug voranzutreiben. Die alte Herrin hegte die Befürchtung, Herr Jedermann wage möglicherweise aufgrund der Bedingungen, die man ihm im Frühling auferlegt hatte, nicht zu erscheinen, aber der alte Herr konnte darin keinen Anlaß zur Sorge erkennen, hatte doch »er persönlich« ihn rufen lassen. Und tatsächlich erwies sich der alte Herr als der Erfahrenere, denn Herr Jedermann traf endlich im Schlepptau der Siebten Schwägerin ein.

»Er hat immer gesagt: ›Nichts mehr da, nichts mehr da‹, hat er gesagt, aber ich hab gesagt: ›Sag's ihnen doch selbst!‹ hab ich gesagt, aber er wollte wieder was sagen, da hab ich ihm gesagt …«, berichtete atemlos die Siebte Schwägerin Zou, bevor sie sich gesetzt hatte.

»Herr!« grüßte Herr Jedermann, noch unter dem Vordach stehend, und man konnte nicht sagen, ob er dabei lächelte.

Der ehrenwerte Herr Zhao näherte sich ihm gemessen und musterte ihn von oben bis unten.

»Ich habe vernommen, du bist draußen wohlhabend geworden, sehr gut! Ausgezeichnet! Und diese, ich habe gehört, du hast da einige gebrauchte Sachen, die könntest du uns doch einmal, ich meine nur, weil nämlich, ich wollte …«

»Ich habe der Siebten Schwägerin Zou schon gesagt, ich habe nichts mehr.«

»Nichts mehr?« entfuhr es dem alten Herrn. »Aber warum hast du jetzt schon nichts mehr?«

»Ich habe die Sachen nur von einem Freund, es war sowieso nicht viel, und dann haben die Leute so viel gekauft …«

»Aber ein bißchen muß doch noch dasein!«

»Im Augenblick habe ich nur noch einen Türvorhang.«

»Zeig her, den Vorhang!« rief die alte Herrin hastig.

»Warte, den kannst du morgen vorbeibringen.« Der ehrenwerte Herr Zhao schien nicht so begeistert. »Wenn du in Zukunft wieder etwas hast, zeigst du es aber uns zuerst!«

»Wir werden auch nicht weniger zahlen als die andern!« betonte der junge Herr Bakkalaureus, und seine Frau warf einen kurzen Blick auf Herrn Jedermann, ob er wohl gerührt sei.

»Ich will eine Pelzweste!« sagte die alte Herrin noch.

Herr Jedermann nickte. Aber er ging eher lustlos davon, und es blieb unklar, ob er sich der Angelegenheit überhaupt annehmen werde. Der ehrenwerte Herr Zhao war enttäuscht, besorgt und so erbost, daß er sogar das Gähnen einstellte. Auch der junge Herr Bakkalaureus zeigte sich über Herrn Jedermanns Verhalten wenig erbaut. Er erklärte, man müsse sich hüten vor diesem Schildkrötenei, vielleicht sollte man ihn überhaupt vom Polizisten aus dem Dorf entfernen lassen. Der alte Herr hielt dagegen, das würde nur Herrn Jedermanns Zorn auf sie ziehen. Normalerweise beschmutzten Leute, die solch einer Beschäftigung nachgingen, nicht das eigene Nest. Man brauche sich in Weizhuang keine Sorgen zu machen. Solange man nachts etwas aufmerksamer sei, werde schon nichts passieren. Der junge Herr Bakkalaureus stimmte den »väterlichen Belehrungen« vorbehaltlos zu und zog seinen Vorschlag auf der Stelle zurück. Der Siebten Schwägerin Zou schärfte er noch ein, nichts weiterzusagen.

Am darauffolgenden Morgen verließ die Siebte Schwägerin Zou das Haus, um ihren neuen blauen Rock schwarz färben zu lassen. Sie versäumte nicht, sich bei dieser Gelegenheit über die Verdachtsmomente gegen Herrn Jedermann zu verbreiten. Daß der junge Herr ihn aus dem Dorf werfen lassen wollte, behielt sie dagegen tatsächlich für sich. Doch das Gesagte genügte bereits, Herrn Jedermann in eine schwierige Lage zu bringen. Erstens erschien der Polizist und nahm ihm den Vorhang weg. Sein Einwurf, er müsse ihn der ehrenwerten Herrin Zhao zeigen, vermochte auch nichts. Statt dessen mußte er sich mit dem Polizisten über die Höhe einer sogenannten monatlichen Abgabe einigen. Zweitens ging es mit dem »ängstlichen Respekt« der Dörfler bergab. Sie nahmen sich ihm gegenüber zwar noch nichts heraus, doch sie begannen, ihm von Ferne aus dem Weg zu gehen, und zwar anders als früher, als sie sich vor seinem »Tschack!« in acht nehmen mußten – es sah eher schon nach »respektvoller Meidung« aus.

Nur die Müßiggänger ließen nicht locker und wollten alle Einzelheiten aus ihm herausbekommen. Herr Jedermann dachte auch gar nicht daran, irgend etwas zu verheimlichen oder zu beschönigen. So berichtete er stolz von seinen Erfahrungen.

Und sie begriffen, daß er nur eine unbedeutende Nebenrolle gespielt hatte: Weder konnte er über Mauern klettern, noch irgendwo einsteigen. Stand nur draußen und wartete auf die Beute! Einmal, es war nachts, hatte er gerade ein Bündel entgegengenommen, und die anderen waren wieder eingestiegen, als er von drinnen Tumult hörte. Er rannte los, stieg noch in derselben Nacht über die Stadtmauer und floh zurück nach Weizhuang. Seitdem hatte ihn der Mut zu derartigen Unternehmungen verlassen.

Diese Episode schadete Herrn Jedermann noch mehr. Hatte man ihn »aus Respekt gemieden«, weil man fürchtete, sich seinen Zorn zuzuziehen, »bestand jetzt kein Grund mehr zur Scheu«. Herr Jedermann war ja nur ein Dieb, zu feige zum Stehlen! Wer hätte das gedacht.

VII
Revolution

Am vierzehnten Tag des neunten Monats im dritten Regierungsjahr des Kaisers Xuantong – also an dem Tag, an dem Herr Jedermann seinen Hüftbeutel Zhao Weißauge verkaufte – legte nachts eine große schwarze Barke am Kanalufer vor dem Zhaoschen Anwesen an. Sie war aus dem Dunkel herangeglitten, ohne daß die Dorfbewohner in ihrem tiefen Schlaf etwas bemerkt hätten. Als sie kurz vor Morgengrauen wieder ablegte, wurde sie von einigen gesehen. Man steckte gründlich die Köpfe zusammen und fand heraus, daß es das Boot des ehrenwerten Herrn Magister gewesen war.

Dieses Boot brachte große Unruhe nach Weizhuang. Die Sonne zeigte noch nicht Mittag, da pochten bereits aller Herzen. Die Zhaos hüllten sich über den Auftrag des Schiffes in geheimnisvolles Schweigen, doch in Teestube und Weinschenke wußte man zu berichten, die Revolutionäre stünden vor der Stadt, und der ehrenwerte Herr Magister habe sich in Weizhuang in Sicherheit gebracht. Nur seine Siebte Schwägerin Zou war anderer Meinung: Der ehrenwerte Herr Magister wolle ein paar alte Kleidertruhen deponieren, jedoch habe der alte Herr Zhao die Annahme verweigert. Es war nämlich so: Der ehrenwerte Herr Magister und der junge Herr Bakkalaureus kamen nicht sonderlich miteinander aus, und eine »Notfreundschaft« durfte ausgeschlossen werden. Außerdem wohnte die Siebte Schwägerin Zou direkt neben den Zhaos, weshalb ihre

Erkenntnisse der Wahrheit wohl auch am nächsten kamen. Trotzdem, die Gerüchte schossen ins Kraut. Der ehrenwerte Herr Magister, hieß es da, sei zwar nicht persönlich gekommen, habe aber ein längeres Schreiben überbringen lassen, in dem er sich auf seine entfernte Verwandtschaft mit den Zhaos berufe, worauf der alte Herr nach reiflicher Überlegung zu dem Schluß gekommen sei, ihm dürfte aus der Angelegenheit kein Schaden erwachsen, und die Truhen doch bei sich behalten habe, sie befänden sich jetzt unter dem Bett der Herrin Zhao. Die Revolutionäre, hieß es auch, seien genau in dieser Nacht in die Stadt einmarschiert, angetan mit weißglänzender Rüstung und weißen Helmen, als Zeichen der Trauer für Chongzheng, den letzten Kaiser der Ming.

Den Ausdruck »Revolutionäre« kannte Herr Jedermann von früher. Außerdem hatte er noch in diesem Jahr der Hinrichtung von Revolutionären beigewohnt. Allerdings waren seiner Meinung nach – keiner weiß, woher sie rührt – Revolutionäre immer Aufrührer, und Aufruhr konnte nur zu seinem Schaden sein. Deshalb hatte er Revolutionäre schon immer »striktest abgelehnt und zutiefst verabscheut«. Nie hätte er jedoch für möglich gehalten, daß sie den in hundert Li Umkreis geachteten ehrenwerten Herrn Magister in Angst und Schrecken versetzen könnten. Herr Jedermann fühlte sich unweigerlich ein wenig zu ihnen hingezogen. Und die Männlein und Weiblein unten im Dorf, wie sie aufgeregt hin und her rannten! Seine Stimmung hob sich.

Revolution, soll mir auch recht sein, dachte er, machen wir eben Revolution mit diesem verdammten Haufen. Verabscheuenswerte! Hassenswerte! Und ich, ja, ich will mich ihnen auch ergeben!

Er hatte in letzter Zeit viel durchlitten, er war wohl

etwas aus dem Gleichgewicht geraten. Und mittags hatte er Wein getrunken, auf leeren Magen, was ihn noch schneller betrunken machte als sonst. Er grübelte noch, als plötzlich dieses luftige Gefühl wieder Besitz von ihm ergriff. Er spürte – keiner wußte, wie es über ihn gekommen war –, wie die Revolutionäre sich in seiner Person verkörperten, und das Dorfvolk allesamt Kriegsgefangene! Das befriedigte ihn außerordentlich.

»Aufruhr!« plärrte er unwillkürlich.

Das Dorf starrte ihn erschrocken an. Derartig mitleidige Blicke hatte er noch nie gesehen. Herr Jedermann wurde so fröhlich, als hätte man ihm im Hochsommer Eiswasser kredenzt.

»Was ich will, das nehm ich mir! Wen ich will, den hol ich mir!« rief er im Weitergehen und:

»Tamm, tamm, tschang, tschang,
es sollt nicht sein, vom Wein betrunken köpft
ich fälschlich Brüderchen Zheng,
es sollt nicht sein, ja ja ja …
tamm, tamm, tschang, tschang!
Tamm, tschang ling tschang!
In der Faust die Peitsch' von Stahl,
werd ich dich strafen …«

Vater und Sohn Zhao sowie Zhao Weißauge und der Nachtwächter Zhao standen gerade vor dem Tor und sprachen über die Revolution, als Herr Jedermann erhobenen Hauptes an ihnen vorbeischmetterte. Er hatte sie nicht bemerkt.

»Tamm, tamm!«

»Ehrenwerter Jedermann«, artikulierte der ehrenwerte Herr Zhao mit gesenkter Stimme und wollte, etwas ängstlich, auf ihn zutreten.

»Tschang, tschang!«

Herr Jedermann konnte ja nicht ahnen, daß man

seinen Namen mit einem Wort des Respekts garnierte. Er brachte den Zuruf mit seiner Person gar nicht in Verbindung.

»Tamm, tschang! Tschang ling tschang, tschang!«

»Ehrenwerter Jedermann!«

»Es sollt nicht sein ...«

»Herr Jedermann!« Der junge Herr Bakkalaureus sah keine andere Wahl und verzichtete auf den Zusatz.

Herr Jedermann blieb stehen und legte den Kopf schief: »Was?«

»Ehrenwerter Jedermann, du bist ...«, der ehrenwerte Herr Zhao wußte nicht weiter. »Du bist jetzt ... reich geworden?«

»Reich? Natürlich! Was ich will, das nehm ich mir ...«

»Herr – ich meine, Bruder Jedermann, arme Freunde wie uns wirst du doch verschonen?« erkundigte sich Zhao Weißauge bange. Er wollte feststellen, woher bei einem Revolutionär der Wind wehe.

»Arme Freunde? Du bist doch sowieso reicher als ich!« rief Herr Jedermann und ließ sie stehen. Die vier waren stumm vor Enttäuschung. Vater und Sohn Zhao kehrten ins Haus zurück und besprachen sich, bis es »Lampenzeit« wurde. Auch Zhao Weißauge ging heim. Er nahm den Geldbeutel vom Gürtel und beauftragte seine Frau, ihn zuunterst in der Truhe zu verstecken.

Als Herr Jedermann genug geschwebt und zum Tempel zurückgekehrt war, hatte sich sein Rausch gelegt. Am Abend bat ihn der alte Tempelwärter freundlich zu einer Tasse Tee. Herr Jedermann verlangte noch zwei Stück Gebäck und, nachdem er alles aufgegessen hatte, eine von den gebrauchten Kerzen zu vier Liang, komplett mit Ständer. Dann legte er sich bei Kerzenschein in seine kleine Kammer. Es war ein völlig neues, unaussprechliches Gefühl. Er war sehr glücklich. Die Flamme tanzte flackernd, wie beim Laternenfest.

Auch seine Gedanken begannen zu tanzen.

Rebellieren? Das macht Spaß! Da würde eine Abteilung Revolutionäre kommen in weißen Rüstungen und weißen Helmen, mit breiten Schwertern, Stahlpeitschen, Bomben, Kanonen, doppelschneidigen und dreigezackten Hellebarden und vielem mehr, und sie würden am Tempel der Erdgottheit vorbeiziehen und rufen: Herr Jedermann, komm mit uns. Und er würde mit ihnen gehen … Und dann die gackernde Schar der Dörfler, zum Lachen! Auf die Knie würden sie sich werfen und flehen: Herr Jedermann, laß uns am Leben! Aber wen würde das kümmern? Als erste müßten D und der alte Zhao dran glauben, dann der junge Bakkalaureus, der Falsche Ausländer … jemanden am Leben lassen? Den Bärtigen Wang könnte man sich sparen. Ach nein, der müßte auch weg …

Die Sachen! Hinein! Die Truhen aufgemacht! Silberbarren, Silbergeld, maschinengewebte Stoffe … das große Ningbo-Bett der Frau des jungen Bakkalaureus käme erst mal in seinen Tempel, dazu würde er Tische und Stühle der Qians stellen – oder vielleicht doch der Zhaos. Er selbst würde keinen Handstreich tun, müßte alles D machen, aber sputen müßte er sich, sonst setzte es was …

… die junge Schwester vom Nachtwächter Zhao … zu häßlich, die Tochter der Siebten Schwägerin Zou, na ja, noch ein paar Jährchen, und die Alte vom Falschen Ausländer? Die schlief doch mit einem zopflosen Mann, pfui Spinne! Die taugte nichts! Und die vom Bakkalaureus hatte eine Narbe am Augenlid … tja, die Wu hatte er lange nicht mehr gesehen, keine Ahnung, wo die überhaupt steckte. Aber schade, sie hatte zu große Füße ... Noch bevor Herr Jedermann zu einem Schluß gekommen war, schnarchte er. Die Kerze zu vier Liang war erst einen halben Zoll heruntergebrannt. Ihr rötliches Licht fiel auf seinen offenen Mund. »Hoho!« fuhr er plötzlich auf, blickte hastig um sich. Als er die Kerze sah, schlief er wieder ein.

Am nächsten Tag erhob sich Herr Jedermann sehr spät. Auf der Straße war alles beim alten. Auch hungrig war er wie eh und je. Alles Grübeln blieb ergebnislos. Doch plötzlich schien ihm etwas in den Sinn zu kommen. Er begann auszuschreiten. Wie zufällig gelangte er zum Kloster der »Stillen Vervollkommnung«.

Die Gebäude lagen noch genauso friedlich da wie im Frühling. Nichts hatte sich verändert: die weiße Mauer, das schwarzlackierte Tor ... Er überlegte kurz, dann ging er zum Tor. Drinnen bellte der Hund. Schnell hob er einen zerbrochenen Ziegel auf. Er klopfte damit kräftig gegen das Tor. Erst nach einer Reihe von Kratzern näherten sich Schritte. Er packte den Ziegel fester, spreizte die Beine und wappnete sich für die Schlacht mit dem schwarzen Hund. Das Klostertor öffnete sich nur einen Spalt – kein schwarzer Hund. Es war bloß die alte Nonne.

»Was willst du denn schon wieder!« Sie war erschrocken.

»Revolution! Weißt du noch nicht ...« Herr Jedermann tat sehr geheimnisvoll.

»Revolution, Revolution, schon wieder Revolution! Wohin wollt ihr uns denn noch revolutionieren?« Die alte Nonne hatte ganz rote Augen.

»Wie?« Herr Jedermann war bestürzt.

»Weißt du denn nicht? Sie haben hier schon Revolution gemacht!«

»Wer?« Herr Jedermann war noch bestürzter.

»Der Bakkalaureus und der Ausländer!«

Das übertraf seine Vorstellungskraft – allerdings genau im unpassenden Moment, denn die alte Nonne, die bemerkte, daß der Entgeisterte an Forschheit verlor, schloß blitzschnell das Tor. Bis er sich dagegenstemmen konnte, hatte sie es längst verriegelt. Auf sein neuerliches Klopfen rührte sich nichts mehr.

Noch im Laufe des Vormittags hatte sich alles zugetragen: Der junge Herr Bakkalaureus Zhao, der stets als einer der ersten informiert war, hatte eben vom Einzug der Revolutionäre in die Stadt erfahren, als er schon den Zopf hochsteckte und, es war noch früh am Morgen, den »Ausländer« Qian aufsuchte, mit dem er sich bisher nie verstanden hatte. Da im Lande aber gerade »Reform« herrschte, verlief ihre Unterredung in völliger Harmonie. Sie wurden im Handumdrehen die besten Genossen und verabredeten, Revolution zu machen. Lange mußten sie nachdenken, bis ihnen einfiel, daß im Kloster »Zur stillen Vervollkommnung« eine kaiserliche Tafel mit der Aufschrift »Lang lebe der Kaiser« stand. Die mußte wegrevolutioniert werden! So begaben sie sich denn zum Kloster, um Revolution zu machen. Weil die alte Nonne aber allerlei einzuwenden hatte und sie gar von ihrem Vorhaben abzuhalten suchte, verabreichten sie ihr als Vertreterin der Mandschu-Regierung noch ein paar Stockhiebe und Kopfnüsse, bevor sie abzogen. Als die Nonne wieder zu sich gefunden hatte, fand sie das kaiserliche Tableau, wie konnte es anders sein, zertrümmert auf der Erde. Auch vor dem Thron der Göttin der Barmherzigkeit fehlte ein kleiner kupferner Weihrauchkessel aus der Zeit des Ming-Kaisers Xuande.

All dies erfuhr Herr Jedermann erst später.

Er bereute zutiefst, so lange geschlafen zu haben.

Trotzdem nahm er es den beiden sehr übel, daß sie ihn nicht dazugeholt hatten. Wie war das möglich? Überdachte er alles noch einmal, wußten die denn nicht, daß ich mich schon den Revolutionären ergeben hatte?

VIII
Revolution verboten

Die Dorfbevölkerung beruhigte sich. Die Revolutionäre seien zwar in der Stadt, hieß es, aber bisher sei nichts Aufsehenerregendes passiert. Der Herr Kreisvorsteher war immer noch Kreisvorsteher. Allerdings nannte er sich jetzt anders. Der ehrenwerte Herr Magister hatte irgendeinen Posten angenommen – mit den Titeln kannte man sich in Weizhuang nicht so gut aus. Auch die Soldaten hörten noch auf denselben Kommandeur. Nur eines war beängstigend: Am zweiten Tag hatten ein paar schlechte Revolutionäre als Unruhestifter damit begonnen, den Leuten die Zöpfe abzuschneiden. Es hieß, den Schiffer Siebenpfund vom Nachbardorf habe es so schwer erwischt, daß er kaum noch als Mensch zu erkennen sei. Von Panik konnte allerdings deswegen in Weizhuang noch keine Rede sein. Man ging sowieso selten in die Stadt, und wer es für die nächste Zeit vorhatte, verwarf den Plan, um derlei Gefahren aus dem Wege zu gehen. Auch Herr Jedermann hatte sich vorgenommen, seine alten Freunde in der Stadt zu besuchen, aber als er von der Zopfabschneiderei hörte, verzichtete er lieber.

Daß Weizhuang von Reformen völlig unberührt geblieben wäre, konnte man indes nicht behaupten. Schon nach wenigen Tagen tauchten immer mehr Leute auf, die ihren Zopf hochgesteckt trugen. Den Anfang hatte selbstverständlich der junge Herr Bakkalaureus gemacht, wie wir bereits erwähnten. Es folgten der Nachtwächter Zhao und Zhao Weißauge. Dann kam Herr Jedermann.

Im Sommer hätte das niemand ungewöhnlich gefunden. Doch jetzt, in der kühleren Jahreszeit, mußte dieses »herbstliche Befolgen sommerlicher Gebote« den so Handelnden als immerhin heroischer Entschluß angerechnet werden. Man konnte in Weizhuang also nicht behaupten, all das hätte mit Reformen nichts zu tun.

Als der Nachtwächter Zhao mit völlig »kahlem« Hinterhaupt daherkam, zeterte jeder, der ihn sah: »Hilfe! Ein Revolutionär!«

Herr Jedermann, der das hörte, wurde neidisch. Er hatte zwar längst die bedeutende Nachricht vom aufgesteckten Zopf des jungen Herrn Bakkalaureus vernommen, aber nie daran gedacht, es ihm gleichzutun. Dieser Gedanke kam ihm erst beim Anblick des Nachtwächters Zhao, und entschlossen machte er sich ans Werk: Mit Hilfe eines Bambusstäbchens steckte er seinen Zopf hoch auf dem Kopfe fest. Dann – er hatte lange gezögert – nahm er all seinen Mut zusammen und trat ins Freie. Die Leute schauten ihm nach, aber niemand sagte etwas. Herr Jedermann reagierte darauf anfangs ungehalten, dann mit zunehmender Wut – in letzter Zeit bekam er überhaupt leicht Wutanfälle, obwohl es ihm nicht schlechter ging als früher, die Leute behandelten ihn höflich, und im Laden erhielt er Kredit. Trotzdem fühlte er sich unzufrieden. Wenn schon Revolution, dann doch nicht so!

Außerdem begegnete er D, was ihn vor Wut fast platzen ließ. D hatte seinen Zopf nämlich ebenfalls hochgesteckt! Und ausgerechnet hatte auch er dazu ein Bambusstäbchen benutzt! Nie und nimmer hätte er sich träumen lassen, daß auch D den Mut zu solchem Tun aufbrächte. Das mußte er ihm strengstens verbieten! Was bildete sich der eigentlich ein? Am liebsten hätte er ihn gepackt, sein Bambusstäbchen zerbrochen und ihm dann noch ein paar runtergehauen. D hatte gewagt, ebenfalls Revolutionär zu werden, und damit seine Grenzen überschritten. Das mußte bestraft werden! Schließlich ließ ihn Herr Jedermann aber doch laufen. Er sandte ihm nur einen seiner Strafblicke und spuckte ihm vor die Füße.

Als einziger war der Falsche Ausländer in die Stadt gegangen. Der junge Herr Bakkalaureus wollte, anknüpfend an die zu Hause deponierten Truhen, dem ehrenwerten Herrn Magister seine Aufwartung machen, hatte den Plan aber fallenlassen, damit ihm sein Zopf nicht abhanden käme. So verfaßte er nur ein äußerst schmeichelhaftes Schreiben, das er dem Falschen Ausländer mitgab. Im gleichen Atemzug bat er, ihn bei der Liberalen Partei zu empfehlen. Am Tag seiner Rückkehr erstattete ihm der Bakkalaureus vier Silbertaler und trug fortan ein silbernes Abzeichen in Form eines Pfirsichs am Revers. Die Dörfler staunten nicht schlecht und stellten ehrfürchtig fest, er sei nun Boß der Kakifeigenölpartei und könne es sogar mit einem Gelehrten der allhöchstkaiserlichen Hanlin-Akademie aufnehmen.

Davon profitierte auch sein Vater, der ehrenwerte Herr Zhao – viel mehr übrigens als damals anläßlich des glanzvollen Bakkalaureats seines Filius' – und fühlte sich über alles und jeden erhaben. Begegnete er Herrn Jedermann, tat er, als nehme er ihn gar nicht wahr.

Herr Jedermann, der schon ungehalten war, fühlte sich auf Schritt und Tritt vernachlässigt. Als er von der Geschichte um das silberne Pfirsichabzeichen erfuhr, wurden ihm die Zusammenhänge schließlich klar: Wollte man die Revolution, war es nicht damit getan, sich zu unterwerfen. Es reichte auch nicht, sich den Zopf hochzustecken. Es galt vielmehr, mit den Revolutionären Verbindung aufzunehmen! Nun hatte er aber seinen Lebtag nur zwei Revolutionäre gesehen. Der eine war in der Stadt – tschack! – enthauptet worden. Also blieb nur der Falsche Ausländer. In der Tat, es galt, mit dem Falschen Ausländer in Verhandlungen einzutreten!

Das Tor des Qianschen Anwesens stand offen. Herr Jedermann schlich sich furchtsam hinein und erschrak heftig: Da stand ja der Falsche Ausländer mitten im Hof! Er war ganz in Schwarz gekleidet – wahrscheinlich ausländisch – und trug ein silbernes Pfirsichabzeichen am Rock. In der Hand hielt er jenen Stock, dem Herr Jedermann schon manche Belehrung zu verdanken hatte. Seinen Zopf, der bereits wieder an Länge gewonnen hatte, trug er offen, so daß ihm sein Haar wie dem Daoisten Lui Hai wirr über Stirn und Schulter fiel. Vor ihm hing ein stocksteifer Zhao Weißauge in Begleitung dreier Müßiggänger andächtig an seinen Lippen. Herr Jedermann postierte sich lautlos hinter Zhao Weißauge. Das Problem war nur, wie sollte er sich dem Falschen Ausländer bemerkbar machen? Er konnte ihn ja nicht mit »Falscher Ausländer« ansprechen. »Ausländer« ging auch nicht und »Revolutionär« ebenfalls nicht. Vielleicht sollte er ihn »Herr Ausländer« nennen.

Der Herr Ausländer konnte ihn aber gar nicht bemerken, weil er gerade mit verdrehten Augen eine spannende Begebenheit zum besten gab: »Nun bin ich ja ein hitziger Charakter, und deshalb sagte ich auf unserem Treffen immer zu Bruder Hong: Es muß losgehen! Aber er antwortete immer: No! – Das könnt ihr nicht verstehen, das ist ausländisch. Jedenfalls wären wir sonst längst erfolgreich gewesen. Aber in diesem Punkt war er eben sehr vorsichtig. Er bat mich dann immer wieder, doch nach Hubei zu kommen. Aber ich habe ihm da noch nicht zugesagt. Wer will schon in einer kleinen Kreisstadt arbeiten …«

»Äh … die …«, sagte Herr Jedermann.

Er hatte nämlich gewartet, bis der Herr Ausländer Luft holen würde, und dann unter Aufbietung allen Mutes zu seiner Rede angesetzt. Aber aus irgendeinem Grunde war ihm der »Herr Ausländer« im Halse steckengeblieben. Erstaunt wandte die Zuhörerschaft die Köpfe. Jetzt gewahrte ihn auch der Herr Ausländer.

»Was?«

»Ich …«

»Fort!«

»Ich wollte mich gern unterw…«

»Bist du noch nicht weg!« Der Herr Ausländer hob bereits seinen Jammerknüppel.

Auch Zhao Weißauge und die anderen bellten ihn an: »Der Herr hat doch gesagt, du sollst verschwinden! Kannst du nicht hören?«

Herr Jedermann schützte seinen Kopf mit beiden Händen und rettete sich instinktiv auf die Straße. Der Herr Ausländer kam aber nicht hinterher.

Er war etwa zwanzig Schritte gerannt, ehe er wieder zu seinem normalen Gang zurückfand. Sein Herz füllte sich mit Kummer: Der Herr Ausländer hatte ihm die Revolution verboten! Es war seine letzte Möglichkeit gewesen. Vorbei die Hoffnung auf Männer in weißen Rüstungen und weißen Helmen, die ihn rufen kämen. All sein Wollen, sein Streben, Hoffen und seine Zukunft waren mit einem Schlag zunichte. Daß die Müßiggänger den Vorfall ausposaunen und ihn Ds Witzeleien, dem Bärtigen Wang und den anderen ausliefern würden, fiel schon gar nicht mehr ins Gewicht.

Wohl nie im Leben hatte Herr Jedermann ein solches Gefühl existentieller Sinnlosigkeit erlebt. Wie sinnlos, ja verachtenswert, war sein hochgesteckter Zopf! Aus Rache hätte er ihn am liebsten gleich heruntergelassen, was er jedoch unterließ.

Er strich umher, bis es Nacht wurde. Erst nach zwei Schalen Wein, die er anschreiben lassen mußte, hob sich seine Laune, und die weißen Helme und Rüstungen tauchten bruchstückhaft wieder auf.

Eines Tages hatte er sich wieder bis tief in die Nacht herumgetrieben. Erst als die Schenke schloß, trottete er langsam in Richtung Tempel.

»Peng! Peng!« hörte er da ein eigenartiges Geräusch, aber es waren keine Knaller. Weil Herr Jedermann immer gern dabei war, wenn etwas passierte, und es liebte, seine Nase in fremde Dinge zu stecken, folgte er dem Geräusch, so gut die Dunkelheit es erlaubte. Waren da nicht Schritte? Er lauschte. Plötzlich rannte jemand vorbei, wahrscheinlich auf der Flucht, und er schloß sich sofort an. Als der andere um eine Ecke flitzte, tat er es ihm gleich, doch da war der Flüchtende schon stehengeblieben. Auch er blieb stehen. Hinter ihnen war alles still.

»Was?« entfuhr es Herrn Jedermann, denn er hatte entdeckt, daß der Mann vor ihm niemand anders war als D Herr Jedermann wurde zornig.

»Die Zhaos! Die Zhaos sind ausgeraubt worden!« keuchte D.

Herrn Jedermanns Herz begann wild zu schlagen. D war schon entschwunden, als er noch immer hin und her gerissen dastand. Immerhin hatte er »so etwas« schon gemacht. In seinem Mut schlich er um eine Ecke und lauschte angestrengt. War da nicht Lärm und Geschrei? Als er genauer hinsah, schien ihm, als schleppten

Weißgerüstete und Weißbehelmte ununterbrochen Truhen, Kisten und Gerätschaften heraus, auch das Ningbo-Bett der Frau des Bakkalaureus war dabei! Er wollte noch näher heran, um der besseren Sicht willen, aber seine Beine verweigerten den Dienst.

Die Nacht war mondlos. Still lag das Dorf in der Dunkelheit. Es war ein solcher Friede, daß man sich in die Urzeiten eines Kaisers Fu Xi zurückversetzt fühlen konnte. Herr Jedermann wurde des Ausharrens müde. Das Bild schien sich zu wiederholen: Ununterbrochen schleppten sie Truhen und Gerätschaften, selbst das Ningbo-Bett der Frau Bakkalaureus … Er konnte schon den eigenen Augen nicht mehr trauen. Er versagte sich das Verlangen, noch näher heranzugehen, und kehrte zurück in den Tempel.

Dort war es noch dunkler. Er verschloß das Tor und tastete sich in seine Kammer. Lange mußte er liegen, bis er sich beruhigt hatte. Er dachte über sich nach. Die Weißgerüsteten und Weißbehelmten waren zweifellos gekommen, doch statt ihm Bescheid zu sagen, trugen sie eine Menge guter Sachen davon, ohne ihm etwas abzugeben. Alles nur wegen dieses abscheulichen Falschen Ausländers, der ihn nicht rebellieren lassen wollte! Weshalb sonst mußte er leer ausgehen? Je länger er darüber nachdachte, desto wütender wurde er. Unwillkürlich steigerte er sich in einen großen Haß. »Du läßt mich nicht rebellieren? Nur du darfst rebellieren? Verfluchter Falscher Ausländer!« Haßerfüllt nickte er. »Also gut, dann rebelliere du! Auf Rebellion steht die Todesstrafe. Ich werde dich anzeigen und zusehen, wie sie dich zur Hinrichtung in die Stadt schleifen! Alle Kopf ab! Ausrotten! Stumpf und Stiel! Tschack! Tschaaack!«

IX
Das große Happy-End

Nach dem Überfall auf die Zhaos beschlich die meisten eine Mischung aus Bestürzung und Schadenfreude. Herrn Jedermann erging es nicht anders. Vier Tage später jedoch, um Mitternacht, wurde er überraschend verhaftet und in die Stadt gebracht.

Es war eine mondlose Nacht gewesen. Eine Abteilung Soldaten, eine Abteilung Grundbesitzermiliz, eine Abteilung Polizisten und fünf vom Geheimdienst schlichen ins Dorf, umstellten im Schutze der Dunkelheit den Tempel und richteten ein Maschinengewehr auf das Tor. Doch kein Herr Jedermann kam herausgestürmt. Als sich immer noch nichts tat, wurde der Kommandeur nervös. Er mußte allerdings erst eine Belohnung von 20 000 in Aussicht stellen, ehe sich zwei Milizangehörige bereit fanden, jedes erdenkliche Risiko auf sich zu nehmen und über die Mauer zu klettern. Das hieß Kooperation: eins, zwei, drei hineingestürmt und Herrn Jedermann herausgeschleppt! Dieser wachte erst auf, als sie ihn schon vor dem Maschinengewehr hatten.

Gegen Mittag erreichten sie die Stadt. Herr Jedermann sah sich in ein verrottetes Gerichtsgebäude gebracht, um sechs Ecken geführt und in einen kleinen Raum gestoßen. Noch im Stolpern schlug ihm die Zellentür gegen die Fersen – sie war aus kompletten Rundhölzern gezimmert. Bei genauerem Hinsehen saßen noch zwei Menschen in der Ecke. Ansonsten war die Zelle leer. Herr Jedermann fühlte sich zwar beunruhigt, aber nicht bedrückt, denn seine Schlafkammer im Tempel der Erdgottheit war auch nicht besser. Die zwei schienen auch vom Land zu kommen. Mit der Zeit schütteten sie ihm ihr Herz aus: Den einen wollte der ehrenwerte Herr Magister zur Zahlung einer noch ausstehenden Pacht seines Großvaters zwingen, der andere wußte nicht, weshalb er hier war.

Als sie Herrn Jedermann fragten, antwortete er ohne Umschweife: »Ich wollte rebellieren.«

Nachmittags wurde er in die Gerichtshalle geführt. Zuoberst saß ein Alter mit kahlrasiertem Schädel. Herr Jedermann vermutete zunächst, es handle sich um einen Mönch. Dann entdeckte er, daß ein paar von den Soldaten, die unterhalb des Glatzkopfs standen, und einige der langgewandeten Personen zu beiden Seiten ebenfalls kahlrasiert waren. Andere ließen ihr Haar wie der Falsche Ausländer offen über die Schultern fallen. Alle schnitten wilde Gesichter und starrten ihn wütend an. Herr Jedermann begriff, daß der Glatzkopf kein Unbedeutender sein konnte, und sackte sofort mit weichen Knien zusammen.

»Wirst du wohl aufstehen! Hier wird nicht gekniet!« brüllten ihn die Langgewandeten an. Obwohl Herr Jedermann allem Anschein nach verstand, glaubte er, sich doch nicht aufrecht halten zu können. Unwillkürlich ging er deshalb in die Hocke, aus der er bei passender Gelegenheit wieder zur knienden Stellung fand.

»Sklavischer Charakter das!« fauchten die Langgewandeten erneut, forderten ihn jedoch nicht mehr auf, sich zu erheben.

»Gestehe die Wahrheit, sonst geht es dir schlecht! Ich bin bereits informiert. Wenn du gestehst, lassen wir dich laufen!« sagte der alte Glatzkopf ruhig und deutlich. Während er sprach, fixierte er Herrn Jedermann.

»Gestehe!« zischten die Langgewandeten.

»Ich wollte eigentlich … ich wollte mich unterw…«, brachte er stockend hervor, nachdem er in seiner Verwirrung lange überlegt hatte.

»Und warum bist du dann nicht gekommen?« erkundigte sich der Alte freundlich.

»Der Falsche Ausländer hat mich nicht gelassen!«

»Unsinn! Selbst wenn es wahr wäre, für so ein Geständnis ist es jetzt zu spät! Wo sind deine Komplizen?«

»Was?«

»Die Leute, die an dem Abend die Zhaos ausgeplündert haben.«

»Sie haben mich ja nicht geholt. Sie haben die Sachen selbst weggetragen!« Herr Jedermann wurde wütend.

»Und wohin? Wenn du es sagst, lassen wir dich laufen.« Der Alte wurde noch freundlicher.

»Das weiß ich nicht. Sie haben mich doch nicht geholt …«

Auf einen Wink des Alten wurde Herr Jedermann in die Zelle gebracht.

Das zweite Mal holten sie ihn am nächsten Vormittag. In der Halle hatte sich nichts geändert. Zuoberst saß noch immer der alte Glatzkopf. Herr Jedermann kniete auch diesmal nieder.

»Möchtest du noch etwas sagen?« fragte ihn der Alte freundlich.

Herr Jedermann gelangte zu dem Schluß, es gebe nichts, was er noch zu sagen hätte, und so antwortete er: »Nein.«

Ein Langgewandeter mit Papier und Schreibzeug trat heran und wollte ihm einen Pinsel in die Hand drükken. Herr Jedermann erschrak über die Maßen. Fast wären ihm die Sinne geschwunden. Denn es war das erste Mal, daß seine Hand mit einem Pinsel in Berührung kam. Er war sich noch im unklaren, wie er ihn halten sollte, als der andere bereits auf eine bestimmte Stelle deutete und ihn aufforderte zu unterschreiben.

»Ich, ich kann nicht schreiben.« Herr Jedermann, den Pinsel in der Faust, war bestürzt und beschämt.

»Wir sind ja nicht so. Mal einen Kreis!«

Er nahm sich vor, einen Kreis zu malen. Aber die Hand, die da den Pinsel umkrampfte, zitterte unaufhörlich. Der Langgewandete breitete das Papier auf dem Boden aus. Herr Jedermann beugte sich vor und nahm alle Kraft seines Lebens zusammen, um den Kreis zu malen. Er war fest entschlossen, den Kreis rund zu malen, denn er hatte Angst, verlacht zu werden. Aber dieser gräßliche Pinsel war nicht nur schwer, er ging auch seine eigenen Wege! Herr Jedermann vollendete eben zittrig den Kreis, als ihm der Pinsel wegrutschte. Jetzt sah das Ganze aus wie ein Melonenkern. Er schämte sich sehr, daß er den Kreis nicht rund gemalt hatte, aber der Langgewandete nahm ihm Papier und Pinsel ohne den geringsten Vorwurf ab, und er wurde in die Zelle zurückgeführt.

Es bereitete Herrn Jedermann kein Kopfzerbrechen, daß man ihn schon wieder hierherbrachte. Er war der Meinung, auf dieser Welt geschehe es einfach von Zeit zu Zeit, daß man abgeführt und eingesperrt wird oder daß man einen Kreis auf ein Papier zu malen hat. Nur daß er seinen Kreis nicht so schön rund gemalt hatte, empfand er als Schande. Aber dieses Problem bewegte ihn nicht allzulange, denn er dachte sich, das Malen kreisrunder Kreise überlasse ich anderen. Leuten, die im Grunde meine Enkel sein könnten. Dann schlief er ein.

Es geschah in ebendieser Nacht, daß der ehrenwerte Herr Magister keinen Schlaf fand, denn er hatte sich mit dem Militärkommandeur entzweit. Der ehrenwerte Herr Magister vertrat die Auffassung, es gelte zuvörderst, das Diebesgut wieder aufzutreiben, während der Militärkommandeur meinte, das Wichtigste sei, für die

Massen ein Exempel zu statuieren. Der Militärkommandeur trat in letzter Zeit dem ehrenwerten Herrn Magister gegenüber ziemlich überheblich auf. Während er redete, schlug er mit der Faust auf Tisch und Bänke: »Jawohl, ein abschreckendes Beispiel muß her! Sie wissen selbst: In den zwanzig Tagen, die ich jetzt Revolutionär bin, kam es zu einem Dutzend Raubüberfällen, von denen noch kein einziger aufgeklärt ist! Wo bleibt mein Ruf? Jetzt, wo wir gerade einen Fall abschließen, kommen Sie und bringen alles durcheinander! Das kommt nicht in Frage! In diesem Fall bestimme ich!«

Der ehrenwerte Herr Staatsbeamte befand sich in einer äußerst prekären Lage, aber er gab nicht auf: Falls man nicht mit allen Mitteln versuche, das Diebesgut zu requirieren, werde er umgehend von seinem Posten in der republikanischen Verwaltung zurücktreten. Worauf der Militärkommandeur jedoch antwortete: »Bitte, wie Sie belieben!«

So kam es, daß der ehrenwerte Herr Magister in dieser Nacht keinen Schlaf fand. Glücklicherweise gab er am nächsten Tag seinen Posten doch nicht auf.

Am Vormittag nach der schlaflosen Nacht des ehrenwerten Herrn Magister wurde Herr Jedermann zum dritten Mal aus der Zelle geholt. Zuoberst saß, wie gehabt, der alte Glatzkopf. Herr Jedermann kniete auch diesmal nieder.

»Möchtest du noch etwas sagen?« fragte ihn der Alte sehr freundlich. Er überlegte, und als er fand, es gebe nichts, was er noch zu sagen hätte, antwortete er: »Nein.«

Lang- und Kurzgewandete zogen ihm darauf unversehens einen weißen ärmellosen Kittel über, auf den irgendwelche schwarze Zeichen gepinselt waren. Herr Jedermann zeigte sich verärgert. Das sah doch aus wie unglückverheißende Trauerkleidung! Gleichzeitig wurden ihm die Hände auf den Rücken gebunden. So schleppte man ihn vor das Gebäude. Er wurde auf einen offenen Wagen gehoben, ein paar Kurzgewandete stiegen hinzu, und der Wagen setzte sich in Bewegung.

Vorneweg marschierte eine Abteilung Milizionäre und Soldaten mit ausländischen Gewehren, zu beiden Seiten wartete eine gaffende Menge. Was hinter ihm war, konnte er nicht sehen. Ging's hier nicht zur Hinrichtung? dämmerte ihm plötzlich, und ihm wurde schwarz vor Aufregung. Das Ohrensausen war wie bei einem Schwindelanfall. Aber er fiel nicht in Ohnmacht. Er schwebte zwischen Aufregung und völliger Ruhe. In dieser Welt, so schien ihm, war es eben nicht zu vermeiden, auch einmal hingerichtet zu werden.

Er wunderte sich – er kannte ja noch den Weg. Weshalb fuhr man nicht zum Richtplatz? Er konnte nicht ahnen, daß man mit ihm einen Paradezug durch die Stadt veranstaltete. Aber selbst wenn, er hätte wohl gedacht, auf dieser Welt sei es eben nicht zu vermeiden, auch einmal durch die Straßen geführt und der Menge gezeigt zu werden. Schließlich begriff er: Man hatte nur einen Umweg gewählt. Ganz zweifellos ging es hier – tschack! – zur Hinrichtung.

Herr Jedermann blickte verloren nach links und rechts. Es wimmelte in seinem Gefolge. Sahen sie nicht aus wie die Ameisen? Zufällig erkannte er die Wu in der Menge. Ja, lange war's her! Jetzt arbeitete sie also in der Stadt. Plötzlich schämte er sich seiner Willenlosigkeit, er hatte ja noch keine Arie angestimmt! Wie ein Wirbelwind schossen ihm die Titel durch den Kopf: »Die junge Witwe tritt ans Grab« war nicht imposant genug, »Es sollt nicht sein« aus dem »Kampf zwischen Drache und Tiger« zu schwach. Dann schon lieber »In der Faust die Peitsch' von Stahl, werd ich dich strafen«. Er wollte schon seine Hand hochreißen, da fiel ihm ein, daß man sie ihm ja auf den Rücken gebunden hatte. So sang er auch die »Peitsch' von Stahl« nicht mehr.

»In zwanzig Herbsten wird der nächste kommen!« schrie Herr Jedermann in seiner Not plötzlich jenen Satz, den er noch nie gesprochen und den ihm niemand beigebracht hatte.

»Braaavo!« schlug es aus der Menge zurück wie tolles Wolfsgebrüll. Der Karren fuhr ohne Halt. Im grölenden Applaus der Gaffer verdrehte er sich die Augen nach der Wu, aber sie schien ihn gar nicht bemerkt zu haben. Sie starrte nur auf die ausländischen Gewehre der Soldaten.

Er sah noch einmal in die grölende Menge.

Noch einmal schossen ihm die Gedanken wie ein Wirbelwind durch den Kopf. Vor vier Jahren war er einmal in den Bergen einem hungrigen Wolf begegnet, der ihm unablässig folgte, nicht zu nah und nicht zu fern. Der hatte es auf sein Fleisch abgesehen. Er stand damals Todesängste aus. Zum Glück hatte er sein Buschmesser dabei. Das machte ihm Mut, und er hielt durch bis Weizhuang. Nie würde er die Augen dieses Wolfes vergessen. Sie blickten grausam und ängstlich, flackerten zwei kleinen Irrlichtern gleich, als wollten sie ihn aus der Ferne durchbohren. Doch die Augen, die er jetzt sah, waren noch furchterregender. Augen, wie er sie noch nie gesehen hatte. Sie blickten stumpf und doch schneidend. Sie zermalmten nicht nur seinen Schrei, seine Haut, sein Fleisch, nein – sie gierten nach etwas anderem! Unablässig folgten sie ihm, nicht zu nah und nicht zu fern.

All diese Augen rotteten sich zusammen und schnappten mit ihren Rachen nach seiner Seele.

Hilfe …

Doch Herr Jedermann rief nicht.

Längst war ihm schwarz vor Augen. In seinen Ohren brüllte es. Es war, als hätte sich sein Körper in Staub aufgelöst.

Betrachten wir die Auswirkungen der damaligen Ereignisse auf die Betroffenen, so hatte der ehrenwerte Herr Magister die wohl schwerste Last zu tragen, da ihm genommen war, das Diebesgut aufzubringen. Also zeterte und heulte er mitsamt seiner ganzen Familie. Nächstschwer waren die Zhaos betroffen: Dem jungen Herrn Bakkalaureus war nicht nur in der Stadt, wo er ja die Anzeige erstattet hatte, von schlechten Revolutionären der Zopf abgeschnitten worden, er hatte obendrein die 20 000 für die Belohnung hinblättern müssen. Deshalb zeterte und heulte auch seine gesamte Familie und gebärdete sich von Stund an als einzig Überlebende einer untergegangenen Welt.

Und die öffentliche Meinung? In Weizhuang war man sich völlig einig, daß, natürlich, Herr Jedermann schuldig war. Daß man ihn erschossen hatte, war der Beweis. Denn wäre es im Falle seiner Unschuld wohl zur Hinrichtung gekommen? In der Stadt ließ die öffentliche Meinung dagegen zu wünschen übrig. Die meisten äußerten sich unzufrieden, denn Erschießen sieht bei weitem nicht so schön aus wie Köpfen. Und was war das für ein lächerlicher Delinquent! Wurde so lange durch die Straßen gekarrt und hat nicht mal ein Stück aus der Oper geschmettert!

Man war umsonst mitgelaufen.

Dezember 1921

Das Drachenbootfest

Seit einiger Zeit bediente sich Fang Xuanchao mit Vorliebe der Redensart »Läuft alles aufs selbe hinaus«. Unversehens schien sie für ihn zu einer stehenden Wendung geworden zu sein, und zwar nicht nur auf den Lippen, sondern sie hatte sich mit Gewalt auch in seinem Hirn festgesetzt. Zunächst hatte er immer gesagt: »Ist alles egal.« Später war er wahrscheinlich der Floskel überdrüssig geworden und hatte deshalb zu »Läuft alles aufs selbe hinaus« gewechselt, einer Floskel, die er bis jetzt ständig in Gebrauch hatte.

Seit er diese ganz ordinäre Phrase entdeckt hatte, erfüllte ihn eine großartige innere Ruhe, obwohl sie ihm auch eine gehörige Menge neuen Ärger einbrachte. Früher beispielsweise hatte es ihn empört, wenn er alte Leute die Jugend tyrannisieren sah, jetzt jedoch war er anderer Ansicht: In der Zukunft würden die Jungen auch einmal Nachkommen haben und alles in allem in genau dieselbe Kerbe hauen. Es hatte also alles seine Ordnung. Wenn er des weiteren etwa Soldaten sah, die einen Rikschakuli verprügelten, so hatte er sich früher ebenfalls sehr empört, doch auch hier hatte er nun seine Meinung geändert. Gesetzt etwa den Fall, jener Rikschakuli wäre ein Soldat gewesen, dann hätte er als Soldat genauso zugeschlagen. Damit war er dann beruhigt. In solche Überlegungen schlichen sich jedoch zuweilen Zweifel ein, ob es ihm vielleicht an Mut fehle, gegen die gesellschaftlichen Mißstände zu kämpfen. Damit schaffte er sich bewußt und wider besseres Wissen und Gewissen einen Vorwand. Er neigte sehr zu einem »schwankenden Herzen«, hatte jedoch nicht im geringsten die Absicht, von dieser Haltung abzurücken. Trotz dieser Einsicht setzte sich der Gedanke aber völlig in ihm fest.

Den Ausdruck »Läuft alles aufs selbe hinaus« hatte er öffentlich erstmals in einem Unterrichtsraum an der Shoushan-Schule in Peking benutzt. Damals war es wohl im Zusammenhang mit einem geschichtlichen Ereignis gewesen. Er war zum Schluß gekommen: »Die Alten und die Heutigen sind einander nicht so unähnlich« und sprach davon, daß bei allen Menschenrassen »Angeborenes einander ähnlich« sei. Schließlich ließ er sich über das Verhältnis zwischen Schülern und Beamten aus, wobei er weitschweifig seine Meinung kund tat: »Heutzutage gehört es zum guten Ton, ständig die Beamten zu beschimpfen; am lautesten aber schimpfen die Studenten. Die Beamten sind jedoch keineswegs von Natur aus eine besondere Rasse, sondern stammen aus dem gewöhnlichen Volk. Aus dem Kreis moderner Studenten ist eine nicht unbeträchtliche Anzahl von Beamten hervorgegangen, ohne sich groß von den früheren Beamten zu unterscheiden. ›Sie mögen ihre Plätze tauschen, verhalten sich aber genauso.‹ Im Denken, Sprechen, Handeln und Auftreten gibt es zwischen den beiden keinen großen Unterschied. Und was die vielen Unternehmungen betrifft, die neuerdings von den Studentenorganisationen ausgehen: Sind da nicht auch schon unvermeidlich Fehler unterlaufen? Haben sich diese Aktivitäten nicht etwa größtenteils als Schall und Rauch erwiesen? Es läuft alles aufs selbe hinaus. Chinas Zukunft sollte man von hier aus betrachten …«

Unter den gut zwanzig Schülern, die verstreut im

Unterrichtsraum saßen und zuhörten, wie er dozierte, gab es Enttäuschte, andere hielten seine Worte für zutreffend, wieder andere regten sich über ihn auf, wahrscheinlich weil sie es für eine Beleidigung der geheiligten Jugend hielten. Einige jedoch belächelten ihn, vermutlich weil sie eine Selbstrechtfertigung zu erkennen meinten: Schließlich war Fang Xuanchao Lehrer und gleichzeitig Beamter.

In Wahrheit waren jedoch alle im Irrtum. An ihm war bloß eine neuartige Unausgeglichenheit zu beobachten. Wenn er es Unausgeglichenheit nannte, so war das lediglich wiederum eine seiner hohlen, unterwürfigen Phrasen. Er vermochte selbst nicht zu sagen, ob dahinter seine Trägheit oder Unfähigkeit steckte, aber dennoch glaubte er, kurz gesagt, ein Mensch zu sein, der sich zurückhält und seine Grenzen nicht überschreitet. Der Schulrektor unterstellte ihm, nervenkrank zu sein, aber solange es nicht um die Stellung ging, wollte Fang Xuanchao nicht das geringste verlauten lassen. Die Gehälter der Lehrer waren ein gutes halbes Jahr lang ausgeblieben. Nur wer wie er darüber hinaus noch Bezüge als Beamter hatte, konnte durchkommen, so daß er weiterhin den Mund nicht aufmachte. Vielmehr fand er bei sich, als der Lehrerverband ausstehende Gehälter einforderte, es sei nicht reiflich überlegt und mache zuviel Aufsehen. Erst als ihm zu Ohren kam, wie Amtskollegen sich über die Lehrer lustig machten, begann er sich ein bißchen aufzuregen und änderte daraufhin seine Meinung, vielleicht weil es ihm selber tatsächlich an Geld fehlte und andere Lehrer in der Tat nicht zugleich Beamte waren. So fühlte er sich schließlich wieder erleichtert.

Obwohl er ebenfalls an Geldmangel litt, war er nie dem Lehrerverband beigetreten. Als alle gemeinsam beschlossen, in den Streik zu treten, ging auch er nicht mehr in den Unterricht. Von Regierungsseite hieß es: »Nur wer unterrichtet, bekommt Geld.« Das forderte seinen Spott heraus: Es sei so, als ob man einen Affen mit einer Frucht locken wollte. Ein großer Pädagoge meinte just in dieser Zeit: »Als Lehrer mit der Mappe unter dem Arm die Hand aufhalten ist Ausdruck unedlen Verhaltens.« So konnte er denn seiner Frau gegenüber gleichsam in offizieller Form seinen Unmut äußern.

»Hallo, warum gibt es nur zwei Gerichte?« fuhr er sie beim Anblick des Abendessens an, den Ausspruch über das »unedle Verhalten« noch im Ohr.

Sie hatten beide keine moderne Erziehung genossen. Seine Frau hatte weder einen Schulnamen noch einen Erwachsenennamen erhalten und konnte deshalb auch nicht in bestimmter Form angeredet werden. Obwohl er sie gemäß alter Sitte auch mit »Frau« (taitai) anreden durfte, wollte er nicht allzu konservativ sein. So erfand er schließlich das Wörtchen »hallo«. Die »Frau« dagegen verfügte noch nicht einmal über solch ein Mittel, sondern wandte ihm nur das Gesicht zu, wenn sie etwas sagen wollte. Aus Gewöhnung wußte er dann, daß das Wort an ihn gerichtet war.

»Aber die Hälfte vom Gehalt, die letzten Monat gezahlt wurde, ist doch schon aufgebraucht ... Beim Reis gestern war es gar nicht leicht, einfach anschreiben zu lassen.« Sie stand am Tisch und wandte ihm bei diesen Worten das Gesicht zu.

»Sieh, und es ist doch niederträchtig zu behaupten, die Lehrer wollten nur ihr Gehalt. Diesen Elementen scheint nicht einmal die schlichte Tatsache bekannt zu sein, daß der Mensch essen muß, daß es zum Essen Reis braucht und zum Reiskaufen Geld.«

»Genau. Wie soll man ohne Geld Reis kaufen und wie ohne Reis kochen …?«

Seine Wangen blähten sich auf, als wäre er darüber ärgerlich, daß diese Antwort so sehr mit seiner Redensart »Läuft alles aufs selbe hinaus« übereinstimmte, daß es fast an unüberlegtes Nachplappern grenzte. Darauf wandte er sich sogleich ab; und das war, ebenfalls nach alter Gewohnheit, Zeichen dafür, daß er die Unterhaltung für beendet ansah.

Um von der Regierung die ausstehenden Gehälter zu fordern, gingen die Lehrer an einem windigen und regnerischen Tag vor das Xinhuamen. Dort standen sie im Matsch und wurden von der Armee zusammengeschlagen. Danach jedoch wurde überraschenderweise ein Teil der Gehälter ausgezahlt. Fang Xuanchao kam so zu Geld, ohne auch nur einen Finger gekrümmt zu haben. Er konnte einige alte Schulden begleichen, doch fehlte ihm immer noch eine erkleckliche Summe Geld, denn inzwischen war auch die Auszahlung der Beamtenbezüge erheblich im Rückstand. Es war damals so, daß sogar redliche Amtsgehilfen und Beamte, die noch aus der Qing-Dynastie übernommen worden waren, allmählich glaubten, nicht darauf verzichten zu können, ihre ausstehenden Gehälter einzufordern. Weil Fang Xuanchao zugleich Lehrer war, äußerte er natürlich noch mehr Sympathie für die Lehrkräfte. Als alle die Meinung vertraten, der Unterrichtsstreik müsse fortgesetzt werden, stimmte er deshalb nach dem Zwischenfall besonders freudig zu und beachtete selbstverständlich den gemeinsamen Beschluß, obwohl er nach wie vor an den Treffen nicht teilnahm.

Als die Regierung dann noch einmal Geld ausgezahlt hatte, nahmen die Schulen den Unterricht wieder auf. Doch einige Tage zuvor hatten die Schüler bei einer

Vollversammlung eine Bittschrift an die Regierung gerichtet: »Wenn die Lehrer nicht unterrichten, sollen auch die ausstehenden Gehälter nicht gezahlt werden.« Obwohl dieses Ansinnen keinerlei Wirkung zeigte, kam Fang Xuanchao doch in den Sinn, daß die Regierung beim letzten Mal gesagt hatte: »Nur wer unterrichtet, bekommt Geld.« Noch einmal huschte ein Schatten von »Läuft alles aufs selbe hinaus« vor seinem inneren Auge vorbei. Die Phrase hatte noch keineswegs ihre Gültigkeit verloren, so daß er sie schließlich sogar im Unterricht öffentlich äußern konnte.

Wenn die Redensart »Läuft alles aufs selbe hinaus« offensichtlich dazu dienen kann, sich gegen falsche Anschuldigungen zu wappnen, dann selbstverständlich umgekehrt auch als eine Art eigennütziger Unausgeglichenheit. Andererseits ließ sich keineswegs behaupten, sie sei nur eine Rechtfertigung für seinen Beruf als Beamter. Jedesmal allerdings, wenn sich nur eine Gelegenheit bot, hatte er eine außerordentliche Vorliebe dafür, sich lang und breit über das künftige Schicksal Chinas und verwandte Fragen auszulassen. Dabei war er alles andere als bescheiden, sondern hielt sich vielmehr für eine edle Menschenseele, die sich in Sorgen um ihr Land verzehrt: Alles Leid der Menschen rühre daher, daß sie nicht »die Weisheit haben, sich selber zu kennen«.

Doch dies erwies erneut, daß der Satz »Läuft alles aufs selbe hinaus« seine Richtigkeit hat. Obwohl die Regierung zunächst nur jenen Lehrern ihre Aufmerksamkeit versagte, die ihr ein Dorn im Auge waren, entzog sie sich dann auch den Beamten, die gar keine Schwierigkeiten bereitet hatten, und kürzte ein weiteres Mal die Gehälter. So brachte sie es schließlich fertig, daß sogar unter den loyalen Beamten, die zuvor die Lehrer wegen ihrer Forderung nach Geld geschmäht hatten, sich nicht wenige zu »tapferen Feldherren« wandelten und auf einer großen Versammlung ihre ausstehenden Bezüge verlangten. In einigen Zeitungen erschienen jedoch eine ganze Reihe von spöttischen und hämischen Artikeln über sie. Fang Xuanchao wunderte sich darüber nicht im geringsten und nahm es nach wie vor nicht ernst, denn, gestützt auf seine These »Läuft alles aufs selbe hinaus«, er wußte um den wahren Grund: Den Zeitungsleuten waren die Honorare eben noch nicht gekürzt worden. Bei Einstellung ihrer Bezüge von seiten der Regierung beziehungsweise von Gönnern hielten auch sie in der Mehrzahl fleißig Versammlungen ab.

Er hatte den Forderungen der Lehrer gegenüber unverzüglich seine Sympathie bekundet. Selbstverständlich unterstützte er nun auch die Beamten, als sie ihre Gehälter forderten. Doch er saß nach wie vor ruhig in seiner Amtsstube und dachte nicht daran, das ausstehende Geld einzutreiben. Schließlich mutmaßten einige, er sei eingebildet, was aber weit gefehlt war. Seit er ins Leben getreten war, waren immer Leute zu ihm gekommen, um von ihm Geld zu verlangen, niemals umgekehrt, sagte er zu sich selber. Das war eine Sache, für die er einfach nicht geschaffen war. Außerdem hatte er eine ausgeprägte Furcht vor Menschen, die über wirtschaftliche Macht verfügen. Sobald diese Leute ihren Einfluß verloren, sprachen sie mit dem Mahāyāna-śraddhotpādáśāstra in den Händen über die Lehren Buddhas. Das war gewiß ein sehr »umgängliches Verhalten«, doch solange sie auf ihrem Thron saßen, hatten sie ganz und gar das Gesicht von Yamarāya, betrachteten alle anderen Menschen als ihre Sklaven und glaubten, sie hätten das Recht, über Leben und Tod dieser armen Kreaturen zu verfügen. Deshalb wagte er es nicht, ihnen unter die Augen zu treten, und wollte es auch nicht. Obwohl er eine solche Einstellung zuweilen selber als hochnäsig empfand, so war er sich gelegentlich doch unschlüssig, ob er nicht in Wirklichkeit einfach unfähig war.

Von allen Seiten wurden Forderungen erhoben, aber letzten Endes verstrich ein Zahlungstermin nach dem anderen. Noch niemals zuvor hatte Fang Xuanchao so völlig auf dem trockenen gesessen, so daß es alles andere als selbstverständlich war, weiterhin die Dienste des Hausburschen und der kleinen Händler in Anspruch zu nehmen. Schließlich verlor auch Frau Fang allmählich die Achtung vor ihm, und er mußte feststellen, daß sie in letzter Zeit einfach nicht mehr so fügsam war, ja sogar häufig eine eigene Meinung äußerte, sich also offensichtlich anstößig verhielt. Als er kurz vor Mittag am vierten Tag des fünften Monats nach dem Mondkalender nach Hause kam, streckte sie ihm gleich ein Bündel Rechnungen unter die Nase – etwas, was früher niemals geschehen war.

»Insgesamt brauchen wir rund 180 Yuan, um das alles zu begleichen … Hast du etwas bekommen?« fragte sie, ohne ihn dabei anzusehen.

»Hm. Ich habe mein Amt niedergelegt. Das Geld wurde zwar schon überwiesen, aber die Vertreter der Versammlung, welche die Gehälter gefordert hatte, zahlen es nicht aus. Erst sagten sie, wer nicht teilgenommen habe, bekomme nichts, dann wieder, jeder müsse sein Geld persönlich abholen. Heute haben sie die Überweisungen in die Hand bekommen und gleich das Gesicht eines Yamarāya aufgesetzt. Um ehrlich zu sein: Ich fürchte mich vor dem Anblick … Ich will mein Geld nicht mehr, ich will auch nicht mehr Beamter sein, diese endlosen Demütigungen …«

Frau Fang war etwas bestürzt über eine solche gerechte Empörung, die sie selten an ihm erlebt hatte, faßte sich aber gleich wieder. »Ich finde, unter solchen Umständen solltest du selber hingehen. Was macht das schon aus?« Bei diesen Worten sah sie ihn an.

»Ich gehe nicht hin! Es handelt sich um Beamtenbezüge, nicht um ein Geldgeschenk. Die Buchhaltung soll das Geld hierherschicken, wie es üblich ist.«

»Aber was hast du davon, wenn es nicht geschickt wird ... Ach, gestern abend habe ich vergessen zu sagen, daß die Kinder berichten, in der Schule sei schon mehrmals Schulgeld verlangt worden. Falls es weiterhin nicht bezahlt würde ...«

»Dummes Gerede! Ich als ihr Vater unterrichte und bekomme kein Geld, während sie für die Kinder, die kaum ein paar Sätze lesen lernen, Geld wollen?«

Sie fand, er sei schon bedenklich durcheinander. Er schien sich für einen Schuldirektor zu halten und auf diese Weise seinem Ärger Luft zu machen. Da war jede Mühe fehl am Platz, so sagte sie kein Wort mehr.

Schweigend nahmen die beiden ihr Mittagsmahl ein. Er dachte ein Weilchen nach, dann ging er verärgert weg.

Es war in den letzten Jahren zur Gewohnheit geworden, daß er am Vortag eines Feiertages oder am letzten Tag des Mondjahres erst um Mitternacht nach Hause kam. Noch auf dem Weg rief er, in seiner Brusttasche wühlend, mit lauter Stimme: »Hallo, das Geld ist da.« Schließlich präsentierte er ihr mit vergnügter Miene ein Bündel druckfrischer Scheine der Bank von China und der Verkehrsbank. Wer hätte ahnen können, daß er am Vorabend des Drachenbootfestes mit seiner Gewohnheit brechen würde und noch vor sieben Uhr zurückkehrte. Frau Fang war sehr überrascht und glaubte, womöglich hätte er tatsächlich sein Amt aufgegeben. Aber als sie verstohlen seine Gesichtszüge prüfte, konnte sie keinerlei Anzeichen für eine besondere Pechsträhne entdekken.

»Was? ... So früh ...?« fragte sie, indem sie ihn bestimmt ansah.

»Das Geld wurde nicht rechtzeitig angewiesen, ich konnte es also nicht abheben. Nun hat die Bank geschlossen, und wir müssen bis zum Achten warten.«

»Muß man es persönlich abholen ...?« erkundigte sie sich bang.

»Diese Regelung ist auch schon widerrufen worden. Ich habe gehört, daß die Buchhaltung das Geld wie üblich überweist. Aber die Bank war heute schon geschlossen, für drei Tage. Wir müssen bis zum Vormittag des Achten warten.« Er setzte sich hin, schaute zu Boden, und nach einem Schluck Tee begann er dann langsam weiterzusprechen: »Zum Glück gibt es im Amt keine weiteren Probleme, am Achten sollte es Geld geben ... Von einem Verwandten oder Freund, mit dem man sonst nichts zu tun hat, Geld zu leihen ist wahrlich eine mißliche Sache. Am Nachmittag habe ich allen meinen Mut zusammengenommen und Jin Yongsheng aufgesucht. Wir haben ein wenig geplaudert; erst machte er mir Komplimente dafür, daß ich nicht mitgegangen bin, um mein Gehalt zu fordern. Daß ich auch nicht persönlich mein Geld abgeholt hätte, zeige eine außerordentlich hohe Gesinnung, die über politischen und materiellen Rücksichten stehe. Ein wahrer Mensch sollte sich immer so verhalten. Bei meiner Bitte, mir kurzfristig mit fünfzig Yuan auszuhelfen, setzte er jedoch eine sauertöpfische Miene auf, sein ganzes Gesicht war nur noch eine einzige Falte. Hier komme er nicht an die Miete, da habe er Kapital verloren, in der Anwesenheit von Kollegen persönlich sein Gehalt abzuholen sei nichts Ehrenrühriges – so komplimentierte er mich umgehend hinaus.«

»Wer wird denn schon Geld borgen wollen, wenn ein Feiertag vor der Tür steht?« sagte Frau Fang jedoch ganz kühl und ohne die geringste Rührung.

Fang Xuanchao senkte den Blick und fand, unter diesen Umständen sei nicht weiter erstaunlich, wie es ihm ergangen war. Hinzu kam, daß er und Jin Yongsheng sich eigentlich schon sehr voneinander entfremdet hatten. Nun fiel ihm ein, was er am vergangenen Silvesterabend erlebt hatte. Damals war ihn jemand, der aus derselben Gegend wie er stammte, um zehn Yuan angegangen. Zu diesem Zeitpunkt mußte er die Überweisung aus dem Amt zweifelsohne schon erhalten haben. Da er befürchtete, der Betreffende würde das Geld möglicherweise gar nicht zurückzahlen können, hatte er sogleich ein sorgenvolles Gesicht aufgesetzt und erklärt, das Amt habe ihm seine Beamtenbezüge noch nicht ausgezahlt, außerdem stehe das Gehalt von der Schule noch aus. Er könne ihm wahrhaftig beim besten Willen nicht behilflich sein. So hatte er ihn mit leeren Händen weggeschickt. Obwohl er damals seinen eigenen Gesichtsausdruck nicht gesehen hatte, war er jetzt doch sehr verlegen, seine Lippen bebten ein bißchen, und er wiegte bedenklich den Kopf.

Kurz darauf erteilte er unvermittelt einen Befehl, als ob ihm auf einmal etwas aufgegangen wäre: Er trug dem Burschen auf, unverzüglich eine Flasche Lotosschnaps zu besorgen, aber anschreiben zu lassen. Er war sich bewußt, daß der Händler die Begleichung der Rechnungen am nächsten Tag verstärkt erwartete, er würde also grundsätzlich auf Pump kaufen lassen. Und wenn er es trotzdem nicht tat, würde er ihm auch am nächsten Tag keinen einzigen Heller zurückzahlen. Das wäre dann die wohlverdiente Strafe.

Der Lotosschnaps wurde angeschrieben. Als er zwei Schalen davon getrunken hatte, überzog sich sein blasses Gesicht mit Röte, und nach der Mahlzeit war ihm sogar schon behaglich zumute.

Er steckte sich eine Zigarette der Spitzenmarke »Hademen« an, griff sich vom Tisch den Band »Experimente« und streckte sich zum Lesen auf dem Bett aus.

»Also, wie willst du nun morgen die Händler bezahlen?« Frau Fang war ihm gefolgt, sie stand vor dem Bett und sah ihm ins Gesicht.

»Die Händler? ... Sag ihnen, sie sollen am Achten nachmittags kommen.«

»Das kann ich nicht. Sie würden mir nicht glauben und sich auch nicht darauf einlassen.«

»Warum nicht glauben? Sie können sich erkundigen. In keiner Behörde hat jemand sein Gehalt bekommen, alle erhalten es erst am Achten!« Mit scharf gerecktem Zeigefinger zeichnete er unter dem Moskitonetz einen Halbkreis in die Luft. Frau Fang folgte dem Zeigefinger, sie sah nicht nur einen Halbkreis, sondern auch seine Finger eine Seite in den »Experimenten« umblättern.

Frau Fang sah ein, daß er keiner Vernunft zugänglich war, so war auch sie vorläufig nicht gewillt, den Mund aufzutun.

»Ich finde, so kann es unmöglich weitergehen. Für die Zukunft mußt du dir unbedingt etwas einfallen lassen, vielleicht irgendeine andere Arbeit annehmen ...« Sie hatte sich schließlich ein anderes Vorgehen ausgedacht und redete nun doch.

»Wie denn? ›Aus einem Literaten wird kein Kopist, aus einem Soldaten kein Feuerwehrmann.‹ Was soll ich denn anderes tun?«

»Hast du nicht für einen Verleger in Shanghai etwas geschrieben?«

»Für den Verleger in Shanghai? Wenn er das Manuskript kauft, wird jedes Zeichen einzeln gezählt, wobei die Zwischenräume nicht mitzählen. Du hast doch gesehen, wie viele Zwischenräume es in den umgangssprachlichen Gedichten gibt, die ich für ihn geschrieben habe. Ich fürchte, der Band bringt bloß 300 Tael ein. Von den Tantiemen habe ich gut und gerne ein halbes Jahr lang nichts gehört. ›Fernes Wasser löscht kein nahes Feuer.‹ Nicht zum Aushalten.«

»Dann gib es doch an einen hiesigen Zeitungsverleger …«

»Einem Zeitungsverlag? Selbst mit der Unterstützung eines ehemaligen Schülers in der Redaktion einer großen Zeitung vor Ort werfen tausend Schriftzeichen nur ein paar Yuan ab. Wie könnte ich euch da am Leben erhalten, auch wenn ich von frühmorgens bis spät in die Nacht schriebe? Hinzu kommt, daß mein Kopf gar nicht so viele Artikel hergibt.«

»Wenn das so ist, was machen wir dann nach den Feiertagen?«

»Nach den Feiertagen? – Ich bleibe Beamter wie früher … Wenn morgen die Händler kommen und Geld wollen, mußt du sie nur auf den Nachmittag des Achten vertrösten.«

Er wollte sich erneut in die »Experimente« vertiefen. Aus Furcht, eine günstige Gelegenheit zu verpassen, beeilte sich Frau Fang fortzufahren, verfiel aber in einen abgehackten Ton: »Ich finde, wenn die Feiertage vorbei sind, bis zum Achten … bis zum Achten … wenn alles nichts hilft, sollten wir uns ein Lotterielos kaufen …«

»Unsinn! So kann nur ein Ungebildeter reden …«

In diesem Augenblick erinnerte er sich plötzlich

wieder an das, was geschehen war, nachdem ihn Jin Yongsheng hinauskomplimentiert hatte. Er war ganz niedergeschlagen am Laden »Zum duftenden Reis« vorbeigegangen und hatte am Eingang eine senkrechte Werbetafel mit den riesigen Schriftzeichen für »Hauptgewinn mehrere zehntausend Yuan« gesehen. Er glaubte sich zu erinnern, innerlich davon angesprochen worden zu sein oder gar möglicherweise seinen Schritt verlangsamt zu haben, doch war ihm, als hätte er sich dann mit großer Entschlossenheit entfernt, wohl weil er es nicht übers Herz gebracht hatte, seine ohnehin nur noch sechs Groschen im Futteral des Pelzmantels auszugeben. Sein Gesicht nahm eine andere Farbe an, was Frau Fang zur Vermutung Anlaß gab, er ärgere sich über ihre Unbildung. Sie verstummte und zog sich eilig zurück. Auch Fang Xuanchao verzichtete auf weitere Ausführungen, er streckte sich aus und las murmelnd in den »Experimenten« weiter.

Juni 1922

Ein heller Glanz

Chen Shicheng hatte sich die Liste mit den Ergebnissen der Beamtenprüfungen auf Kreisebene angeschaut. Als er nach Hause kam, war es schon Nachmittag. Er war in aller Herrgottsfrühe aufgebrochen und hatte, sobald er vor der Bekanntmachung stand, sogleich nach dem Zeichen für »Chen« gesucht. Da waren jedoch eine ganze Menge »Chen«; die Zeichen sprangen ihm alle ins Auge, als beeilten sie sich, die ersten zu sein, doch keines hatte die beiden Zeichen für »Shicheng« als Nachhut. Schließlich durchforschte er noch einmal sorgfältig die Aufstellung aus zwölf Kolonnen. Die Leute, die sich ebenfalls die Listen angeschaut hatten, waren alle bereits weggegangen, doch trotzdem war der Name Chen Shicheng bis zuletzt nicht zu entdecken, und er stand alleine vor der Schutzmauer hinter dem Eingang zur Prüfungshalle.

Zwar fuhr ihm ein kühler Wind durchs kurzgeschnittene graue Haar, doch schien die Frühwintersonne noch sehr warm. Aber wie wenn ihm von den Sonnenstrahlen schwindlig geworden wäre, wurde er immer blasser, aus seinen vor Überanstrengung geröteten Augen blitzte es seltsam. Wahrhaftig konnte er nun kein einziges Zeichen mehr an der Wand vor ihm erkennen, sondern sah nur eine Menge schwarzer Kreise flüchtig an seinem Auge vorbeiziehen.

Nach der ehrenvollen Beförderung zu einem Bakkalaureus würde er in der Provinz aufsteigen, die Prüfungen auf Bezirksebene ablegen und dann mit größter Leichtigkeit weiter von Sieg zu Sieg fortschreiten … Die Landedelleute würden herbeikommen und ihn um jeden Preis zum Schwiegersohn haben wollen. Die Leute würden ihm so ehrfürchtig wie einer Gottheit begegnen und ihre einstige Mißachtung zutiefst bedauern; es wurde ihm ganz schwindlig … er würde die verschiedenen Familien wegschicken, die sich in seiner Bruchbude eingemietet hatten – nein, die Mühe lohnte sich gar nicht, er würde selber umziehen – in ein völlig neues Haus, mit Stange und Wimpel und einem Sinnspruch am Eingang. Erhaben über Fehl und Tadel, könnte er sogar Beamter in der Hauptstadt werden. Und wenn nicht – ein Amt in der Provinz wäre auch gut … Die Karriere, die er sich für gewöhnlich ausgemalt hatte, war nun, wie ein Zuckerhut von einer Flutwelle überspült, auf einmal in sich zusammengefallen, nur noch Bruchstücke waren zurückgeblieben. Ohne es zu merken, drehte er sich im Kreise und machte sich dann mit einem Gefühl körperlicher Erschöpfung niedergeschlagen auf den Heimweg.

Er stand kaum in der Tür seiner Behausung, als sich die Kehlen von sieben Schülern gleichzeitig öffneten und murmelnd zu rezitieren begannen. Er erschrak heftig, denn ihm schien, als vernähme er an seinem Ohr den Schlag von einem Klangstein. Sieben Zöpfchen kreisten vor seinen Augen, kreisten durch den ganzen Raum, schwarze Ringe mischten sich tanzend dazu. Er setzte sich hin; sie waren gekommen, um ihre Hausarbeiten abzuliefern. In den Gesichtern standen verächtliche Mienen.

Er zögerte einen kurzen Augenblick, bevor er mit weinerlicher Stimme sagte: »Geht nach Hause.« Mit großem Hallo suchten sie ihre Sachen zusammen und stoben mit ihren Mappen unter dem Arm auf und davon.

Chen Shicheng sah immer noch zahllose kleine Köpfe, begleitet von schwarzen Kreisen, vor seinen Augen tanzen, bald wild durcheinander, bald in eigenartigen Schlachtformationen, doch nach und nach begannen sie sich zu verflüchtigen.

»Wieder gefehlt!«

Er erschrak heftig und sprang auf. Deutlich war es an seinem Ohr zu hören gewesen. Er wandte sich um, aber es war niemand da. Noch einmal war ihm, als höre er ein Klirren, wie wenn ein Klangstein angeschlagen würde. Nun formten auch seine eigenen Lippen die Worte.

»Wieder gefehlt!«

Plötzlich hob er die Hand und begann, nachdenklich an den Fingern abzuzählen: elf- … dreizehnmal, mit diesem Jahr waren es bereits sechzehn Male, daß die Prüfungsbeamten seinen Aufsatz nicht zu würdigen gewußt hatten. Sie mußten blind gewesen sein, ihr Problem. Es verschlug ihm das Lachen, eine große Wut bemächtigte sich seiner, unvermittelt zog er den »achtfüßigen Aufsatz« und das Examensgedicht, beides in fein säuberlicher Kopie, aus seiner Mappe hervor und ging damit hinaus. Kaum hatte er die Tür durchschritten, blendete ihn grelles Licht. Als sogar eine Hühnerschar ihn auszulachen schien, begann sein Herz wie wild zu hämmern, so daß er sich wieder ins Haus zurückziehen mußte. Nachdem er sich wieder hingesetzt hatte, funkelte es außergewöhnlich in seinen Augen. Vieles sah er, doch blieb es sehr verschwommen – vor ihm lag seine Karriere, zunächst aufgelöst wie ein Zuckerhut, dann immer riesenhafter, bis sie schließlich all seine Wege versperrte.

Bald schon stieg kein Rauch mehr aus den Küchenkaminen in der Nachbarschaft, alle hatten ihre Schalen und Eßstäbchen abgewaschen, aber Chen Shicheng machte sich immer noch nichts zu essen. Die Familien bei ihm im Haus hatten sich daran gewöhnt, daß in Zeiten der Prüfungen auf Kreisebene, sobald die Listen mit den erfolgreichen Kandidaten öffentlich angeschlagen waren, seine Augen so zu glänzen begannen. So zogen sie es vor, zeitig ihre Türen zu verriegeln, weil sie nichts damit zu tun haben wollten. Zuerst verstummten die Stimmen, dann erlosch eine Lampe nach der andern, bis nur noch das Mondlicht langsam den Himmel in kalter Herbstnacht auszufüllen begann.

Der nächtliche Himmel nahm die dunkelgrüne Farbe des Meeres an. Nur ein paar vorbeiziehende Wölkchen leuchteten am Firmament auf, wie wenn jemand Kreide in einem Gefäß zur Säuberung von Pinseln ausgewaschen hätte. Der Mond warf sein kaltes Licht auf Chen Shicheng. Anfänglich war er nur wie ein frisch polierter Metallspiegel, doch dieser Spiegel schien auf wunderbare Weise durch Chen Shicheng hindurch, so daß dessen Körper den metallischen Schein widerspiegelte.

Er ging immer noch unruhig im kleinen Hof vor seiner Behausung auf und ab. In seinen Augen lag eine tiefe Ruhe, und auch ringsum war es still. Doch auf einmal geriet dieser Friede ohne jeden Grund aus dem Gleichgewicht. Es war kein Zweifel möglich, an seinem Ohr war wieder eine Stimme, deutlich war ihr dringlicher und tiefer Ton zu hören: »Beug dich nach links, beug dich nach rechts …«

Er erschrak heftig, und noch während er seine Ohren spitzte, wiederholte die Stimme noch etwas lauter: »Beug dich nach rechts!«

Jetzt erinnerte er sich. Als seine Familie noch nicht

so heruntergekommen war, hatte er in diesem Hof nachts, wenn der Sommer gekommen war, zusammen mit der Großmutter die Kühle genossen. Damals war er kaum mehr als neun Jahre alt. Er lag auf der Bambuspritsche, seine Großmutter saß dann daneben und erzählte ihm aufregende Geschichten. Sie berichtete, daß sie früher von Urgroßmutter gehörte hatte, die Ahnen der Chen seien einmal unermeßlich reich gewesen. Wo heute das Haus stehe, habe sich einst ein Ahnengrab befunden, dort hätten ihre Vorfahren große Mengen Silber vergraben. Ein Nachkomme, mit dem das Schicksal es gut meine, werde es einmal finden, doch bis heute sei ein solcher noch nicht aufgetaucht. Was den genauen Ort betreffe, so sei er in einem Rätsel verborgen: »Beuge dich nach links, beuge dich nach rechts, geh vor und geh zurück, so viel Gold und so viel Silber, daß du es nicht in Dou messen kannst.«

Über die Bedeutung des geheimnisvollen Rätselspruchs hatte Chen Shicheng früher oft schon Mutmaßungen angestellt. Aber leider hatte er jedesmal, wenn er glaubte, sie erfaßt zu haben, plötzlich wieder den Eindruck danebenzuliegen. Einmal war er jedoch sicher, der Ort läge unter den Räumen, die er an die Familie Tang vermietet hatte, doch fand er nicht den Mut, dort zu graben; ein Weilchen später meinte er wiederum, es sei doch zu unwahrscheinlich. Auch in seinen eigenen Zimmern fanden sich Spuren von mehreren Grabungsversuchen. Sie alle waren Bemühungen, die er jeweils in Angstzuständen nach Fehlschlägen im Examen unternommen hatte. Später empfand er sie als schändlich und schmachvoll, sobald sein Blick darauf fiel.

Aber heute war Chen Shicheng von einem metallischen Glanz übergossen, der ihn sowohl sanft ermutigte und ihm in Augenblicken der Unschlüssigkeit unumstößliche Beweise lieferte als auch die Macht der Finsternis verstärkte, so daß er den Blick zu seiner Behausung wenden mußte.

Dort schwankte ein heller Glanz, einem runden weißen Fächer gleich, flackernd auf und ab.

»Womöglich ist es hier!«

Noch während er sprach, rannte er rasch wie ein Löwe ins Haus, doch als er eintrat, war keine Spur mehr vom hellen Glanz zu sehen, sondern ein finsterer alter Raum mit einigen verwahrlosten Bücherregalen, aufgesogen von der Dunkelheit. Er blieb unschlüssig stehen, ganz langsam gewöhnten sich seine Augen an die Dunkelheit, und der helle Glanz erschien wieder deutlich. Diesmal war er noch reiner als brennender Schwefel und zarter als Frühnebel; er breitete sich genau unter dem Schreibtisch an der Wand gegen Osten aus.

Wie ein Löwe sprang Chen Shicheng hinter die Tür und griff dort nach einer Hacke, stieß dabei jedoch auf einen länglichen schwarzen Schatten. Er vermochte nicht zu sagen, warum, aber Furcht befiel ihn. Er zündete angsterfüllt eine Lampe an, sah aber nur die Hacke in der Ecke lehnen. Er rückte den Tisch zur Seite und schlug in einem Zug vier große Ziegelsteine aus dem Boden, kauerte sich nieder, fand aber bei näherem Hinsehen, wie sonst auch, nichts als feinen hellgelben Sand. Er krempelte die Ärmel hoch und wühlte den feinen Sand durch, aber es kam nur die dunkle Erde darunter zum Vorschein. Er ging bei jeder Schaufelbewegung überaus vorsichtig und leise zu Werke, doch da die Nacht nun schon so still war, war der dumpfe Ton nicht zu überhören, wenn das spitze Eisen mit der Erde in Berührung kam.

Die Grube war inzwischen über zwei Zoll tief, doch ein Erfolg hatte sich nicht eingestellt. Chen Shicheng wurde bange zumute, als er plötzlich einen hellen Klang vernahm. Sein Handgelenk durchzuckte ein heftiger Schmerz, er war auf einen spitzen und harten Gegenstand gestoßen. Er schleuderte den Spaten weg. Als er mit der Hand nachfaßte, fand er aber nur einen großen Ziegelstein. Sein Herz hämmerte, er nahm all seine Sinne zusammen und grub den Ziegelstein aus, aber wie zuvor war darunter nichts als schwarze Erde. Wieviel Erde er auch aufwühlte, sie schien immer noch unerschöpflich. Doch plötzlich stieß er ein weiteres Mal auf einen kleinen harten Gegenstand, etwas Rundes, vermutlich eine Kupfermünze, außerdem auf ein paar Porzellanscherben.

Chen Shicheng fühlte sich ganz leer. Von Kopf bis Fuß rann ihm der Schweiß, fiebrig wühlte er weiter und weiter. Dabei tat sein Herz einen Sprung, als er noch einmal auf ein seltsames kleines Etwas stieß. Diesmal schien es die Form eines Hufeisens zu haben, doch fühlte es sich sehr spröde an. Wieder grub er in höchster Konzentration den Gegenstand aus und umfaßte ihn vorsichtig mit beiden Händen. Als er ihn dann im Licht der Lampe sorgfältig untersuchte, erwies dieser sich als ein verfleckter morscher Knochen mit einer lückenhaften Reihe verfaulter Zähne. Er begriff, es war wohl ein Unterkiefer, was da, kaum in die Hände gelangt, sich zu bewegen und mit einem hämischen Grinsen zu sprechen begann.

»Wieder gefehlt!«

Ein Frösteln durchzog ihn, gleichzeitig ließ er die Hand fahren, so daß der Knochen in die Grube zurückkollerte. Kurz darauf eilte er in den Hof hinaus. Als er einen verstohlenen Blick ins Zimmer warf, schien das Lampenlicht so seltsam zu funkeln und der Unterkiefer auf eine Art zu grinsen, daß ihm angst wurde und er nicht mehr hinzuschauen wagte. Er wich in den Schatten eines weiter weg gelegenen Dachvorsprungs zurück, wo er ruhiger zu werden begann. Doch plötzlich vernahm er inmitten der Stille ganz heimlichtuerisch eine tiefe Stimme an seinem Ohr.

»Hier ist nichts … geh in die Berge …«

Chen Shicheng glaubte sich zu erinnern, dieselben Worte schon einmal am hellichten Tage auf der Straße gehört zu haben. Schlagartig war ihm alles klar, noch bevor die Stimme verklungen war. Unvermittelt wandte er seinen Blick auf zum Himmel, wo der Mond bereits hinter den hohen Berggipfeln im Westen verschwand. Die fünfunddreißig Li von der Stadt entfernten hohen Gipfel im Westen dünkten ihm dicht vor Augen. Mit ihrem düsteren Antlitz erhoben sie sich, in einen reinen und schimmernden Glanz getaucht, stramm wie schmale Täfelchen vor ihm. Wenn auch in weiter Ferne, so zeichnete sich der Glanz doch direkt vor ihm ab.

»Ja, in die Berge!«

Er dachte entschlossen nach und eilte dann schweren Herzens hinaus. Die Türen schlugen beim Öffnen, von drinnen war sonst kein Laut mehr zu hören. Die Lampe flackerte hell auf und leuchtete den leeren Raum und die Grube aus. Ihre Flamme knisterte ein paarmal, ehe sie allmählich kleiner wurde und dann erlosch, weil das Öl aufgebraucht war.

»Mach das Tor auf! …«

In der traurigen Stimme schwangen Hoffnung und Schrecken. Sie erklang als furchtsamer Schrei, getragen wie Fäden im Wind, frühmorgens vor dem Westtor.

Als am nächsten Tag im Wanlin-See, fünfzehn Li außerhalb des Westtores, eine auf dem Wasser treibende Leiche entdeckt wurde, verbreitete sich die Nachricht in Windeseile. Als es schließlich der Ortswehr zu Ohren kam, befahl diese der Landbevölkerung, den Leichnam aus dem Wasser zu holen. Es war eine männliche Person, etwas über fünfzig Jahre alt, »von mittlerem Wuchs, mit heller Gesichtshaut und bartlos«, die völlig unbekleidet war. Mit anderen Worten: Es war Chen Shicheng. Aber die Nachbarn waren zu faul, um ihn zu identifizieren; auch gab es keine Angehörigen des Verstorbenen, die Ansprüche auf den Leichnam erhoben, so daß der Beamte des Kreisausschusses schließlich nach sorgfältiger Prüfung zum Schlusse kam, am besten sei es, ihn durch die Ortswehr begraben zu lassen. Die Todesursache war selbstverständlich nicht Gegenstand der Diskussion. Daß Leichen unbekleidet waren, kam durchaus häufig vor, denn Leichenfledderei war üblich und reichte aus, um den Verdacht auf einen Mord nicht weiterzuverfolgen. Zudem lieferte der Fall selber einen Beweis dafür, daß die Person noch lebend im Wasser versunken war und auf dem Grund offensichtlich um ihr Leben gekämpft hatte, befand sich doch unter den Nägeln aller zehn Finger Lehm vom Boden des Gewässers.

Juni 1922

Die Geschichte von den Kaninchen und der Katze

Im Sommer kaufte die Dritte, die den hinteren Hof unseres Hauses bewohnte, zwei weiße Kaninchen, damit ihre Kinder etwas zu sehen bekämen. Die Kaninchen waren offenbar noch kaum von der Mutterbrust entwöhnt. Obwohl sie von unterschiedlicher Gattung waren, sahen beide arglos und unschuldig aus. Auch richteten sie ihre langen, aber winzigen rötlichen Ohren auf und bewegten ihre Näschen hin und her, während ihr Blick Erschrecken und Mißtrauen zeigte, wohl weil sie sich ganz fremd und nicht mehr so unbekümmert wie in ihrem bisherigen Zuhause fühlten. Die kleinen Lebewesen hätten, auf dem Tempeljahrmarkt gekauft, nicht mehr als zwei Käsch pro Stück gekostet, doch die Dritte hatte einen ganzen Yuan ausgegeben, bloß weil sie ihre kleine Hausmagd in den Laden geschickt hatte, um die Tiere zu kaufen. Natürlich freuten sich die Kinder sehr. Kreischend umringten sie die Tiere, um einen Blick auf sie zu erhaschen. Auch die Erwachsenen standen dabei, ja sogar ein kleiner Hund namens S kam herbeigerannt und kämpfte sich hindurch, um sie zu beschnuppern. Er mußte jedoch anschließend ein Geschäft verrichten und wich einige Schritte zurück.

»S, daß du sie mir ja nicht beißt. Hast du gehört!« versuchte die Dritte dem Hund laut einzuschärfen. Schließlich versetzte sie ihm einen Schlag auf den Kopf, so daß S sich trollte und künftig auf jede Zuwiderhandlung verzichtete.

Die beiden Kaninchen waren die meiste Zeit über im kleinen Hof hinter dem rückwärtigen Fenster eingesperrt, angeblich weil sie gar zu gerne Tapeten herunterrissen und auch häufig die Holzbeine der Möbel anknabberten. Dort befand sich ein wilder Maulbeerbaum, und sie fraßen mit solcher Vorliebe die heruntergefallenen Maulbeeren, daß sie nicht einmal den Spinat nahmen, der ihnen verfüttert wurde. Wenn Raben oder Elstern sich dazugesellen wollten, duckten sie sich und trommelten energisch mit den Hinterläufen, ehe sie, von einem entsprechenden Geräusch begleitet, emporschnellten wie ein Schneeball, so daß die Vögel erschrocken Reißaus nahmen. Das geschah einige Male, bis sie sich nicht mehr zu nähern wagten. Die Dritte meinte jedoch, Raben und Elstern seien nicht weiter bedrohlich, sie würden höchstens ein bißchen Futter naschen. Übel sei aber die große schwarze Katze, die oft grimmig von der niedrigen Mauer herunterschaue, vor dieser müsse man sich in acht nehmen. Zum Glück stünden S und die Katze miteinander auf Kriegsfuß, so daß nicht unbedingt etwas passieren müsse.

Oft nahmen die Kinder die Kaninchen zum Spielen auf den Arm. Darüber freuten sich die Tiere sehr, richteten ihre Löffel auf und bewegten die Näschen hin und her. Sie blieben zahm auf den kleinen Handtellern der Kinder, doch sobald sich ein Schlupfloch zeigte, entwischten sie. Ihr Nachtlager war eine kleine Holzkiste, die innen mit Reisstroh ausgelegt war und unter dem Vordach des rückwärtigen Fensters stand.

Nachdem so einige Monate vergangen waren, begannen sie auf einmal in der Erde zu wühlen, und zwar sehr schnell, indem sie die Erde mit den Vorderläufen herausschaufelten und mit den Hinterläufen wegstießen. Es dauerte nicht lange, da hatten sie bereits ein tiefes

Loch gegraben. Alle waren überaus verblüfft, als sie nach genauem Hinschauen bemerkten, daß eines der Kaninchen einen sehr viel dickeren Bauch hatte als das andere. Am nächsten Tag waren die beiden lange Zeit damit beschäftigt, trockenes Gras und Blätter in ihre Höhle zu bringen.

Alle freuten sich bei der Nachricht, es werde wieder kleine Kaninchen geben. Die Dritte verhängte den Ausnahmezustand und erlaubte den Kindern von nun an nicht mehr, die Tiere in die Hand zu nehmen. Auch meine Mutter freute sich über den Segen für die Familie; sie meinte außerdem, wenn die Frischlinge entwöhnt seien, würde sie sich ebenfalls zwei davon erbitten, um sie vor unserem Fenster aufzuziehen.

Von nun an hausten sie in ihrer selbstgebauten Höhle. Manchmal kamen sie heraus, um etwas zu fressen, aber dann waren sie nicht mehr zu sehen. Niemand vermochte zu sagen, ob sie sich vorzeitig mit Futter versorgt hatten oder ob sie auf Nahrung verzichteten. Nach gut zehn Tagen sagte mir die Dritte, die beiden Kaninchen seien wieder hervorgekommen, vermutlich weil die jungen Kaninchen bei der Geburt alle gestorben seien. Das Weibchen habe zwar außerordentlich viel Milch gehabt, doch habe es nie Anstalten gemacht, in die Höhle zu gehen, um ihre Jungen zu säugen. Aus ihren Worten sprach Empörung, aber es war trotzdem nichts zu machen.

Eines Tages, als die Sonne warm herniederschien, kein Lüftchen wehte und sich auch keine Blätter regten, hörte ich plötzlich ein vielstimmiges Lachen. Als ich dem Geräusch folgte, sah ich viele Menschen, die am rückwärtigen Fenster der Dritten lehnten und zuschauten, wie ein junges Kaninchen über den Hof hoppelte. Es war noch viel winziger als seine Eltern, als sie gekauft worden waren, aber es konnte schon mit den Hinterläufen trommeln und hochhüpfen. Die Kinder erzählten mir um die Wette, daß sie noch ein weiteres kleines Kaninchen gesehen hätten; es habe ein bißchen aus dem Höhleneingang gespäht, sich aber sogleich wieder in seine Behausung zurückgezogen. Das mußte das Brüderchen gewesen sein.

Die Kleinen versuchten auch, vom Futter zu naschen, doch offenbar erlaubten es ihnen die Großen nicht. Häufig entrissen sie es ihnen, jedoch ohne selber davon zu fressen. Die Kinder lachten so laut, daß die Kleinen vor Schreck gleich zur Höhle zurückrannten. Die Alten hoppelten sofort hinterher und schoben ihre Kleinen rücklings mit den Vorderläufen hinein. Anschließend versiegelten sie die Höhle mit ein bißchen Erde.

Seither war noch viel mehr Betrieb in dem kleinen Hof, und häufig stand jemand am Fenster, um nach draußen zu spähen.

Doch nach einem Weilchen war wiederum alles verschwunden. Weder von den Großen noch von den Kleinen war etwas zu sehen. Damals war der Himmel tagelang bedeckt, und die Dritte machte sich Sorgen, ob sie nicht der großen schwarzen Katze zum Opfer gefallen seien. Ich meinte, das sei wohl kaum der Fall; das kühle Wetter sei sicherlich der Grund, warum sie sich versteckt hielten. Sobald die Sonne auftauchen würde, kämen sie bestimmt wieder heraus.

Die Sonne zeigte sich, doch sie ließen sich nicht blicken. Schließlich vergaßen wir die Sache.

Allein die Dritte ging oft hin, um ihnen Spinat zu verfüttern. Sie dachte also zwangsläufig an die Kaninchen. Als sie einmal in den kleinen Hof hinter dem rückwärtigen Fenster trat, entdeckte sie plötzlich an der Mauerecke eine weitere Höhle, und als sie noch einmal zur alten Höhle schaute, sah sie vage eine Vielzahl von Spuren, die von Pfoten herrührten. Gesetzt den Fall, die Abdrücke stammten von den älteren Kaninchen, dann könnten sie nicht so groß sein. Damit hatte sie erneut die große schwarze Katze im Verdacht, die sich oft auf der Mauer befand. Sie kam zum Schluß, es bliebe ihr nichts weiter übrig, als die Höhle aufzugraben. So holte sie schließlich die Schaufel und machte sich ans Werk. Trotz aller Zweifel hoffte sie doch, auf die kleinen weißen Kaninchen zu stoßen. Aber als sie auf den Grund kam, war dort ein Haufen verdorrtes Gras, darunter einige Kaninchenhaare. Wahrscheinlich war sie auf das Lager gestoßen, das nach dem Wurf bereitet worden war. Sonst machte alles einen verlassenen Eindruck. Es war überhaupt keine Spur von einem schneeweißen Kaninchen zu entdecken, ganz zu schweigen von einem Brüderlein, das neugierig den Kopf aus dem Loch gestreckt hätte.

Empörung, Hoffnungslosigkeit und Niedergeschlagenheit sorgten dafür, daß sie auch die neue Höhle in der Mauerecke aufzugraben begann. Kaum hatte sie den ersten Schaufelstich getan, da nahmen die beiden großen Tiere aus der Höhle Reißaus. Sie war nun der Meinung, sie seien umgezogen, und war sehr erleichtert. Doch sie grub weiter und fand, am Grund angelangt, ebenfalls Futter und Kaninchenhaar ausgebreitet. Darauf lagen sieben ganz winzige, rosafarbene Kaninchen im Schlaf. Bei genauem Hinschauen entdeckte sie, daß ihre Augen noch nicht einmal geöffnet waren.

Nun war alles klar, die ursprüngliche Vermutung der Dritten hatte sich als richtig herausgestellt. Um sie vor Gefahren zu schützen, brachte sie die sieben Kleinen gleich in einer Holzkiste unter, stellte diese Kiste in ihr eigenes Zimmer, legte die Alte dazu und schärfte ihr ein, die Kleinen zu säugen. Seither war die Dritte nicht nur von tiefem Haß gegen die schwarze Katze erfüllt, sondern fand auch, daß sich das Muttertier nicht richtig verhalten hätte. Angeblich waren außer den beiden, die damals umgekommen waren, noch weitere Tiere gestorben, denn bei einem Wurf gebe es bestimmt nicht nur zwei Junge; aber weil sie nicht gleichmäßig gesäugt habe, seien diejenigen, die nicht um ihre Nahrung hatten kämpfen können, vorzeitig verendet. Das war vermutlich auch nicht so ganz falsch, denn jetzt befanden sich unter den sieben nur zwei, die abgezehrt und ausgemergelt waren. Sobald sie freie Zeit hatte, nahm die Dritte deshalb das Muttertier auf den Arm und legte die jungen Kaninchen eins nach dem andern an ihren Bauch, damit sie alle gleichermaßen trinken konnten.

Meine Mutter meinte zu mir, von einer so beschwerlichen Art, Kaninchen aufzuziehen, habe sie noch nie gehört; fast könne die Dritte in die »Liste außergewöhnlicher Persönlichkeiten« aufgenommen werden.

Der erneute Segen der Kaninchen gab uns zu noch mehr Freude Anlaß.

Aber seither empfand ich ein Gefühl der Trostlosigkeit. Mitten in der Nacht saß ich nachdenklich unter der Lampe. Zwei kleine Existenzen waren, unbemerkt von Gott und der Welt, ausgelöscht worden, ohne eine Spur in der Geschichte der Lebewesen zu hinterlassen, und nicht einmal S hatte einen Ton von sich gegeben. Schließlich kam mir eine alte Geschichte wieder in den Sinn. Als ich früher im Haus der Landsmannschaft gewohnt hatte, war einmal frühmorgens nach dem Aufstehen der Boden unter dem großen japanischen Schnurbaum voller zerzauster Taubenfedern. Unstreitig war da ein Habicht am Werk gewesen. Vormittags kam der Hausdiener zum Saubermachen, so daß hinterher nicht mehr das geringste zu sehen war. Wer konnte noch ahnen, daß hier ein Leben ausgelöscht worden war? Andererseits sah ich einmal am Torbogen von Xisi, wie ein kleiner Hund von einem Pferdefuhrwerk totgefahren wurde. Auf dem Rückweg war nichts mehr von ihm zu sehen, denn er war weggeschafft worden. Wer unter den geschäftigen Passanten wußte, daß hier ein Leben vernichtet worden war? In Sommernächten hörte ich vor dem Fenster oft den langgezogenen Sterbelaut von Fliegen, der ohne Zweifel vom Biß einer Springspinne herrührte. Mich ließ das kalt, aber andere hörten es nicht einmal …

Wenn dem Schöpfer überhaupt etwas vorzuwerfen ist, dann seine Neigung zur Ausschweifung: Er schafft Leben über die Maßen und zerstört es über die Maßen.

Den Lauten nach zu urteilen, begannen sich vor dem Fenster zwei Katzen zu balgen.

»Xun'er! Verprügelst du etwa wieder die Katzen?«

»Nein, sie beißen einander. Warum sollte ich sie schlagen?«

Meine Mutter war seit jeher der Meinung, es gehe nicht an, daß ich die Katzen quäle. Nun hatte sie mich vermutlich im Verdacht, aus Vergeltung für die jungen Kaninchen irgendwelche grausamen Mittel anzuwenden, daher hatte sie sich vorsichtig zu erkundigen gesucht.

Im ganzen Haus hatte ich jedoch den Ruf, ein erklärter Katzenfeind zu sein. Ich habe Katzen Übles angetan, sie im allgemeinen oft verprügelt, vor allem zu ihrer Paarungszeit. Aber ich habe sie nicht geprügelt, weil sie sich paarten, sondern weil sie so schrien, so laut, daß ich nicht schlafen konnte. Ich halte es nicht für zwingend, bei der Paarung so laut und so durchdringend zu schreien.

Außerdem hatte die schwarze Katze den kleinen Kaninchen etwas angetan. Also galt es noch mehr, einen »gerechtfertigten Feldzug« zu unternehmen. Mutter, fand ich, war zu gutmütig, nur so erklärt sich das Vieldeutige, ja nahezu Ungebührliche meiner Antwort.

Der Schöpfer treibt zu viel Unfug. Er ruft mich auf den Plan, aber vielleicht nützt ihm das eher …

Die schwarze Katze hat kein Recht, so auf der niedrigen Mauer umherzustolzieren, dachte ich entschlossen, bis schließlich mein Blick auf die Zyankaliflasche im Bücherschrank fiel.

Oktober 1922

Eine Entenkomödie

Kurz nachdem der blinde russische Lyriker Vasilij Erošenko mit seiner Gitarre nach Peking gekommen war, klagte er mir sein Leid: »Es ist einsam, so einsam, einsam wie in der Wüste!«

Das muß tatsächlich so gewesen sein, obwohl ich selber nie so empfunden hatte. Ich lebe schon lange hier, doch »wenn man sich in einen Raum voller duftender Orchideen begibt, nimmt man nach einiger Zeit den Duft nicht mehr wahr«. Vielmehr fand ich ganz im Gegenteil, hier gebe es viel Trubel. Doch vielleicht bezeichnete er als Einsamkeit, was ich unter Trubel verstand.

Mir ist, als kenne Peking weder Frühling noch Herbst. Leute, die schon lange hier ansässig sind, sagen, die Bodentemperatur sei sozusagen nach Norden abgewandert; früher sei es hier nie so mild gewesen. Ich kann mich jedoch des Eindrucks nicht erwehren, Frühling und Herbst existierten in Peking ganz einfach nicht. Winterende und Sommeranfang fallen zusammen; kaum ist der Sommer vorbei, hat der Winter schon begonnen.

Es war in ebendieser Übergangszeit, daß ich eines Abends in einem Moment unerhoffter Muße Herrn Erošenko besuchen ging. Er wohnte damals im Haus von Zhong Mi. Alles schlief schon, von einer stillen Welt umgeben. Er saß allein auf seinem Lager, die goldgelben Härchen seiner hoch gewölbten Augenbrauen dicht zusammengezogen. Er dachte an seine früheren Reisen durch Burma und an die Sommernächte dort.

»Solche Nächte«, sagte er, »sind in Burma von Musik erfüllt. In den Häusern, im Gras und auf den Bäumen ist ein einziges Gezirpe. All die verschiedenen Klänge mischen sich zu einem wunderbaren Konzert. Zu dem Gezirpe gesellt sich gelegentlich das Zischen von Schlangen.« Tief in Gedanken versunken, schien er sich die näheren Umstände jener Zeit in die Erinnerung heraufholen zu wollen.

Ich war sprachlos. Solch wunderbare Musik hatte ich in Peking tatsächlich noch nie gehört. Deshalb brachte ich es nicht über mich, mein Land in Schutz zu nehmen, sosehr ich es auch liebte, denn obwohl er mit seinen Augen nichts sah, waren seine Ohren alles andere als taub.

»In Peking gibt es nicht einmal Frösche ...«, sagte er seufzend.

»Frösche gibt es sehr wohl!« Sein Seufzen hatte meinen kämpferischen Geist geweckt, so daß ich Widerspruch einlegte. »Im Sommer, nach dem großen Regen, ist ihr Gequake überall zu hören. Sie sitzen in den Kanälen und Gräben, die sich durch ganz Peking ziehen.«

»Hm ...«

Ein paar Tage später bestätigten sich meine Worte in unerwarteter Weise, denn Herr Erošenko hatte sich in der Zwischenzeit ein gutes Dutzend Kaulquappen gekauft. Gleich nach dem Kauf hatte er sie in einem kleinen Teich ausgesetzt, der sich in der Mitte des Hofes vor seinem Fenster befand. Der Teich war drei Fuß lang und zwei Fuß breit. Zhong Mi hatte ihn ausgehoben, um daraus einen Lotosteich zu machen. Bisher hatte ich jedoch noch nie auch nur eine halbe Lotosblüte dort gedeihen sehen, aber andererseits war der Ort in der Tat bestens geeignet, um darin kleine Kröten zu züchten.

Die Kaulquappen schwammen scharenweise im Wasser umher. Herr Erošenko ging sehr oft hinaus, um nach ihnen zu schauen. Mitunter sagten ihm dann die Kinder: »Herr Erošenko, sie haben schon Beinchen bekommen.« Was er hoch erfreut und mit einem »Hm!« quittierte.

Die Aufzucht von Musikanten im Weiher war jedoch nur eine der Beschäftigungen des Herrn Erošenko. Er war schon immer der Meinung gewesen, jeder solle von seiner eigenen Hände Arbeit leben, und erklärte, die Aufgabe der Frauen sei es, Tiere aufzuziehen, und die der Männer, etwas anzupflanzen. So legte er, wenn er einem guten Freund zufällig begegnete, diesem nahe, im Hof Weißkohl anzupflanzen. Auch der Ehefrau von Zhong Mi gab er wiederholt gute Ratschläge und suchte sie zur Bienen-, Hühner-, Schweine-, Rinder- oder Kamelzucht zu überreden. Bald darauf gab es deshalb in der Familie von Zhong Mi eine Menge Küken, die im ganzen Hof umherflatterten und -rannten. Daß sie alles abpickten, was die Erde an zartem Grün zu bieten hatte, war vermutlich auch ein Ergebnis seiner Überredungskunst.

Seither kamen häufig Leute vom Land vorbei, die Küken verkauften. Jedesmal wurden einige gekauft, denn Küken bekommen leicht Verdauungsstörungen oder einen Hitzschlag, so daß es schwierig ist, sie lange am Leben zu erhalten. Ein Küken wurde sogar die Hauptperson einer Erzählung, der einzigen, die Herr Erošenko unter dem Titel »Eine Kükenkomödie« in Peking geschrieben hat. Eines Vormittags waren auf einmal Leute von Land mit kleinen, wild schnatternden

Entchen gekommen, aber die Frau von Zhong Mi wollte keine abnehmen. Auch Herr Erošenko war hinausgeeilt. Darauf legten sie ihm eines der Entchen in beide Hände, aber sogleich fing es laut an zu piepsen. Trotzdem fand er, es sei gar liebenswert, konnte schließlich nicht widerstehen und kaufte insgesamt vier davon, jedes für achtzig Käsch. In der Tat waren die Kleinen liebenswert; gelb wie Kiefernblüten, humpelten sie unbeholfen umher, sobald sie auf den Boden gesetzt wurden. Sie liebten es, sich gegenseitig anzuschnattern und zu einem Pulk zusammenzuscharren. Alle waren damit einverstanden, am nächsten Tag Schlammpeitzker zu kaufen, um sie damit zu füttern. Herr Erošenko meinte: »Das Geld dafür spendiere ich.«

Schließlich ging er zum Unterricht, und alles verstreute sich. Als kurz darauf die Frau von Zhong Mi den Küken kalten Reis zu fressen geben wollte, hörte sie schon von weitem vom Wasser her ein Geräusch. Als sie hineilte, sah sie, daß die vier Entchen im Lotosteich ein Bad nahmen. Dabei schlugen sie Purzelbäume und fraßen irgend etwas. Der ganze Teich war schon eingetrübt, als sie die Tierchen endlich an Land gescheucht hatte. Nach einer Weile war das Wasser wieder klar: Aus dem Schlamm ragten ein paar Lotoswurzeln, doch keine einzige der Kaulquappen, denen schon Beinchen gewachsen waren, war zu sehen.

»Herr Ichschik, sie sind nicht mehr da, die Fröschlein«, sagte aufgeregt das jüngste unter den Kindern, sobald sie ihn gegen Abend zurückkehren sahen.

»Was, die Kaulquappen?«

Auch die Frau von Zhong Mi kam heraus und erzählte die Geschichte von den Entchen, die alle Kaulquappen aufgefressen hatten.

»Eieiei ...!« sagte er.

Als die Entenküken ihren gelben Flaum verloren, wurde Herr Erošenko plötzlich von heftiger Sehnsucht nach »Mütterchen Rußland« gepackt und reiste in aller Eile nach Chita ab.

Zur Zeit, als von überall her die Frösche zu quaken begannen, waren auch die Enten ausgewachsen. Zwei waren weiß, zwei bunt; außerdem piepsten sie nicht mehr, sondern schnatterten. Bald hielten sie sich nicht mehr im Lotosteich auf. Glücklicherweise lag das Haus von Zhong Mi sehr tief. Nach dem ersten Sommerregen stand der Hof voller Wasser. Das freute die Enten, sie schwammen und tauchten durchs Wasser, schlugen mit den Flügeln und schnatterten, was das Zeug hielt.

Jetzt ist das Sommerende wieder in den Winteranfang übergegangen. Ich habe jedoch immer noch keine Nachricht von Herrn Erošenko. Ich weiß nicht einmal, wo er sich inzwischen aufhält.

Nur die vier Enten sind hier, die immer noch in einer Wüste schnattern.

Oktober 1922

Eine Oper auf dem Land

Im Laufe der vergangenen zwanzig Jahre habe ich nur zweimal eine traditionelle chinesische Oper gesehen. In den ersten zehn Jahren verzichtete ich ganz darauf, weil ich dazu weder Lust noch Gelegenheit hatte. Die beiden Besuche fielen in das zweite Jahrzehnt, doch beide Male verließ ich die Vorstellung, ohne daran etwas Besonderes finden zu können.

Es war im ersten Jahr der Republik, als ich das erste Mal in der Oper war, und zwar am Anfang meiner Zeit in Peking. Damals sagte mir ein Freund, die beste Lokaloper sei die Pekinger Oper, ob ich mir nicht einmal eine ansehen wolle. Ich dachte mir, eine Oper zu sehen wäre aufschlußreich, zumal in Peking. Schließlich ging ich höchst aufnahmewillig in irgendein Theater. Die Vorstellung hatte schon begonnen, denn bereits von draußen waren Trommelwirbel zu hören. Wir zwängten uns hintereinander hinein, es funkelte mir rot und grün vor den Augen, und ich sah gleich darauf, daß es vor der Bühne von Köpfen wimmelte. Aufmerksam schaute ich mich wiederholt in alle Richtungen um und konnte in der Mitte doch noch ein paar freie Plätze entdecken. Als ich mich hindurchzwängte, um mich zu setzen, redete jemand auf mich ein. Weil es mir vom Getrommel schon in den Ohren dröhnte, mußte ich aufmerksam hinhören, um zu verstehen, was er sagte: »Schon besetzt, hier geht es nicht!«

Wir wichen nach hinten aus, wo ein Mann mit stark

glänzendem Zopf uns seitwärts führte und uns einen Platz zuwies. Dieser sogenannte Platz war eigentlich eine lange Bank, die etwa zu drei Vierteln so breit war wie meine Oberschenkel dick und deren Beine um zwei Drittel länger waren als meine Unterschenkel. Zunächst hatte ich nicht den Mut hinaufzuklettern, denn sie ließ mich unwillkürlich an ein Marterwerkzeug zur Selbstfolterung denken, so daß es mir heiß und kalt den Rücken hinunterlief und ich die Flucht antrat.

Nachdem ich schon durch mehrere Straßenzüge gegangen war, vernahm ich auf einmal eine Stimme: »Was war denn los?« Ich sah mich um, mein Freund hatte mich also hinausbegleitet. Sehr verwundert fragte er: »Warum gehst du ständig weiter, ohne zu antworten?«

»Mein Freund«, erwiderte ich, »entschuldige, aber das Getrommel dröhnt mir noch so sehr in den Ohren, daß ich dich überhaupt nicht verstanden habe.«

Wenn ich später an das Ereignis zurückdachte, kam es mir jedesmal sehr merkwürdig vor: Anscheinend war die Oper ganz schlecht gewesen – und wenn nicht, so war ich einfach von vornherein nicht dafür geschaffen, mein Leben vor der Bühne zu verbringen.

In welchem Jahr ich das zweite Mal in der Oper war, habe ich vergessen. Jedenfalls war es in dem Jahr, als wegen Überschwemmungen in Hubei Spenden gesammelt wurden und Tan Jiaotian noch am Leben war. Die Sammlung ging so vor sich, daß man für zwei Yuan eine Theaterkarte erhielt, mit der man zur »Ersten Bühne« Zutritt hatte, wo viele berühmte Schauspieler auftraten, unter ihnen auch Xiao Jiaotian. Ich hatte eine Karte gekauft, eigentlich bloß, um meiner Pflicht zu einer milden Gabe nachzukommen. Auch hatte es offensichtlich Wichtigtuer gegeben, die mir gesagt hatten, ich müsse ihn unbedingt gesehen haben. Das verhängnisvolle Gedröhne der Trommeln vor ein paar Jahren hatte ich vergessen, und so ging ich schließlich zur »Ersten Bühne«, vermutlich zum Teil auch deshalb, weil der hohe Preis die Karte kostbar machte und es auf jeden Fall angebracht war, sie zu nutzen. Ich hatte mich erkundigt und erfahren, daß Jiaotian sich mit seinem Auftritt verspäten würde. Auch war die »Erste Bühne« modern gebaut, so daß ich beruhigt annehmen konnte, nicht um einen Sitzplatz kämpfen zu müssen. Ich wartete bis neun Uhr, ehe ich aus dem Haus ging. Wer hätte gedacht, daß das Theater von Menschen überquellen würde. Sogar ein Stehplatz war keine Selbstverständlichkeit. Ich konnte nur von einem weit entfernten Platz aus und durch das dichte Menschenknäuel hindurch auf der Bühne jemanden die Rolle der Alten Frau spielen sehen. Die Alte Frau hatte sich zwei brennende Papierschlangen in die Lippen gesteckt, neben ihr stand ein Wärter der Unterwelt. Ich zerbrach mir den Kopf, bis ich darauf kam, es könnte sich möglicherweise um die Mutter von Maudgalyāna handeln, weil hinterher noch ein buddhistischer Mönch auftrat. Aber ich wußte immer noch nicht, welcher berühmte Schauspieler es sein könnte, und fragte deshalb einen dicken Landedelmann, der dicht an mich gequetscht zu meiner Linken saß. Er warf mir einen scheelen Blick zu und sagte äußerst unwillig: »Gong Yunfu!« Ich schämte mich zutiefst für meine dürftigen und oberflächlichen Kenntnisse, es schoß mir heiß übers Gesicht, und ich beschloß im selben Augenblick, nicht noch einmal nachzufragen. Danach sangen die Junge Frau, das Liederliche Mädchen, der Ältere Mann und schließlich jemand, dessen Rolle ich nicht kannte. Ich sah, wie sich eine ganze Schar von Schauspielern miteinander rauften und wie sich zwei oder drei gegenseitig verprügelten. So ging es von kurz nach neun bis zehn Uhr, von zehn bis halb zwölf Uhr, von halb zwölf Uhr bis Mitternacht – doch Jiaotian war immer noch nicht aufgetreten.

Noch nie habe ich so geduldig darauf gewartet, daß etwas zu Ende geht. Außerdem machten mir der dicke Landedelmann, der an meiner Seite heftig keuchte, das Getrommel und Getöse auf der Bühne und die flirrenden roten und grünen Lichter sowie die vorgerückte Stunde plötzlich bewußt, daß ich nicht für diesen Ort geschaffen war. Ohne lange zu überlegen, wand ich mich von meinem Platz und konnte mich nur mit Gewalt nach draußen quetschen. Ich merkte, wie sich hinter meinem Rücken die Menge gleich wieder dicht zusammenschloß. Vermutlich war der – so biegsame – dicke Landedelmann inzwischen noch dicker geworden und hatte mit seiner rechten Körperhälfte bereits meinen frei gewordenen Platz eingenommen. Ich konnte nun nicht mehr zurück. Keine Frage, nur Drängeln und noch mehr Drängeln verhalf mir zum Hauptportal hinaus.

Auf der Straße war so gut wie niemand unterwegs, lediglich ein paar Wagen warteten auf Theaterbesucher, und am Eingang reckte eine gute Handvoll Neugieriger vor dem Programm ihre Hälse. Außerdem waren da noch ein paar Figuren ohne erkennbares Ziel. Vermutlich wollten sie die Frauen sehen, die nach dem Ende der Oper herauskommen würden; aber Jiaotian war immer noch nicht aufgetreten …

Die Nacht war jedoch sehr frisch und kühl, wirklich das, was »herzerfrischend« genannt wird. Mir kam es so vor, als hätte ich in Peking zum ersten Mal so eine angenehme Luft erlebt.

In dieser Nacht nahm ich von der chinesischen Oper endgültig Abschied. Seither habe ich keinen Gedanken mehr an sie verschwendet. Selbst wenn ich zufällig an einem Theater vorbeikam, blieb ich gefühllos. Geistig lagen zwischen uns Welten.

Doch vor ein paar Tagen habe ich zufällig ein japanisches Buch in die Hand bekommen, dessen Titel und Verfasser mir leider entfallen sind. Es handelte jedenfalls von der chinesischen Oper. In einem Kapitel stand sinngemäß, die chinesische Oper bestehe aus viel Getrommel, viel Geschrei und viel Gespringe; sie verwirre den Zuschauer und sei für einen Theaterraum völlig ungeeignet, aber im Freien gespielt und aus der Ferne betrachtet, habe sie durchaus ihre Reize. Das war mir, der ich dafür nie die Worte gefunden hatte, aus dem Herzen gesprochen. Vielleicht war es unterschwellig die Erinnerung an eine schöne Opernaufführung gewesen, einst auf dem Land, die mich nach der Ankunft in Peking gleich zweimal ins Theater getrieben hatte. Schade nur, daß ich – wer weiß, warum – den Titel des Buches vergessen habe.

Die genannte Aufführung liegt nun schon weit zurück. Damals kann ich nicht viel älter als zehn oder elf Jahre alt gewesen sein. In unserem Städtchen Luzhen war es früher allgemein üblich, daß auch verheiratete Töchter, wenn sie selber noch keinen großen Haushalt führten, sich im Sommer eine angenehme Zeit in ihrem Elternhaus machten. Damals hatte meine Großmutter väterlicherseits, obwohl sie noch rüstig war, meiner Mutter schon die Verantwortung für einige häusliche Pflichten übertragen. Deshalb konnte sie im Sommer nicht so lange zu den Eltern zurückkehren. Lediglich nach dem Besuch der Ahnengräber war es ihr möglich, dort etwas Zeit zu verbringen. Ich begleitete meine Mutter Jahr für Jahr zu ihren Eltern. Der Ort hieß Pingqiaocun. Es war ein kleines Dorf, nicht weit vom

Meer entfernt, sehr abgelegen und in der Nähe eines Flusses. Es gab dort nicht mehr als dreißig Haushalte, die alle vom Ackerbau oder vom Fischfang lebten, und im Dorf befand sich nur ein ganz kleiner Gemischtwarenladen. Für mich aber war es ein erfreulicher Ort, denn ich genoß dort nicht nur eine Vorzugsbehandlung, sondern mir blieb auch erspart, das »Buch der Lieder« weiter auswendig zu lernen.

Dort waren viele Kinder meine Spielgefährten, denn weil ich von weit her gereist war, hatten sie alle von ihren Eltern die Erlaubnis bekommen, etwas weniger zu arbeiten, um sich mit mir vergnügen zu können. Das Dorf war so klein, daß man als Besucher nicht Gast einer einzigen Familie, sondern beinahe der gesamten Gemeinschaft war. Wir befanden uns zwar alle ungefähr im selben Alter, doch dem Generationenunterschied zufolge waren einige meine Onkel, ja sogar Urgroßonkel, denn alle im Dorf hatten den selben Namen und gehörten zu einer einzigen Familie. Dennoch waren wir alle miteinander befreundet. Selbst wenn einmal zufällig eine Keilerei entstand und ein Urgroßonkel geschlagen wurde, so gab es im ganzen Dorf unter jung und alt niemanden, dem dabei auch nur im entferntesten die beiden Schriftzeichen für »unbotmäßiges Verhalten« eingefallen wären, ganz abgesehen davon, daß ohnehin kaum einer lesen oder schreiben konnte.

Unsere tägliche Beschäftigung bestand im großen und ganzen darin, Regenwürmer aufzuspüren, auf kleine Haken aus Kupferdraht zu stülpen und so, bäuchlings am Flußufer, Krabben zu fangen. In der Welt des Wassers sind Krabben die Narren, geradezu bereitwillig stopften sie sich mit ihren Greifern die Spitze des Hakens ins Maul, so daß wir innerhalb kurzer Zeit ohne Mühe eine große Schüssel voll fangen konnten. Die

Krabben wurden in der Regel mir zum Essen überlassen. Im übrigen führten wir gemeinsam die Rinder auf die Weide. Sie waren alle störrisch gegenüber Fremden und erfrechten sich sogar, mich zu schikanieren, vielleicht weil es sich hier um hochentwickelte Tiere handelt. Deshalb wagte ich es gar nicht, mich ihnen zu nähern, sondern begleitete sie nur aus einer gewissen Entfernung oder blieb abseits stehen. Bei solchen Gelegenheiten nahmen mich meine kleinen Freunde ob meiner Fähigkeit, das »Buch der Lieder« auswendig hersagen zu können, nicht mehr in Schutz, sondern lachten mich geschlossen aus.

Was ich dort schließlich am sehnlichsten erwartete, war nach Zhaozhuang zur Aufführung einer Oper zu gehen. Zhaozhuang war ein etwas größeres Dorf, fünf Li entfernt. Weil man es sich in Pingqiaocun selber nicht leisten konnte, eine Oper aufführen zu lassen, zahlte man gutnachbarschaftlich jedes Jahr einen bestimmten Betrag an Zhaozhuang. Damals machte ich mir weiter keine Gedanken, warum Jahr für Jahr eine Oper aufgeführt wurde. Heute glaube ich, daß derlei Dinge Bestandteil der im Frühling stattfindenden Prozessionen oder der Feste zu Ehren der Erdgottheit waren.

Ich war zehn oder elf Jahre alt, als der Tag anbrach, den ich sehnlichst erwartet hatte. Ich weiß nicht, warum ausgerechnet in diesem Jahr alles schiefging und frühmorgens kein Boot mehr zu bekommen war. Das einzige regelmäßig verkehrende Schiff von Pingqiaocun fuhr morgens in der Frühe weg und kehrte erst abends wieder zurück. Aus diesem Grunde konnten wir es gar nicht benutzen. Die sonstigen Boote waren klein und deshalb ungeeignet. Es wurde jemand beauftragt, ins Nachbardorf zu gehen, um dort nachzufragen, aber auch hier waren alle Boote schon anderweitig vergeben worden. Meine Großmutter mütterlicherseits war sehr verärgert und machte der Familie wortreich und sich ereifernd zum Vorwurf, nicht vorher schon ein Boot bestellt zu haben. Daraufhin versuchte Mutter, sie zu beschwichtigen: Die Opern in Luzhen seien ohnehin viel besser als in diesem kleinen Dorf, und wir könnten uns mehrmals im Jahre eine Aufführung ansehen; heute würde daraus eben nichts. Allerdings war ich den Tränen nahe, doch Mutter versuchte mit allen Mitteln, mich zu trösten: Ich dürfe mich unter keinen Umständen so aufführen, sonst würde ich Großmutter nur zusätzlich erzürnen. Ich dürfe auch nicht mit den anderen zusammen hingehen, sonst würde sich Großmutter womöglich Sorgen machen.

Somit war die Sache endgültig gestorben. Nachmittags, als meine Freunde schon gegangen waren und die Oper bereits begonnen hatte, schien mir, ich hörte das Geräusch der Gongs und Trommeln. Und ich wußte, daß sie nun vor der Bühne standen und sich Sojabohnenmilch kauften. An diesem Tag ging ich keine Krabben fangen und mochte auch kaum essen. Mutter machte es schwer zu schaffen, daß ihr nichts eingefallen war, was man hätte statt dessen unternehmen können. Als die Zeit zum Abendessen näher rückte, merkte es schließlich sogar meine Großmutter. Ich sei wohl zu Recht sehr unglücklich, weil sie so schlechte Gastgeber seien; noch niemals zuvor hätten sie ihre Gastgeberpflichten so sträflich vernachlässigt. Nach dem Essen sah ich, wie die jungen Leute, von der Aufführung zurück, zusammenströmten, um sich freudig und angeregt über die Oper zu unterhalten. Nur ich sagte kein einziges Wort. Alle seufzten und zeigten mir ihr Mitleid. Wie wenn ihm plötzlich eine Erleuchtung gekommen wäre, machte unvermittelt einer der Aufgewecktesten unter ihnen, Shuangxi, den Vorschlag: »Das große Boot? Ist nicht das Linienschiff vom Achten Onkel schon zurückgekehrt?« Etwa zehn junge Leute wurden auf einmal munter und feuerten mich an, indem sie erklärten, wir könnten mit diesem Schiff zusammen hinfahren. Ich war sehr glücklich, aber dann befürchtete Großmutter, sie seien doch alle noch Kinder und nicht zurechnungsfähig, während Mutter es unzumutbar fand, einen Erwachsenen zu bitten, uns zu begleiten, denn alle müßten tagsüber arbeiten und könnten nicht die ganze Nacht aufbleiben. In diesem Hin und Her behielt Shuangxi den klarsten Kopf. »Ich übernehme die Verantwortung!« meinte er laut. »Das Schiff ist so groß, und Vetter Xun wird nicht darauf umherrennen. Außerdem sind wir alle Wasserratten!«

In der Tat! Für diese zehn Jungen gab es wahrhaftig kein Gewässer, in dem sie nicht hätten schwimmen können. Zwei, drei unter ihnen waren sogar ausgesprochen geschickte Schwimmer.

Großmutter mütterlicherseits und Mutter hatten nun Vertrauen gefaßt und gaben mit einem feinen Lächeln ihren Widerstand auf. Sofort stürmten wir lärmend hinaus.

Mir wurde plötzlich leicht ums Herz, und mein Körper schien sich ins Unermeßliche auszudehnen. Kaum waren wir zur Tür hinaus, sahen wir im Mondlicht ein Boot mit weißem Segel vor der Pingqiao-Brücke vertäut liegen. Alles sprang hinein, Shuangxi zog am Bug die Stake heraus, Afa am Heck. Die Jüngeren setzten sich mit mir zusammen in die Kajüte, während die Älteren sich im Heck zusammenfanden. Als uns Mutter zum Abschied »Seid vorsichtig!« nachrief, hatten wir bereits abgelegt. Erst stießen wir uns von der steinernen Brücke ab, um ein paar Zoll zurückzusetzen, ehe wir auf die Brücke zuhielten und diese passierten. Dann stützten wir die beiden Ruder auf, an jedes kamen zwei Mann, die nach jeweils einer Meile ausgetauscht wurden. Dabei ging es hoch her. Dazwischen war das Gurgeln des Wassers zu hören, das vom Bug zerteilt wurde. Wir eilten zwischen jadegrünen Bohnen- und Getreidefeldern geradewegs auf Zhaozhuang zu.

Der frische Duft von Bohnen und Weizen an den Ufern und der Wasserpflanzen vom Grund des Flusses schlug uns, vermischt mit dem monddurchglänzten Dunst, entgegen. Bergketten, die aus der blassen Schwärze emporragten, schossen, metallenen Rücken vorbeihüpfender Tiere gleich, von ferne hinter dem Schiffsheck weg, aber ich fand das Schiff immer noch zu langsam. Nachdem die Ruderer einander viermal abgelöst hatten, wurde Zhaozhuang allmählich in Umrissen sichtbar. Wir meinten, Gesang zu hören; auch tauchten einige Lichter auf, die wohl von der Bühne stammten, aber ebensogut hätten es auch die Lampen von Fischern sein können.

Es war wohl der Ton einer Querflöte, so rhythmisch und zugleich melodisch, daß mein Herz – selbstvergessen – von großer Gelassenheit erfüllt wurde, ja ich hatte das Gefühl, der Klang ließe mich in der vom Wohlgeruch der Bohnenstauden und Wasseralgen geschwängerten Nachtluft dahintreiben.

Die Lichter rückten näher, es waren tatsächlich die Lampen von Fischerbooten. Und auch vor uns hatte ich zuvor nicht Zhaozhuang gesehen, sondern ein Wäldchen aus Kiefern und Zypressen, wo ich im Vorjahr beim Spielen ein Steinpferd, umgestürzt und zerborsten, auf der Erde entdeckt hatte und im Gras ein kniendes Schaf aus Stein. Nachdem das Boot am Wald vorbeigeglitten war, bog es in eine kleine Bucht. Nun hatte ich Zhaozhuang wirklich vor Augen.

Was sofort auffiel, war die Bühne, auf freiem Platz in der Nähe des Flusses und außerhalb des Dorfes errichtet. Aus der Ferne war in dieser Mondnacht ihre Silhouette vor dem Himmel kaum auszumachen. Ich meinte, das Elfenreich, das ich von Bildern her kannte, sei mir erschienen. Nun fuhr das Boot noch rascher. Kurz darauf traten die Personen auf der Bühne deutlich hervor. Rot und grün erschienen ihre Bewegungen, rabenschwarz von den Bootssegeln der Zuschauer war dagegen der Fluß nahe der Bühne.

»Unmittelbar an der Bühne ist kein Platz mehr frei. Wir müssen von weitem zuschauen«, meinte Afa.

Das Boot fuhr nun noch langsamer, und gleich darauf waren wir angekommen. Tatsächlich war es unmöglich, unmittelbar in die Nähe der Bühne zu gelangen. Uns blieb nichts anderes übrig, als wie alle anderen die Riemen ruhen zu lassen und noch weiter weg vom Schrein des Erdgottes festzumachen, der sich direkt gegenüber der Bühne befand. Zudem wollten wir mit dem weißen Segel nicht an derselben Stelle wie die Boote mit schwarzem Segel festmachen. Außerdem gab es dort ohnehin keinen freien Platz mehr.

Während wir in aller Eile das Boot vertäuten, sahen wir auf der Bühne einen Mann mit langem schwarzem Bart und einem Speer in der Hand. Auf seinem Rükken waren vier Fähnchen aufgesteckt, er war in einen Kampf mit mehreren Leuten mit entblößtem Oberkörper verwickelt. Shuangxi erklärte, das sei ein berühmter Darsteller der älteren männlichen Rolle namens »Eisenhaupt«, der hintereinander vierundachtzig Purzelbäume schlagen könne, am Tage habe er selber aus der Nähe mitgezählt.

Wir drängten uns alle im Bug zusammen, um dem Kampf zuzuschauen, aber »Eisenhaupt« schlug keinen einzigen Purzelbaum. Nur ein paar Schauspieler mit nacktem Oberkörper machten einen Purzelbaum, und zwar nur einen einfachen, dann traten sie wieder ab. Gleich darauf kam der Darsteller der Jungen Frau heraus und begann mit kreischender Stimme zu singen. Shuangxi sagte: »Abends sind wenige Zuschauer da, außerdem hat ›Eisenhaupt‹ keine rechte Lust. Wer ist schon bereit, wo nicht viel los ist, sein Können zu zeigen?« Ich glaubte ihm, weil um diese Zeit tatsächlich nicht mehr viele Leute vor der Bühne standen. Da auf dem Land am nächsten Tag gearbeitet wurde, konnte kaum einer die ganze Nacht durchmachen, so war man früh schlafen gegangen. Weit verstreut standen nicht mehr als ein paar Dutzend junge Müßiggänger aus dem Dorf selber und den umliegenden Ortschaften herum. Die Familien der reichen Grundherren in ihren Booten mit den rabenschwarzen Segeln waren zwar noch da, aber sie schauten auch nicht mehr zu, sondern waren größtenteils vor die Bühne gekommen, um Gebäck, Früchte und Kürbiskerne zu essen. Deshalb konnte man durchaus zu dem Urteil kommen, es sei nicht viel los.

Mir stand jedoch gar nicht unbedingt der Sinn nach Purzelbäumen. Was ich mir am liebsten anschauen wollte, war der Schlangengeist, der, in ein weißes Tuch gehüllt, mit seinen Händen wie an Stangen den Kopf einer Schlange über sich hinaushob. Dann interessierte mich noch der Sprung des Tigers in dem gelben Gewand. Aber solange ich auch wartete, es war vergebens. Die Gestalt der Jungen Frau trat ab, doch sofort kam ein schon betagter Darsteller auf die Bühne, um die Rolle des Jünglings zu spielen. Ich war inzwischen ein wenig erschöpft und hatte Guisheng gebeten, mir Bohnenmilch zu kaufen. Kaum war er weg, kam er schon wieder mit der Nachricht zurück: »Es ist nichts mehr da. Der taube Bohnenmilchverkäufer ist auch schon gegangen. Tagsüber hat es noch etwas gegeben, da habe ich zwei Schalen gekriegt. Ich hole dir eine Kürbisschale Wasser, damit du etwas zu trinken hast.«

Ich wollte jedoch nichts trinken, sondern hielt an mich und sah weiter zur Bühne, ohne sagen zu können, was ich eigentlich sah, doch kamen mir die Gesichter der Schauspieler immer seltsamer vor, ihre Gesichtszüge verschwammen nach und nach, als ob sie in einer Fläche ohne Konturen aufgingen. Die Jüngeren gähnten meistenteils, und die Älteren waren in ihre Gespräche vertieft. Erst als auf einmal der Hanswurst in rotem Gewand an einem Pflock auf der Bühne gefesselt wurde und ein Mann mit weißem Bart auf ihn einzupeitschen begann, schraken alle auf und schauten lachend hin. Ich fand, dieser Auftritt sei eigentlich der beste des ganzen Abends gewesen.

Dann trat zuletzt noch der Darsteller der Alten Frau auf. Das hatte ich am meisten befürchtet. Noch mehr aber befürchtete ich, sie würde sich hinsetzen und singen. Ich merkte, daß nun allen die Lust vergangen war, wir waren also einer Meinung. Die Alte Frau schlenderte beim Singen zunächst auf und ab, dann setzte sie sich auf einen Klappstuhl in der Mitte der Bühne. Sie ging mir auf die Nerven, während die anderen begannen, sich das Maul zu verreißen und zu schimpfen. Es kostete mich ungeheure Mühe, geduldig zu warten. Da hob sie die Hand, ich glaubte, sie würde aufstehen, doch wider Erwarten ließ sie sich ganz langsam wieder auf ihren Platz sinken und sang weiter. Im Boot seufzten einige unwillkürlich auf, während die anderen heftig gähnten. Schließlich konnte Shuangxi nicht mehr an sich halten und meinte, womöglich hätte sie bis zum Morgengrauen noch nicht ausgesungen, wir machten uns wohl am besten auf den Weg. Alle stimmten sofort zu und gingen so hurtig zu Werk wie zuvor beim Aufbruch. Drei oder vier eilten zum Heck, zogen die Staken, setzten einige Zhang zurück, eilten zum Bug zurück und brachten die Riemen in Stellung, während sie auf die Alte Frau schimpften. Dann ging es wieder auf den Zypressen- und Kiefernwald zu.

Der Mond war noch nicht untergegangen. Anscheinend hatten wir der Oper nicht sehr lange zugeschaut. Sobald wir Zhaozhuang hinter uns gelassen hatten, erglänzte der Mond noch heller und klarer als zuvor. Beim Blick zurück machte die Bühne zwischen den Lichtern denselben Eindruck wie vor unserer Ankunft; auch jetzt ähnelte sie einem Elfenbeinturm, ganz in Morgenröte getaucht. Auch drangen wieder die steigenden und fallenden Töne der Querflöte ans Ohr. Ich überlegte, ob die Alte Frau wohl schon abgetreten sein mochte, aber der Vorschlag zur Rückkehr wäre ungehörig gewesen.

Kurz darauf war das Schiff am Wald aus Zypressen und Kiefern vorbeigefahren. Es glitt ziemlich schnell dahin, aber die Dunkelheit ringsumher war nun undurchdringlich geworden, es mußte also schon mitten in der Nacht sein. Auf der einen Seite wurde über die Schauspieler geschimpft und gelacht, auf der anderen noch kräftiger gerudert. Diesmal gab das am Bug aufspritzende Wasser einen noch helleren Ton von sich. Das Boot war wie ein großer weißer Fisch, der mit einer Schar Kinder auf dem Rücken aus der Gischt emporschnellte. Ein paar alte Fischer, die nachts auf Fang waren, hielten sogar ihre Barken an, um uns zuzuschauen und anzufeuern.

Als wir noch etwa ein Li von der Brücke von Pingqiaocun entfernt waren, verlangsamte das Boot seinen Lauf. Die Ruderer sagten, sie seien erschöpft, weil sie sich so angestrengt und lange nichts mehr gegessen hätten. Diesmal fiel Guisheng etwas ein, er meinte, gerade jetzt schmeckten die Saubohnen am besten, Brennholz liege auch bereit, wir könnten ein paar Bohnen klauen und sie kochen. Damit waren alle einverstanden, und gleich wurde am Ufer angelegt. Das stockfinstere Feld dahinter war tatsächlich voller Saubohnen.

»He, Afa! Hier ist das Feld von deiner Familie und dort das vom alten Liuyi. Von welchem sollen wir die Bohnen holen?« fragte Shuangxi, nachdem er ans Ufer gesprungen war.

Wir eilten das Ufer hinauf. »Wartet mal, laßt mich zuerst rasch nachsehen«, meinte Afa noch im Laufen. Als er sich dann umhergetastet hatte, richtete er sich auf und sagte: »Nehmen wir die Bohnen auf unserem Feld, da sind sie viel größer.« Umgehend wirkte sein Wort, alle verteilten sich auf dem Saubohnenfeld der Familie von Afa. Jeder pflückte eine große Handvoll und warf sie ins Boot.

Shuangxi fand, wenn wir noch mehr nähmen und die Mutter von Afa davon erführe, würde es ein Gezeter geben. Also gingen wir alle aufs Feld von Opa Liuyi und nahmen dort noch einmal eine Handvoll.

Während einige der Älteren ganz langsam weiterruderten, andere in den hinteren Teil des Schiffes gingen, um dort ein Feuerchen anzumachen, schälten die Jüngeren mit mir zusammen Bohnen. Schnell waren die Bohnen gar, das Boot dümpelte im Wasser vor sich hin. Derweil fanden wir uns zu einem Kreis zusammen und begannen, mit den Händen zu essen. Sobald wir fertig waren, fuhren wir weiter, spülten das Kochgeschirr und warfen Schoten sowie Hülsen in den Fluß, damit auch keine Spuren blieben. Shuangxi machte sich Sorgen, weil wir Salz und Brennholz aus dem Boot von Großonkel Acht benutzt hatten; der Alte sei sehr pingelig, würde es bestimmt merken und dann mit uns schimpfen. Aber nachdem wir uns besprochen hatten, kamen wir zu dem Schluß, es sei nichts zu befürchten. Sollte er uns ausschimpfen, würden wir von ihm verlangen, uns den verdorrten Talgbaum zurückzugeben, den er im Vorjahr am Flußufer aufgelesen hatte, und ihn außerdem künftig »Grindkopf Acht« nennen.

»Wir sind alle zurück! Wie hätte uns etwas zustoßen sollen, wo ich doch die Verantwortung übernommen habe!« rief Shuangxi plötzlich vom Schiffsbug aus.

Ich sah zum Bug und erblickte schon die Brücke von Pingqiaocun vor mir. Am Brückenkopf stand jemand, es war meine Mutter, an die Shuangxi eben sein Wort gerichtet hatte. Während ich zum Bug ging, passierte das Schiff die Brücke; es legte an, und wir stiegen einer nach dem anderen an Land. Mutter war allerdings ein wenig ungehalten, die dritte Nachtwache sei schon vorbei, warum wir erst so spät zurückkämen. Aber andererseits freute sie sich auch und lud uns lächelnd alle zu gebratenem Reis ein.

Darauf erwiderten alle, sie hätten schon ein paar Kleinigkeiten zu sich genommen und seien außerdem sehr müde, es sei besser, gleich schlafen zu gehen. So ging jeder zu sich nach Hause.

Am nächsten Tag stand ich erst gegen Mittag auf. Von Auseinandersetzungen im Zusammenhang mit dem Salz und dem Brennholz von Großonkel Acht habe ich nichts erfahren, und wir gingen nachmittags wieder die üblichen Krabben fangen.

»Shuangxi, ihr seid mir welche. Ihr habt wohl gestern

bei mir Bohnen geklaut? Ihr hättet wenigstens sorgfältig pflücken können, ihr habt ziemlich viele zertrampelt.« Als ich aufschaute, bemerkte ich Opa Liuyi in seinem Boot. Er kam gerade vom Bohnenverkaufen zurück. Auf dem Schiffsboden lag noch ein Haufen geschälter Bohnen.

»Ja, wir hatten einen Gast. Eigentlich wollten wir deine gar nicht. – Schau mal, jetzt verscheuchst du mir die Krabben!« sagte Shuangxi.

Bei meinem Anblick legte Opa Liuyi die Riemen ab und lachte: »Einen Gast? – So ist es recht.« Dann fragte er mich: »Jüngerer Bruder Xun, war die Oper schön gestern?«

»Ja«, nickte ich ein paarmal.

»Und waren die Bohnen genießbar?«

Wieder nickte ich eifrig: »Sehr.«

Ich hatte nicht erwartet, daß sich Opa Liuyi sogar erfreut zeigen würde. Er streckte den Daumen nach oben und meinte selbstzufrieden: »Die gebildeten Leute aus den großen Städten wissen wirklich, was gut ist! Wenn ich meine Bohnen setze, lese ich Stück für Stück aus. Die Leute auf dem Land können Gutes nicht von Schlechtem unterscheiden, ja behaupten sogar, meine Bohnen seien nicht so gut wie die anderer Leute. Ich werde heute der Frau des Hauses noch einige Bohnen zum Kosten vorbeibringen …« Dann nahm er die Ruder auf und fuhr weiter.

Als Mutter mich zum Abendessen nach Hause rief, stand auf dem Tisch wirklich eine große Schüssel mit gekochten Saubohnen, ein Geschenk von Opa Liuyi. Ich erfuhr, daß er mich meiner Mutter gegenüber noch einmal in den höchsten Tönen gelobt hatte: »Der kleine Junge kennt sich in der Welt aus. Sicher wird er einmal ein Meister seines Fachs. Enkelin, dein Glück ist gemacht, dafür kann ich die Hand ins Feuer legen.« Aber die Bohnen schmeckten jetzt bei weitem nicht so gut wie in der Nacht davor.

Und in der Tat: Bis auf den heutigen Tag habe ich nie mehr so gute Bohnen gegessen wie damals – und auch nie mehr wieder eine so gute Oper gesehen.

Oktober 1922

Die jeder Anmerkung vorangestellte Zahl verweist auf die entsprechende Seite im Text.

7 *Auch ich hatte in meiner Jugend …:* Die Bedeutung des in Übersetzungen immer wieder unterschlagenen Wörtchens »auch« wird dargestellt in: Wolfgang Kubin: »Lu Xun's Dreams«, in: Marián Gálik (Hg.): »Interliterary and Intraliterary Aspects of the May Fourth Movement in China«, Veda, Bratislava 1990, S. 59f.

7 *japanische Spitzbäume:* Ardisia japonica

8 *Ich wollte damals in die K-Akademie in N eintreten:* Gemeint ist die Marineakademie in Nanjing, deren ältere postamtliche Umschrift »Kiangnan-Marineakademie in Nanking« – im vorliegenden Text mit den lateinischen Anfangsbuchstaben abgekürzt – lautet. (Vgl. auch: »Ein Westfale in China. Der Nachlaß Robert Löbbecke«, Münster / Regensberg 1982, S. 241). Da Japan und die westlichen Mächte China von der See her bedrohten, stand die naturwissenschaftliche Beschäftigung mit der Hochseeschiffahrt im Brennpunkt der technischen Modernisierungsbestrebungen Chinas. – Lu Xun trat im Jahre 1898 in besagte Akademie ein.

8 *»überseeische Sachen«:* Hier wird auf die chinesische »Selbststärkungsbewegung« der zweiten Hälfte des 19. Jahrhunderts angespielt, deren berühmte Verfechter Li Hongzhang (1823 bis 1909) und Zhang Zhidong (1837–1909) waren. Gemäß ihrer Devise »Was aus China kommt, dient als Leitfaden – was aus dem Westen kommt, der Praxis« versuchten sie, in China praktische Kenntnisse – besonders im militärischen und industriellen Sektor sowie im Bergbau – zu verbreiten, und förderten die Gründung entsprechender Fachschulen.

8 *Naturkunde:* Lu Xun verwendet hier den Ende der Qing-

Dynastie üblichen altertümlichen Ausdruck »gezhi«, der auf das »Buch der Riten« (»Liji«, 42.1) zurückgeht; dt. von Richard Wilhelm (Übers.): »Li Gi. Das Buch der Sitte«, Diederichs, Köln 1958, S. 46f.

8 *»Der Körper, eine neue Sicht«:* Es handelt sich hier um: »A Treatise on Human Physiology, Collected From Various Physiological Works«, Missionary Hospital, Canton 1851, des englischen Missionars B. Hobson (1816–1873).

8 *»Die Ernährungslehre«:* Möglicherweise handelt es sich um: »Vocabulary of Names of Materia Medica«, Presbyterian Mission Press, Shanghai 1887, des Amerikaners John Fryer (1839–1928).

9 *Meiji-Reformbewegung in Japan:* 1868–1912

9 *Eintritt in eine medizinische Fachschule in der japanischen Provinz:* Von 1904 bis 1906 studierte Lu Xun im Norden Japans an besagter Fachschule von Sendai.

9 *Japanisch-Russischer Krieg:* Wurde 1904–1905 um die Vorherrschaft im nordöstlichen China und auf der koreanischen Halbinsel ausgetragen.

10 *eines schwachen Landes:* Yan Fu (1854–1921), ein Experte der Kriegsmarine, der sich später auch als Reformer und Übersetzer einen Namen machte, prägte mit seinem sozialdarwinistisch inspirierten Aufruf zur »Stärkung des Landes« auch ex contrario die Formel von China als einem »schwachen Land«.

10 *Gesinnungsgenossen:* Gemeint sind Xu Shoushang (1882 bis 1948), Yuan Wensuo (geb. 1874), der später zum Studium nach England ging, und Lu Xuns Bruder Zhou Zuoren (1885–1967).

10 *restaurative Tendenzen:* Lu Xun verwendet hier den althergebrachten Ausdruck »fugu« (»das Alte wiederherstellen«), der den Wunsch nach einer Wiedererstarkung Chinas signalisieren dürfte.

10 *»Neuleben«:* Mit diesem Ausdruck stellt Lu Xun umgangs-

sprachliche und klassische Ausdrücke gleicher Bedeutung einander gegenüber.

11 *innere Leere:* Hier verwendet Lu Xun den für sein Werk zentralen Begriff »wuliao«, der mit »Langeweile« – »ennui« – übertragen werden kann und fester Bestandteil einer Geschichte der Melancholie auch in China ist.

12 *Gästehaus S:* Lu Xun spricht von dem Gästehaus, das der Kreis Shaoxing (Provinz Zhejiang) in Peking betrieb. Shaoxing war der Geburtsort des Autors.

12 *japanischer Schnurbaum:* Sophora japonica

12 *Mehrere Jahre lang kopierte ich ... alte Gedenktafeln:* In jener Zeit war Lu Xun im Erziehungsministerium tätig. In seinen freien Stunden sammelte und untersuchte er Grabinschriften sowie Reliefs des alten China. Im »Katalog der Reliefs der Sechs Dynastien« und im »Katalog der Grabinschriften« faßte er seine Forschungsergebnisse zusammen.

12 *Jin Xinyi:* Mit Jin Xinyi meint der Verfasser Qian Xuantong (1887–1939), mit dem er gemeinsam im Jahre 1908 in Tokio literarisch-politische Vorträge gehört hatte. Später wurde Qian zu einem der wichtigsten Vertreter der Bewegung vom 4. Mai und war Mitherausgeber der Zeitschrift »Neue Jugend«. Mit dem Namen Jin Xinyi spielt Lu Xun auf Lin Shu (1852–1924) an, der im März 1919 mit seiner Erzählung »Jing Sheng« in der »Xin shenbao« die neue Kulturbewegung und unter dem Namen »Jin Xinyi« Qian Xuantong angegriffen hatte.

13 *»Xin qingnian«* (»Neue Jugend«): Neben »Xin chao« (»Neue Flut«, mit dem westlichen Untertitel: »Renaissance«) stellte diese Zeitschrift das wichtigste Organ für die Erneuerungsbewegung im Vorfeld des 4. Mai 1919 dar.

23 *Li Shizhen* (1518–1593): Als Arzt der Ming-Zeit und Verfasser des Werkes »Abriß der Heilpflanzen« bekannt. In besagtem Werk findet sich die unterstellte Passage jedoch nicht, vielmehr eine Zurückweisung der im »Nachtrag zu den Heilpflanzen« geäußerten These von Chen Zangqi aus

der Tang-Zeit (618–907), mit Menschenfleisch könne man Tuberkulose heilen.

23 *»Kinder tauschen und essen«:* Zitat aus dem klassischen Geschichtswerk »Zuozhuan«, VII.15; vgl. J. Legge: »The Chinese Classics«, Nachdruck Taibei 1969, Bd. 5, S. 326ff.

23 *»sein Fleisch essen und auf seiner Haut schlafen«:* Hier wird ebenfalls das »Zuozhuan«, IX.21, zitiert; vgl. J. Legge: »The Chinese Classics«, Bd. 5, S. 489, 493.

28 *Yi Ya kochte seinen Sohn:* Der Überlieferung nach war Yi Ya der Koch des Fürsten Huan von Qi (7. Jh. v. Chr.). Er soll Huan seinen eigenen Sohn zum Essen vorgesetzt haben, als dieser ihn darauf hinwies, daß er bis auf Menschenfleisch alle Geschmacksrichtungen kennengelernt habe. Jie und Zhou, die jeweils letzten Despoten der Xia- (21.–16. Jh. v.Chr.) und Shang-Dynastie (16. Jh.–1066 v. Chr.), lebten lange vor Yi Ya und stehen hier für den Gewalttäter schlechthin.

28 *Xu Xilin* (1873–1907): Revolutionär der ausgehenden Qing-Zeit. Nach seiner Hinrichtung im Jahre 1907 wurden sein Herz und seine Leber von den Wachen verspeist.

31 *... sich ein Stück Fleisch aus dem Leib zu schneiden:* Die Pietät verlangte, daß ein Sohn bei Krankheit seiner Eltern »sich ein Stück Fleisch abschnitt und damit seine Eltern heilte« – so das »Songshi« (»Geschichte der Song«), Zhonghua, Shanghai 1977, Bd. 11, S. 3617.

33 *zum Anwärmen des Reisweines:* In Lu Xuns Heimat Shaoxing – hier wohl Vorbild für das Städchen Lu – pflegt man bis heute den berühmten Shaoxinger Wein warm aus kleinen Schalen zu trinken.

35 *Schreibfibel für Kinder:* Schreibfibeln dieser Art, die den Familiennamen des Konfuzius (»Kong«) an vierter Stelle nach den einfachen Zeichen für »hoch«, »groß« und »Mensch« anzuführen pflegten, lassen sich bis in die Tang-Zeit (618–907) zurückverfolgen. Sie sind auch heute noch – allerdings der Zeit angepaßt – in China gebräuchlich.

35 *»Der Edle bleibt fest in der Not«:* Zitat aus den »Gesprächen des Konfuzius« (»Lunyu«, XV.2): »Der Meister sprach: ›Der Edle bleibt fest in der Not. Wenn der Gemeine in Not kommt, so wird er trotzig.‹« Vgl. »Kungfutse. Gespräche«, dt. von R. Wilhelm, Diederichs, Köln 1967, S. 153

38 *Oder sind das etwa viele? Nein, das sieht doch jeder, nicht mehr viele ...:* Diese Wendung ist formal – nicht inhaltlich – den »Gesprächen des Konfuzius« (»Lunyu«, IX.6) entnommen; dt. von R. Wilhelm: »Kungfutse«, S. 99: »Kommt es denn darauf an, daß der Edle in vielen Dingen Bescheid weiß? Nein, es kommt gar nicht auf das Vielerlei an.«

44 *Mann ganz in Schwarz:* Henker

44 *blutbeschmiertes Dampfbrot:* Ein Dampfbrötchen, das in das Blut eines Hingerichteten getaucht worden ist. Nach alter Vorstellung ließ sich mit menschlichem Blut Tuberkulose heilen.

45 *Kreuzung am Alten X-Pavillon:* Anspielung auf einen Straßenbogen in Shaoxing, der die Schriftzeichen »Kreuzung am Alten Xuan-Pavillon« trug. Hier war im Jahre 1907 die Revolutionärin Qiu Jin (in vorliegender Erzählung Xia Yu geheißen) hingerichtet worden.

45 *ein erhaben ausgemeißeltes Zeichen für »acht«:* Das chinesische Schriftzeichen für diese Zahl ähnelt einem kopfstehenden »V«.

48 *Kang Dashu:* Der Name läßt sich frei mit »Großer Onkel Doktor« übersetzen.

49 *der rotäugige Gefängniswärter:* In der Umgangssprache sind »rote Augen« Symbol für Neid.

49 *Onkel Shuan:* Laoshuan

50 *Das Große Reich der Qing:* Offizielle Staatsbezeichnung zur Zeit der mandschurischen Qing-Dynastie (1644–1911).

51 *Qingming-Fest:* An diesem Fest werden die Toten geehrt und ihre Gräber gepflegt.

53 *Raben:* In ältester Überlieferung symbolisieren Raben eine der neun von ursprünglich zehn Sonnen, die der Bogenschütze Hou Yi vom Himmel niedergeschossen haben soll. Doch stehen sie vor allem in der Dichtkunst auch für die Unwirtlichkeit und Einsamkeit der herbstlichen Welt.

55 *die Schale mit gelbem Schnaps:* Reiswein aus Shaoxing; vgl. Anm. zu S. 33, »zum Anwärmen des Reisweines«.

57 *He Xiaoxian:* Die wörtliche Übersetzung würde »Kleiner Heiliger He« lauten.

57 *Feuer überwindet Metall:* Die traditionelle chinesische Medizin ordnet die fünf inneren Organe in hierarchisch absteigender Reihe – Herz, Lunge, Leber, Milz, Niere – den fünf Elementen – Feuer, Metall, Holz, Erde, Wasser – zu. Damit die Lunge geheilt wird, muß also das Herz gestärkt werden.

59 *Dharma-Auge:* Dieser Begriff stammt aus dem buddhistischen Glauben. Wer ein Dharma-Auge hat, vermag alle Erscheinungen zu durchdringen, d. h., das Dharma zu erkennen. Das Dharma ist vergleichbar mit dem Substanz-Begriff bei Spinoza (»Ethica« I, Prop. 13 und öfter). – Im vorliegenden Text handelt es sich jedoch nur um eine Höflichkeitsfloskel.

62 *Mantras aus dem Dhāraṇīpiṭaka:* Nach buddhistischer Vorstellung erleichtert die Rezitation oder das Abbrennen von mantrischen Formeln dem Toten den Eingang ins Paradies – das Nirvana. Vgl. William E. Soothill: »A Dictionary of Chinese Buddhist Terms«, London 1937, Nachdruck Taibei 1970, S. 284 b (»tuoluo«), 489 a–b (»Guanshiyin«).

64 *Juni 1920:* Den Tagebüchern von Lu Xun zufolge entstand die Erzählung Ende Juni, Anfang Juli 1919.

65 *im sechsten Jahr der Republik:* 1917

67 *alles »Kleinliche«:* »Xiao« (»klein«) ist eine Anspielung auf den Titel, ist jedoch auch im Sinne von »niederes Wesen« zu verstehen.

67 *»Zi yue shi yun«:* Die wörtliche Übersetzung lautet: »Der Meister sprach, im ›Buch der Lieder‹ heißt es.« Im China

von 1911 mußten Schulkinder die kanonischen Werke – besonders die »Gespräche des Konfuzius« – auswendig zu lernen.

69 *Fest vom Doppelten Zehnten:* Der Aufstand von Wuchang am 10.10.1911, dem ersten »Doppelten Zehnten«, leitete den Sturz der mandschurischen Qing-Dynastie ein. Dieses Datum wurde zum Nationalfeiertag der Republik (1912–1949) und wird bis heute in Taiwan gefeiert.

69 *Fahne der Republik:* Wörtlich wäre der Ausdruck mit »bunter ausländischer Stoff« zu übersetzen; er weist auf die importierten Färbetechniken hin. Die Flagge mit je einem roten, gelben, blauen, weißen und schwarzen waagerechten Streifen war von 1912 bis 1927 Staatsflagge.

70 *mehr als zehn Jahre lang:* Die Jahre zwischen 1898, der gescheiterten 100-Tage-Reform, und 1911, dem Sturz der Qing-Dynastie. Damals wurden die Anhänger der 100-Tage-Reform blutig verfolgt.

71 *Einzelhaft* (»youbi«): Umschreibung für die Sterilisation der Frau. Das Kahlscheren zählte im alten China nicht zu den fünf Kapitalstrafen, wurde jedoch bis zur Tang-Zeit als Strafe verwendet.

71 *Massaker von Yangzhou und Jiading:* Nach der Unterwerfung dieser Städte zu Beginn der Qing-Dynastie im Jahre 1645 richteten die mandschurischen Truppen unter der Bevölkerung ein Gemetzel an.

71 *... weil sie gezwungen wurden, Zöpfe zu tragen:* Nach der Eroberung Pekings erließ das Haus der Qing mehrfach den Befehl, daß Chinesen nach der mandschurischen Sitte die Stirn auszurasieren und einen Zopf zu tragen hätten.

71 *die einfältigen Seelen:* Eig. »das dumme Volk«. Im kaiserlichen China wurden diejenigen so bezeichnet, die die neue Regierung nicht willkommen hießen.

71 *Hong und Yang:* Die Anführer des Taiping-Aufstandes (1851–1864) Hong Xiuquan (1814–1864) und Yang Xiu-

ping (um 1820–1852). Da die Aufständischen nicht den Mandschu-Zopf trugen, sondern sich das Haar frei wachsen ließen, werden sie auch als »Langhaar-Rebellen« bezeichnet.

72 *Zou Rong, der das Buch »Die Revolutionsarmee« geschrieben hat:* Besagtes Werk (»Geming jun«) des aktiven Revolutionärs Zou Rong (1885–1905) war gegen die Qing-Dynastie gerichtet. Sein Verfasser wurde im Jahre 1903 in der englischen Konzession in Shanghai verhaftet und starb zwei Jahre später im Gefängnis.

73 *Dr. Honda Seiroku:* Der Japaner Dr. Honda Seiroku (1866 bis 1952) war Forstwissenschaftler und Verfasser einer Aufforstungslehre.

73 *im ersten Jahr der Regierungszeit Xuantong:* 1909

73 *Verwaltungsangestellter an einer örtlichen Mittelschule:* In den letzten Jahren der Qing-Dynastie war eine solche Stelle in der Regel auch mit Lehrverpflichtungen verbunden.

74 *im Winter des ersten Jahres der Republik:* 1912

75 *mit Michail Arcybašev fragen:* Im neunten Kapitel seines Romans »Der Arbeiter Sevyrev« läßt der russische Romancier Arcybašev (1878–1912) die Titelfigur diese Frage stellen.

79 *Der Kaiser hat den Drachenthron bestiegen:* Es handelt sich hier um den Versuch einer Restauration der Qing-Dynastie: Puyi – der »letzte Kaiser« – war am 1.7.1917 mit Hilfe von Zhang Xun (1854–1923), eines nach wie vor der Qing-Dynastie ergebenen Kriegsherrn des Nordens, wieder als Kaiser eingesetzt worden, mußte aber schon zwei Wochen später abdanken.

80 *zehn Bände des Romans »Die drei Reiche« in der Kommentierung von Jin Shengtan:* Jin Shengtan (1609–1661) ist einer der berühmten Kommentatoren der chinesischen Romanliteratur.

80 *fünf Tigergeneräle:* Sammelname der fünf Generäle aus dem Roman »Die drei Reiche«, dt. von Franz Kuhn, Insel, Frankfurt a. M.

82 *Langhaare:* Despektierliche Bezeichnung für die Taiping-Rebellen (1850–1864); vgl. Anm. zu S. 71, »Einzelhaft«.

88 *Oktober 1920:* Nach den Tagebüchern des Lu Xun entstand die Erzählung am 5.8.1920.

91 *Dechse:* Das im Text stehende und »zha« zu lesende chinesische Zeichen ist eine Erfindung Lu Xuns; da es dem Zeichen für Dachs ähnelt, wird es im deutschen Text mit »Dechse« wiedergegeben.

91 *Ahnenopfer ..., die nur alle dreißig Jahre einmal auf uns fielen:* Große Sippen pflegten in China einmal jährlich die Ahnenopfer abzuhalten. Mit der Durchführung der Opfer war jedes Jahr eine andere Familie beauftragt. Die Kosten wurden aus dem gemeinsamen Erbe bestritten.

92 *... da unter den fünf Elementen in seinem Horoskop das Element Erde (tu) fehlte:* Im alten China sollten »acht horoskopische Schriftzeichen, die in vier Paaren von je einem Himmelsstamm und einem Erdzweig (nach dem traditionellen Mondkalender) angeordnet sind und Aufschluß über Geburtsjahr, -monat, -tag und -stunde einer Person geben« (»Das Neue Chinesisch-Deutsche Wörterbuch«, Peking 1985, S. 109), im Idealfall die fünf Elemente (Metall, Holz, Wasser, Feuer, Erde) mit beinhalten. Um mögliches Unheil abzuwenden, ist hier der unter den acht zur Datumsbestimmung notwendigen Zeichen fehlende Bestandteil »Erde« im Namen ergänzt worden.

104 *sich durch Schreiben ein unvergängliches Denkmal ... setzen:* Nach dem Geschichtswerk »Zuozhuan«, XI.24 (vgl. J. Legge: »The Chinese Classics«, Bd. 5, S. 505, 507), gab es drei Möglichkeiten, sich unsterblich zu machen, und zwar – in absteigender Reihenfolge – durch Tugend, Erfolg und Literatur.

104 *»Ist der Titel aus dem Lot, so fügt auch das Folgende sich nicht«:* »Gespräche des Konfuzius« (»Lunyu«, XIII.3); dt. von R. Wilhelm: »Kungfutse«, S. 131: »Wenn die Begriffe nicht richtig sind, so stimmen die Worte nicht (...)«

104 *Unsterbliche:* Nach Angaben des Autors sind unter »neizhuan« romanhaft ausgestaltete Biographien von Daoisten und unsterblichen Wesen (xianren) zu verstehen.

105 *offizielle Dynastiengeschichte:* Die in der Ära Qianlong (1736 bis 1795) kanonisch festgesetzten 24 Dynastiegeschichten, die mit den »Historischen Aufzeichnungen« (»Shiji«) des Sima Qian (145 bis ca. 90 v. Chr.) beginnen und mit der »Geschichte der Ming-Dynastie« (»Mingshi«) abschließen.

105 *Bisher hat unser Staatspräsident das Amt für Geschichtsschreibung noch nicht angewiesen ...:* Das traditionelle China kannte bis in die Zeit der Warlords und der Guomindang die von Staats wegen angeordnete Würdigung wichtiger Persönlichkeiten. Erlasse, welche die Biographie einer verstorbenen Person beim Geschichtsamt in Auftrag gaben, pflegten mit den Worten »Anweisung an das Geschichtsamt, eine Biographie aufzusetzen« zu schließen.

105 *im Jargon der Fuhrleute und Bohnenmushändler:* Anspielung auf den Übersetzer Lin Shu (1852–1924), der mit diesen Worten die Verwendung der Umgangssprache in der Literatur angegriffen hatte.

105 *außerhalb jeglicher religiöser und philosophischer Gruppierung:* Der im chinesischen Original verwendete Begriff »sanjiao jiuliu« meint die drei Religionen – Konfuzianismus, Daoismus und Buddhismus – und die neun philosophischen Schulen – u.a. Konfuzianer, Daoisten und Legalisten.

107 *»Aufzeichnungen auf Bambus oder Seide«:* Anspielung auf die »Frühlings- und Herbstannalen« (»Lüshi chunqiu«, II.8a); vgl. Chen Qiyou: »Lüshi chunqiu jiaoshi«, Bd. 1, Xuelin, Shanghai 1984, S. 86. Vor der Erfindung des Papiers war es in China Brauch, der Nachwelt Wichtiges auf Bambustäfelchen oder Seide zu überliefern.

107 *... ob »Quei« wohl für den »Kassiabaum« stehen mochte:* Die Lautschrift für die Zeichen »Kassiabaum« und »Adel« lautet heute »gui«, früher »kuei«, vielleicht auch »quei«. Das alljährliche Vollmondfest fällt in den achten Monat des Mond-

kalenders, die Blütezeit des Kassiabaumes. So läßt sich erklären, daß der achte Monat auch »Kassiamonat« genannt wird.

108 *chinesische Kultur* (»guocui«): Der Begriff stellt die Quintessenz chinesischer Kultur bzw. die nationale Eigenart dar und spielte in der damaligen – aber auch heutigen – Diskussion in China eine große Rolle. In »Das Totenmal« nimmt Lu Xun dazu immer wieder kritisch Stellung.

108 *»Neue Jugend«:* Vgl. Anm. zu S. 13, »Xin qingnian«.

108 *... die Lateinschrift für das Chinesische propagierte:* In einem Brief vom 3. 3. 1931 an einen Japaner namens Yamaue Seigi (?) wies Lu Xun darauf hin, daß es nicht Chen Duxiu, sondern Qian Xuantong (vgl. Anm. zu S. 12, »Jin Xinyi«) war, der in der »Neuen Jugend« die Ersetzung der chinesischen Schriftzeichen durch lateinische Buchstaben propagiert hatte.

108 *Herkunftsbuch der hundert Sippen:* Dieses Buch wurde zu Beginn der Song-Zeit als Lehrbuch zur Erlernung der Schriftzeichen für Kinder kompiliert. Hinter den Familiennamen, in Reimen zu 4 angeordnet, führte man den Sitz der Sippe im Altertum an, also z. B. Tianshui im Falle der Sippe Zhao.

109 *A:* Als Zeichen der Vertrautheit wird die Silbe »A« in Südchina gern vor den Rufnamen gesetzt.

109 *Hu Shi* (1891–1962) war zunächst von großer Bedeutung im Rahmen der Bewegung des 4. Mai 1919 und widmete sich später den Wissenschaften, in die er den aus den USA übernommenen Positivismus einzuführen versuchte. In seinem im Juni 1920 verfaßten Buch »Textkritik der ›Räuber vom Liang Shan Moor‹« bezeichnete er sich selbst als jemanden »mit einem Hang zu Geschichte und Textkritik«, worauf Lu Xun hier anspielt.

109 *Lebenslauf:* Bei dem hier und im folgenden immer wieder erwähnten Binom »xingzhang« handelt es sich um eine Art Nachruf, wie er im traditionellen China von Angehörigen aus den wichtigsten Daten zusammengestellt wurde.

110 *Prüfungsanwärter* (»wentong« bzw. »tongsheng«) waren im kaiserlichen Prüfungssystem diejenigen, die sich auf den Titel eines Bakkalaureus vorbereiteten.

113 *der Examenserste bei den höchsten Staatsprüfungen:* Der Beste unter den Doktoren (»jinshi«) beim kaiserlichen Palastexamen erhielt den Titel »zhuangyuan«, was soviel heißt wie »Der Beste«.

114 *Der Alte vom nördlichen Grenzland verlor seinen Hengst:* Es handelt sich hier um ein wörtliches Zitat aus dem daoistischen Klassiker »Huainanzi«, XVIII.6 a.

114 *Abend des Götterfestes:* Im traditionellen China fanden anläßlich dieses Festes Prozessionen statt, die ihren Ausgangspunkt in den Tempeln hatten und durch die Gassen des Ortes zogen. Auf diesen Prozessionen führte man Fahnen, Musikinstrumente und Utensilien für Aufführungen mit.

116 *»Die junge Witwe tritt ans Grab«:* Eine damals sehr beliebte Lokaloper. Lu Xun selbst stammt aus Shaoxing in der Provinz Zhejiang.

116 *Opfertier:* Im chinesischen Altertum galten Rind, Schaf und Schwein gleicherweise als »Opfertier« (»tailao«); später wurde diese Bezeichnung nur noch für das Rind verwendet.

118 *»Der Edle macht's mit Köpfchen ...«:* Der Edle (»junzi«) ist Leitvorstellung der konfuzianischen Auffassung vom Menschsein.

119 *Verzicht auf Bakkalaureus und Magister:* Im Jahre 1905 wurde in China das traditionelle Prüfungssystem abgeschafft und damit auch die Titel Bakkalaureus (»xiucai«), Magister (»juren«) und Doktor (»jinshi«), die auf Kreis-, Provinz- und Hauptstadtebene erworben werden konnten.

119 *... keine krummen Bauernbeine mehr und keinen Zopf:* Die letzte Dynastie (1644–1911) war eine Fremddynastie der Mandschu. Als sichtbaren Loyalitätsbeweis hatten alle männlichen Chinesen den »Mandschuzopf« – bei uns als Chinesenzopf bekannt – zu tragen. Oftmals schnitten in Japan

studierende Chinesen sich aus Protest gegen die Qing-Dynastie diesen Zopf ab.

120 *Jammerknüppel:* Das Beerdigungsritual verlangte im alten China, daß der Sohn beim Begräbnis der Eltern seinen Schmerz dadurch zeigte, daß er sich auf einen »Stock der Pietät« aufstützte. Herr Jedermann macht Gebrauch von diesem Begriff, um seine Verachtung auszudrücken.

121 *»Kinderlos sollst du bleiben ...«:* Kinderlos zu sein bedeutete, daß niemand dem Verstorbenen Ahnenopfer darbrachte, sein Geist also nie zur Ruhe kommen würde.

123 *»Drei Arten von Ungehorsam gibt es gegenüber den Eltern ...«:* so »Mengzi« IV.A.26; vgl. R. Wilhelm: »Mong Dsi«, Diederichs, Jena 1916, S. 84

123 *»Sonst hungern die toten Seelen der Sippe Ruo'ao«:* Dies ist ein Zitat aus dem Geschichtswerk »Zuozhuan«, VII.4. Da der Sohn des Sima Zilang aufgrund seines unbotmäßigen Wesens in den Augen von Sima Ziwen eine Gefahr für die Sippe Ruo'ao darstellte, riet dieser seinem Bruder, das Kind zu töten; sonst würde die Sippe eines Tages ausgelöscht werden, so daß auch ihnen keine Ahnenopfer dargebracht würden und ihre toten Seelen zu hungern hätten. Vgl. J. Legge: »The Chinese Classics«, Bd. 5, S. 295 ff.

123 *»die einmal freigesetzten Energien ...«:* Zitat aus dem »Buch der Urkunden« (»Shangshu«, V.24.10); vgl. J. Legge: »The Chinese Classics«, Bd. 3, S. 575.

123 *Daji* war eine Konkubine des Zhou Xin, des letzten Herrschers der Shang (16. Jh. bis 1066 v. Chr.). Sie galt nicht nur als große Schönheit, sondern auch als Ausbund von Extravaganz und Ausschweifung. Vgl. Herbert A. Giles: »A Chinese Biographical Dictionary«, Nachdruck Taibei 1969, Nr. 1844.

123 *Bao Si* war die Konkubine des Königs You (781–771), des letzten Herrschers der Westlichen Zhou (1066–771). Um sie, die nie lachte, zum Lachen zu bringen, wurden zum Spaß die Signalfeuer entzündet. Als dann wirklich ein An-

griff bevorstand, reagierte niemand auf das warnende Signalfeuer. Vgl. H. A. Giles: »A Chinese Biographical Dictionary«, Nr. 1624.

123 *Diao Chan:* Dem brutalen Treiben des Dong Zhuo (gest. 192 n. Chr.) wurde durch ein Komplott ein Ende bereitet. Dabei spielte Diao Chan, eine Unterhaltungskünstlerin in der Residenz des Wang Yun (gest. 193), eine wichtige Rolle. Sie ließ sich von Wang Yun dem Dong Zhuo zum Geschenk machen, was den Zorn des Lü Bu entfachte, so daß dieser seinen Herrn tötete. Vgl. H. A. Giles: »A Chinese Biographical Dictionary«, Nr. 1913, 2091.

123 *»Große Trennung der Geschlechter«:* Vgl. hierzu das »Liji«, dt. von R. Wilhelm: »Li Gi«, S. 134: »Ein Mann spricht nicht über Angelegenheiten der inneren Gemächer, eine Frau nicht über äußere Angelegenheiten. Außer beim Opfer (...) geben sie einander nichts von Hand zu Hand.«

124 *»Bestrafung der bösen Absicht«:* Der Autor benutzt ein Binom aus den »Späteren Han-Annalen«, vgl. »Hou Hanshu«, Bd. 6, Zhonghua, Hongkong 1972, S. 1615.

124 *»Standvermögen«:* vgl. »Lunyu«, II.4; dt. von R. Wilhelm: »Kungfutse«, S. 42: »Ich war fünfzehn, und mein Wille stand aufs Lernen, mit dreißig stand ich fest (...)«

126 *Schildkrötenei:* Dieses chinesische Schimpfwort hatte etwa die Bedeutung von »Gehörnter«.

130 *den jungen Don:* In einem »Brief an den Herausgeber der Zeitschrift ›Schauspiel‹« (vgl. »Lu Xun quanji«, Bd. 6, Peking 1981, S. 150 f.) erklärt der Autor, den Namen Xiao Don nach demselben Prinzip wie A Q gebildet zu haben.

131 *»In der Faust die Peitsche von Stahl, werd ich dich strafen ...«:* Hier wird aus einer damals in Shaoxing aufgeführten Lokaloper »Der Kampf zwischen Drache und Tiger« zitiert, die den Kampf zwischen dem Song-Kaiser Taizu (960–976) und Huyan Zan darstellt.

133 *Mantous:* gedämpfte Brötchen aus gesäuertem Teig

135 *Mittherbstfest:* Es wird traditionell als Fest der ganzen Familie im Anblick des vollen Mondes gefeiert.

136 *»War einer drei Tage fort, sollst du ihn mit anderen Augen sehen«:* Zitat aus der »Geschichte der Drei Reiche«, die von Chen Shou (233–297) kompiliert wurde; vgl. »Sanguozhi«, Bd. 5, Zhonghua, Hongkong 1977, S. 1273 ff.

137 *Zhupai:* Zhupai ist ein Glücksspiel und wird mit »Karten«, die aus Elfenbein bzw. Tierknochen gefertigt und mit Bambus eingefaßt sind, gespielt.

139 *Münzen:* Chinesische Münzen hatten früher ein Loch in der Mitte und wurden an einer Schnur zu 100 oder 1000 aufgereiht.

141 *»den väterlichen Belehrungen«:* Anspielung auf »Lunyu«, XVI.13; dt. von R. Wilhelm: »Kungfutse«, S. 168f.

143 *»bestand jetzt kein Grund mehr zur Scheu«:* Hier wird ebenfalls aus dem »Lunyu«, IX.22, zitiert; dt. von R. Wilhelm: »Kungfutse«, S. 103.

143 *Kaiser Xuantong:* Nach westlichem Kalender ist dies der 4.11.1911; es ist der 25. Tag der Xinhai-Revolution, die zum Sturz des Kaiserhauses führte. An jenem Tag wurde Hangzhou von den Revolutionstruppen eingenommen, und das nahe gelegene Shaoxing verkündete die »Wiederherstellung Chinas«.

144 *angetan mit weißglänzender Rüstung und weißen Helmen:* Weiß ist in China die Farbe der Trauer.

144 *Chongzheng*, der letzte Kaiser der Ming-Dynastie (1368 bis 1644), regierte von 1628 bis 1644. Gegen Ende der darauffolgenden Mandschu-Dynastie – bis 1911 – gab es Strömungen, die neben einer Vertreibung dieser fremden Herrscher auch bewußt auf eine Restauration der seinerzeit rein chinesischen Ming-Dynastie drängten. Das zweite Zeichen des Namens wird heute »zhen« gelesen, im Text selbst liegt eine Fehlschreibung vor. Dem chinesischen Kommentar zufolge handelt es sich um einen Irrtum der Protagonisten, vielleicht

ist es jedoch eine versteckte Anspielung des Erzählers auf den Titel (»zheng« bedeutet »wahr«).

145 *»... vom Wein betrunken, köpft ich fälschlich Brüderchen Zheng ...«:* Quelle des Zitats nicht nachgewiesen. Brüderchen Zheng steht für Zheng Ziming, einen Untergebenen des Kaisers Taizu.

146 *Liang:* Chinesische Maßeinheit. Ein Liang entspricht 50 Gramm.

147 *Ningbo-Bett:* Betten dieser Art wurden in der Region Ningbo hergestellt; sie waren sehr luxuriös.

148 *sie hatte zu große Füße:* Als Frau aus dem Volke hatte sie keine gebundenen Füße.

149 *Reform:* Zitat aus dem »Buch der Urkunden« (»Shangshu«, III.4.6); vgl. J. Legge: »The Chinese Classics«, Bd. 3, S. 168

149 *Ming-Kaiser Xuande:* Regierungszeit 1426–1435

150 *Kommandeur:* Im chinesischen Original steht der Titel des niedrigsten Militärbeamten zur Qing-Zeit.

152 *ein äußerst schmeichelhaftes Schreiben:* Wörtlich ein Schreiben »in der Form einer gelben Flagge«. Jede der acht senkrechten Zeilen begann mit dem Namen des Empfängers und enthielt Worte des Lobes bzw. des Respekts. Den Namen des Empfängers setzte man in die Mitte oben auf die Seite, darunter etwas mehr Zeichen als sonst, so daß diese Zeile von zwei kürzeren eingefaßt war wie der Griff einer Flagge.

152 *Boß der Kakifeigenölpartei:* Die Bauern verwechseln »ziyou« (»liberal«) mit »shiyou« (»Kakifeigenöl«). In der Verwendung »Boß« – eig. Bommel auf der Mütze von Qing-Beamten als Ausdruck ihrer Zugehörigkeit zur Beamtenschaft – spiegelt sich ein noch größerer Respekt als gegenüber der Beamtenschicht der Qing-Zeit wider.

152 *Hanlin-Akademie:* Hanlin war seit der Tang-Zeit (618–907) die Bezeichnung für das literarisch geschulte Gefolge des Kaisers. In der Ming- und Qing-Zeit lautete so die Bezeich-

nung für die Doktoren, die in die kaiserliche Akademie (»Hanlinyuan«) aufgenommen wurden und dort mit der Kompilierung der Reichsannalen, der Abfassung von Dokumenten etc. beschäftigt waren.

153 *Liu Hai:* Eine Gestalt aus der Zeit der Fünf Dynastien (907–960). Der Legende nach soll er im Zhongnanshan-Gebirge das Dao erlangt haben und ein Unsterblicher geworden sein. Sein Porträt erfreute sich im Volk großer Beliebtheit.

153 *Bruder Hong:* Gemeint ist Li Yuanhong (1864–1928). Er war Militärkommandant der Qing in der Provinz Hubei. Nur zufällig und wider Willen wurde er im Oktober 1911 Führer der Revolutionsarmee. Vgl. Howard L. Boorman (Hg.): »Biographical Dictionary of Republican China«, Columbia University Press, New York 1968, Bd. 2, S. 343–346.

156 *Kaiser Fu Xi:* Legendärer Urkaiser, der von 2953 bis 2838 v. Chr. gelebt haben soll. Nach der chinesischen Mythologie verdanken die Menschen ihm u. a. die Jagd, das Fischen, Spinnen, Musizieren, Weissagen und Kochen. S. H. A. Giles: »A Chinese Biographical Dictionary«, Nr. 585.

157 *Happy-End:* In der traditionellen chinesischen Erzählkunst und auch auf der Bühne bedeutet das tuanyuan (wörtl. »Vereinigung«) die Bestrafung des Bösen und die Belohnung der Guten (u. a. die Vereinigung der Liebenden).

164 *als einzig Überlebende:* Loyale Anhänger der untergegangenen Qing-Dynastie.

165 *Drachenbootfest:* Ursprünglich ein Fruchtbarkeitsritual, das nach dem Mondkalender am 5. Tag des 5. Monats abgehalten wurde. Bei den Wettrennen der Drachenboote ertranken regelmäßig einige Teilnehmer – diese Opfer sollten den Flußgott günstig stimmen.

165 *Läuft alles aufs selbe hinaus:* Der Schriftsteller und Gelehrte Hu Shi (1891–1962) hat in seiner Erzählung »Chabuduo xiansheng« (»Der Herr, dem alles auf dasselbe hinausläuft«) diesem chinesischen Charakterzug ein Denkmal gesetzt.

166 *schwankendes Herz:* Eig. »ein Herz, das weder Recht noch Unrecht kennt«, Zitat aus »Mengzi«, II.A.6; dt. von R. Wilhelm: »Mong Dsi«, S. 34: »(...) ohne Recht und Unrecht im Herzen ist kein Mensch (...)«

166 *Shoushan-Schule:* Shoushan steht im Sinne von »an der Spitze« stellvertretend für die Hauptstadt, also Peking; hier handelt es sich jedoch um einen fiktiven Namen.

166 *»Angeborenes einander ähnlich«:* Zitat aus dem »Lunyu«, XVII.2; dt. von R. Wilhelm: »Kungfutse«, S. 171: »Von Natur stehen die Menschen einander nahe ....«

166 *»Sie mögen ihre Plätze tauschen ...«:* Zitat aus »Mengzi«, IV.B.29; dt. von R. Wilhelm: »Mong Dsi«, S. 94: »Wenn Yu und Zi und Yuan Hui ihre Stellen verkauft hätten, hätte jeder ebenso gehandelt.«

168 *ein großer Pädagoge:* Gemeint ist Fan Yuanlian (1875–1927), der das Erziehungswesen in China modernisierte und mehrfach Erziehungsminister war (u.a. 1920–1921). Die Wochenzeitschrift »Wortspinnerei« (»Yusi«, Nr. 14) berichtet in dem Beitrag »Der ideale Lehrer« von Fans Kritik an den Pekinger Lehrern. Vgl. H. L. Boorman: »Biographical Dictionary of Republican China«, Bd. 2, S. 14f.

168 *Erwachsenennamen:* Die spezielle Form höflicher Anrede, die eigens für die Schule bzw. für das spätere Leben gewählt wurde; Frauen trugen im allgemeinen keinen Erwachsenennamen.

169 *Xinhuamen:* Das Xinhuamen – das »Tor des Neuen China« – ist der Südeingang des westlich vom Kaiserpalast gelegenen Zhongnanhai, das damals Sitz der nordchinesischen Regierung war und heute Sitz des Staatsrates der KP ist. – Die Schilderung bezieht sich auf die historische Lehrer- und Schülerdemonstration vom 3.6.1921, an der mehr als zehntausend Menschen teilnahmen. Zahllose Verletzte waren Folge der gewaltsamen Unterdrückung.

170 *»Die Weisheit haben, sich selber zu kennen«:* Es handelt sich um eine Paraphrase von Laozi: »Daodejing« 33; dt. von

R. Wilhelm: »Laotse: Taoteking«, Diederichs, Köln 1957, S. 73: »Wer andere kennt, ist klug, wer sich selber kennt, ist weise.« Han Yu (768–824) wandelte diesen Satz in seiner Eulogie für Boyi ab; im Text handelt es sich um ein wörtliches Zitat aus dem »Chutanji« von Li Zhi (1527–1602): »Wahrlich weise ist, sich selber zu kennen.«

171 *Mahāyāna-śraddhotpādá-śāstra:* Der Erzähler erwähnt ein kanonisches Werk des Mahāyāna-Buddhismus, das Ásvaghosa zugeschrieben wird. Von dem Werk gibt es zwei Übersetzungen ins Chinesische: eine von Paramartha – sie entstand im Jahre 553 n. Chr. – und eine von Śiksānanda (695–700).

171 *Yamarāya:* Im buddhistischen Glauben ist Yamarāya der König des Totenreichs, einer der zwanzig Devas.

173 *»Hallo, das Geld ist da«:* Nach dem Mondkalender ist der letzte Tag im Jahr traditionell der Termin zur Begleichung von Schulden.

173 *Scheine der Bank von China und der Verkehrsbank:* Zur »Bank of China« und »Bank of Communications« vgl. Denis Twitchett u. a. (Hg.): »The Cambridge History of China«, (Republican China), Cambridge University Press, Cambridge 1983, Bd. 12, S. 110f.

174 *Jin Yongsheng:* Der Familienname »Jin« bedeutet »Geld« oder »Gold«, der Vorname »Yongsheng« wäre mit »ewiges Leben« zu übersetzen.

175 *Lotosschnaps:* Peking war bekannt für diesen mit Lotosaroma zubereiteten Schnaps.

176 *»Hademen«:* Eig. das östliche Verbindungstor der inneren und äußeren Stadtmauer Pekings. Sein offizieller Name lautet »Chongwenmen«, es liegt gegenüber dem Xuanwumen.

176 *»Experimente«* (»Changshiji«) sind in der Umgangssprache verfaßte Gedichte von Hu Shi; sie erschienen im März 1920 in Shanghai. Vgl. hierzu Lloyd Haft (Hg.): »A Selective Guide to Chinese Literature 1900–1949«, Brill, Leiden 1989, Bd. 3 (»The Poem«), S. 136–139. Hu Shi war prominenter

Anwalt für den Gebrauch der Umgangssprache in der Literatur. Er gehörte mehr zum literarischen als zum politischen Flügel der Bewegung des 4. Mai 1919. Als wichtigster Vertreter des bürgerlichen sogenannten »Sinoliberalismus« wurde er von linken Intellektuellen kritisiert und später von der KP in einer organisierten Kampagne massiv angegriffen.

179 *die Aufstellung aus zwölf Kolonnen:* Die Namen derjenigen, die nach dem alten – bis 1905 gültigen – Prüfungssystem die Prüfungen auf Kreisebene bestanden hatten, wurden bei der öffentlichen Bekanntgabe auf einer Anschlagtafel allgemein nicht nach einer Rangfolge angeführt. Um der Bequemlichkeit willen wurde jedoch um jeden fünfzigsten Namen ein Kreis – hier mit »Kolonne« übersetzt – gezogen. Der erste Name war jeweils etwas exponierter eingetragen, die anderen Namen folgten von rechts nach links.

179 *Bakkalaureus:* Zu den Titeln der Beamtenprüfungen im kaiserlichen China vgl. Anm. zu S. 119, »Verzicht auf Bakkalaureus und Magister«.

180 *Landedelleute:* Die chinesische Bezeichnung »senshi« wird normalerweise mit »Gentry« wiedergegeben.

180 *Wimpel:* Im kaiserlichen China war eine Fahnenstange mit entsprechenden Wimpeln Zeichen dafür, daß der Hausherr einen Beamtentitel erworben hatte.

180 *Erhaben über Fehl und Tadel:* Dieses sogenannte »Qinggao« ist das Charakteristikum des unbestechlichen Beamten. Gegen Ende der Qing-Dynastie war es Gegenstand besonderer Diskussion, vor allem in dem Roman »Die Reisen des Lao Can« von Liu E; dt. von Hans Kühner, Insel, Frankfurt a.M. 1989.

180 *wie ein Zuckerhut:* Eig. eine aus Karamel geformte Pagode, die zu Neujahr Dekorationszwecken diente.

180 *Sieben Zöpfchen kreisten vor seinen Augen:* Um sich einen Text besser einprägen zu können, pflegten die Schüler bei der Rezitation den Kopf kreisen zu lassen.

181 *den »achtfüßigen Aufsatz« und das Examensgedicht:* Unter einem »achtfüßigen Aufsatz« versteht man eine essayistisch-theoretische Prosaarbeit über ein Thema aus den kanonischen konfuzianischen Schriften, die einem achtgliedrigen Schema folgt. Für das Examensgedicht – in der Regel bestand es aus 16 Zeilen mit je fünf, sich in aufeinanderfolgenden Paaren reimenden Zeichen – wurden Thema und Motiv mit zwei Schriftzeichen vorgegeben.

183 *Dou:* Chinesisches Hohlmaß, entspricht etwa 10 Litern.

186 *Li:* Chinesisches Längenmaß, rund 500 Meter.

186 *schmale Täfelchen* (»chaohu«) sind lange schmale Notiztäfelchen aus Jade, Elfenbein oder Bambus, die hohe Beamte bei kaiserlichen Audienzen als Gedächtnisstütze benutzen.

187 *Beamte des Kreisausschusses:* Exekutive auf Kreisebene.

188 *die Dritte* (»San taitai«) ist die Frau des dritten Sohnes in einer Familie. Nach dem japanischen Kommentar geht es hier um die Frau des Bruders Zhou Jianren (1888–1984); der Autor schildert hier eine Szene aus dem damaligen gemeinschaftlichen Leben mit der Familie nicht nur von Zhou Jianren, sondern auch von Zhou Zuoren (1885–1966) im Pekinger Stadtteil Badaowan.

188 *Käsch:* An das engl. »cash« angelehnte chines. Geldeinheit.

189 *Wenn Raben oder Elstern …:* Die beiden Vögel gelten traditionell als schlechtes bzw. gutes Omen.

193 *»Liste außergewöhnlicher Persönlichkeiten«:* Das in der Qing-Zeit von Jin Guliang kompilierte »Wushuangpu« enthielt vierzig Porträts außergewöhnlicher Persönlichkeiten von der Han- bis zur Song-Zeit mit je einem Gedicht.

194 *Xisi* ist eine im westlichen Teil der nördlich vom Kaiserpalast verlaufenden Ost-West-Achse gelegene, ursprünglich mit einem Prachtbogen (»pailou«) verzierte Straßenkreuzung und zugleich der Name eines Wohnbezirks in Peking. Auf seinem Weg von Badaowan zum Erziehungsministerium kam Lu Xun hier vorbei.

194 *Xun'er:* Koseform zum Vornamen »Xun« in »Lu Xun«

196 *Vasilij Erošenko* (1889–1952) war Lyriker und Verfasser von Kinderliteratur. Schon in seiner Jugendzeit raubte ihm eine Krankheit das Augenlicht. Erošenko unternahm Reisen nach Japan, Thailand, Burma, Indien und China. Nachdem die japanische Regierung ihn wegen der Teilnahme an der 1.-Mai-Demonstration 1921 des Landes verwiesen hatte, erhielt er einen Lehrauftrag an der Universität Peking und der Pekinger Esperanto-Fachschule. Erošenko lebte damals im Haus der Brüder von Lu Xun im Stadtteil Badaowan. Im April 1923 kehrte er in die Sowjetunion zurück. Berühmt sind besonders seine Werke in Esperanto und in japanischer Sprache. In der Übersetzung von Lu Xun erschienen »Taose de yun« (»Pfirsichfarbene Wolke«) und »Ailuoxianke tonghua ji« (»Gesammelte Kindergeschichten von Erošenko«); vgl. »Lu Xun quanji«, Peking 1973, Bd. 12, S. 289–505, 519–763).

196 *»wenn man sich in einen Raum voller duftender Orchideen begibt«:* Orchideen sind Symbole vornehmen Charakters, treuer Freundschaft und des Umgangs mit edlen Menschen. – Das Zitat stammt aus »Kongzi jiayu« (»Gespräche des Konfuzius«); vgl. die kommentierte Ausgabe von Wei Wangsu, Yuanji, Shanghai 1925, S. 84.

196 *Zhong Mi:* Nach »Zhongguo xianddai wenxue zuozhe biming lu« (Hunan wenyi chubanshe, Changsha 1988, S. 213) ist Zhong Mi der Bruder von Lu Xun, Zhou Zuoren.

198 *»Eine Kükenkomödie«:* Diese im Juli 1922 von Lu Xun übersetzte Erzählung wurde in die Sammlung »Gesammelte Kindergeschichten von Erošenko« aufgenommen, vgl. »Lu Xun quanji«, Peking 1973, Bd. 12, S. 453–458.

199 *Schlammpeitzker:* Misgurnus anguillicandatus

199 *Herr Ichschik:* Kindliche Verballhornung des Namens »Erošenko«.

201 *Eine Oper auf dem Land:* Landopern (»shexi«) waren ursprünglich von Musik und Gesang begleitete Aufführungen,

die anläßlich von religiösen Feierlichkeiten zu Ehren des Gottes des Ackers und des Gottes der Feldfrüchte (»sheji«) stattfanden. »She« war auch ein bekannter Ortsteil von Shaoxing (hier: Luzhen), wo solche religiösen Zeremonien alljährlich stattfanden.

201 *im ersten Jahr der Republik:* 1912

202 *Tan Jiaotian:* Tan Jiaotian, eig. Tan Xinpei (1847–1917), war ein bekannter Darsteller der älteren männlichen Rolle in der Pekinger Oper.

203 *Mutter von Maudgalyāna:* Maudgalyāna, auch Maudgalaputra genannt, ist einer der zehn Schüler Buddhas. Der Überlieferung nach befreite er seine Mutter aus der Hölle. Zu dem Singspiel und der Bedeutung dieser Gestalt für Lu Xun vgl. Tsi-an Hsia: »The Gate of Darkness«, University of Washington Press, Seattle 1968, S. 156ff.

203 *Gong Yunfu* (1862–1932) war ein Darsteller der Alten Frau in der Pekinger Oper.

205 *Pingqiaocun:* Wörtlich müßte dieser Ort mit »Dorf an der Friedensbrücke« übersetzt werden.

206 *»Buch der Lieder«:* Hier wird aus der im 7. Jh. v. Chr. kompilierten kanonischen Sammlung früheren chinesischen Liedgutes (»Shijing« Nr. 189) zitiert; dt. von Victor von Strauß: »Schi-King. Das kanonische Liederbuch der Chinesen«, Wissenschaftliche Buchgesellschaft, Darmstadt 1969, S. 301: »Wo man den Strand geebnet schaut / und fern das Südgebirge blaut (...).«

207 *Zhaozhuang:* Die wörtliche Übersetzung würde »Dorf der Familie Zhao« lauten.

210 *... ein Steinpferd ... und im Gras ein knieendes Schaf aus Stein:* Vermutlich handelt es sich um einen von Steintieren gesäumten »Geisterweg«, der zum Grab eines höheren Beamten oder Angehörigen des Kaiserhauses führte.

214 *Zhang:* Chinesisches Längenmaß, entspricht ungefähr 3,3 Meter.

215 *Saubohnen:* Vicia taba

215 *Liuyi:* wörtlich: »61«

216 *... die dritte Nachtwache* dauerte von 23 Uhr bis 1 Uhr des nächsten Tages.

217 *ein Meister seines Fachs:* Gemeint ist ein Examensberater (zhuangyuan) bei den Palastprüfungen, der höchsten erreichbaren Stufe einer traditionellen Beamtenlaufbahn.

Übersetzungen

Raoul David Findeisen: Vorrede, Das Heilmittel, Der morgige Tag, Eine Bagatelle, Geschichten vom Haar, Das Drachenbootfest, Ein heller Glanz, Die Geschichte von den Kaninchen und der Katze, Eine Entenkomödie, Eine Oper auf dem Land
Wolfgang Kubin: Das Tagbuch eines Verrückten, Kong Yiji, Viel Lärm um nichts, Heimat
Florian Reissinger: Die wahre Geschichte des Herrn Jedermann

Erstveröffentlichungen

Das Tagebuch eines Verrückten: »Xin qingnian«, Bd. 4, Nr. 5, Mai 1918
Kong Yiji: ebd., Bd. 6, Nr. 4, April 1919
Das Heilmittel: ebd., Bd. 6, Nr. 5, Mai 1919
Der morgige Tag: »Xin chao«, Bd. 2, Nr. 1, Oktober 1919
Eine Bagatelle: »Chenbao«, Beilage »Zhounian jinan zengkan«, Peking 1. Dezember 1919
Geschichten vom Haar: »Xuedeng«, Kulturbeilage zur Tageszeitung »Shishi xinbao«, Shanghai 10. Oktober 1920
Viel Lärm um nichts: »Xin qingnian«, Bd. 8, Nr. 1, September 1920
Heimat: ebd., Bd. 9, Nr. 1, Mai 1921
Die wahre Geschichte des Herrn Jedermann: »Chenbao fukan«, Peking 4. Dezember 1921 bis 12. Dezember 1922

Das Drachenbootfest: »Xiaoshuo yuebao«, Bd. 13, Nr. 9, Shanghai September 1922
Ein heller Glanz: »Dongfang zazhi«, Bd. 19, Nr. 13, Shanghai 10. Juli 1922
Die Geschichte von den Kaninchen und der Katze: »Chenbao fukan«, Peking 10. Oktober 1922
Eine Entenkomödie: »Funü zazhi«, Bd. 8, Nr. 12, Shanghai Dezember 1922
Eine Oper auf dem Land: »Xiaoshuo yuebao«, Bd. 13, Nr. 12, Shanghai Dezember 1922

Quellen

Die Übersetzung der Sammlung »Nahan« (1923) erfolgte nach der kommentierten Ausgabe »Lu Xun quanji« (»Sämtliche Werke von Lu Xun«), Renmin wenxue, Peking 1981, Bd. 1, S. 415 bis 570.
Konsultiert wurden die japanische kommentierte Ausgabe »Ro Jin bunshu« (»Gesammelte Werke von Lu Xun«), herausgegeben von Takeuchi Yoshimi, Tokio 1976, Bd. 1, S. 1–200, und die englische Ausgabe »Call to Arms«, übersetzt von Yang Xianyi und Gladys Yang, Foreign Languages Press, Peking 1981.

Autobiographie

»Lu Xun, geboren 1881 in Shaoxing, Provinz Zhejiang, als Sohn der Familie Zhou.

Mein Vater war Literat, meine Mutter, mit dem Mädchennamen Lu, Bäuerin. Sie hatte sich selbst das Lesen beigebracht. Ursprünglich besaß unsere Familie vierzig bis fünfzig Mu vererbtes Land, das aber nach dem Tode meines Vaters verkauft wurde.

Ich war damals dreizehn Jahre alt. Vier Jahre lang konnte ich – mehr recht als schlecht – die chinesischen Klassiker studieren. Ich war völlig mittellos und darauf angewiesen, eine Schule zu finden, an der man mir das Schulgeld erlassen würde. Ich fuhr nach Nanjing, blieb dort ein gutes halbes Jahr und legte die Prüfungen ab, die mir den Eintritt in die Marineakademie ermöglichten. Darauf wurde ich einem Lehrgang über die Instandhaltung von Schiffen zugeteilt, brach aber die Ausbildung ab, da ich die Hoffnung aufgegeben hatte, je ein Schiff zu betreten. Statt dessen ließ ich mich in die Bergbauakademie einschreiben.

Nach dem Abschluß ging ich nach Japan, eigentlich um meine Fachkenntnisse zu vervollständigen. Dort jedoch änderte ich meinen Plan und begann ein Medizinstudium. Nach zwei Jahren wechselte ich nochmals das Fach und widmete mich von nun an der Literatur. Ich las, übersetzte und schrieb eigene Artikel, die in verschiedenen Zeitschriften veröffentlicht wurden.

1910 bekam ich die Nachricht, daß meine Mutter

ihren Unterhalt nicht mehr aus eigenen Mitteln bestreiten konnte. Ich mußte nach Hause zurückkehren und bekam an der Oberschule in Hangzhou eine Stelle als Referendar. Ein Jahr später wurde ich als Lehrer an die Mittelschule in Shaoxing berufen. 1912, nach der Revolution, ernannte man mich zum Direktor der Shaoxinger Oberschule.

Der Anführer der Revolutionstruppen in Shaoxing war jedoch ein Gauner und forderte meinen Widerstand heraus. So war ich bald in Lebensgefahr und setzte mich nach Nanjing ab. Dort begann ich eine Tätigkeit im Erziehungsministerium. Die nächste Station war Peking, wo man mir das Amt des Direktors des 2. Büros für gesellschaftliche Erziehung übertrug. Das war 1918. Zu dieser Zeit begann die literarische Bewegung an Bedeutung zu gewinnen, und ich legte mir das Pseudonym Lu Xun zu, um in der Zeitschrift *Neue Jugend* Kurzgeschichten veröffentlichen zu können. Für dieselbe Zeitschrift schrieb ich auch Novellen und Kommentare. Gleichzeitig war ich Dozent an der Peking-Universität, an einer Oberschule und an der Pädagogischen Frauenhochschule.

Durch meine Kommentare schaffte ich mir zusehends Feinde. Zhen Ruan, Professor an der Universität in Peking, ließ in seinen Artikeln durchblicken, der berüchtigte Lu Xun sei kein anderer als ich. Die Sache gelangte Duan Qirui zu Ohren, der mich meiner Ämter enthob und mich fast hätte verhaften lassen.

Ich mußte deshalb Peking verlassen und eine Stelle als Professor an der Universität Amoy annehmen. Sechs Monate später überwarf ich mich mit dem Rektor und einigen Mitgliedern des Kollegiums. Ich ging nach Kanton, um dort die Stelle des Dekans und Professors für Literatur an der Zhongshan-Universität anzutreten.

Wiederum sechs Monate später zeichnete sich ab, daß der Nordfeldzug der Guomindang ohne Hindernisse vonstatten ging. Aus diesem Grunde wechselten weitere Professoren aus Amoy nach Kanton.

Die Säuberungsaktion der Partei ließ nicht lange auf sich warten. Nie in meinem Leben habe ich ein ähnliches Gemetzel erlebt. Ich trat von meinen Ämtern zurück und ging nach Shanghai, wo ich meinte, vom Ertrag meiner Übersetzungen und Veröffentlichungen leben zu können. Als ich mich inzwischen der Großen Liga für die Freiheit angeschlossen hatte, erfuhr ich, daß mich die Guomindang verfolgte. Ich mußte untertauchen.

Später trat ich auch der Liga linker Schriftsteller und der Liga für Bürgerrechte bei. In jenem Jahr wurden alle Artikel und Schriften, die seit 1926 von mir erschienen waren, von der Guomindang verboten.

An weiteren Arbeiten, Übersetzungen und von mir herausgegebenen Büchern sind zu nennen: zwei Novellensammlungen, ein Band Prosagedichte, Erinnerungen, eine Sammlung von Artikeln, acht Bände mit vermischten Schriften und ein *Abriß der Geschichte des chinesischen Romans*.«

William A. Lyell: Biographische Skizzen

Aus: Lu Xun – Zeitgenosse, Leibnitz-Gesellschaft für kulturellen Austausch, Berlin 1979

Jeder Chinese, der die Werke Lu Xuns kennt, weiß auch, daß er aus Shaoxing stammte, einer Stadt im Südosten der Provinz Zhejiang, die für ihre feurigen Getränke und ihre scharfsinnigen Männer gleichermaßen berühmt war.

Sekretäre, *shiye,* aus Shaoxing waren im Verwaltungsdienst des ganzen Landes anzutreffen. Im Volksmund hieß es, es gebe drei Dinge, die überall im Kaiserreich zu finden seien – Bohnenquark, Spatzen und Männer aus Shaoxing. Der Ruf dieser gerissenen Kerle war der Art, daß man behauptete, ein Mensch könne am hellichten Tage auf offener Straße seinen Vater umbringen und ungestraft davonkommen, wenn er das Glück hätte, einen *shiye* aus Shaoxing für sich zu engagieren. Daraus sprach die Anerkennung ihrer geistigen Wendigkeit ebenso wie die Mißbilligung ihrer Unmoral. Lu Xuns Feinde haben ihn des öfteren geringschätzig als *Shaoxing shiye* abgetan. Der dabei deutlich beabsichtigte Beiklang »gerissener Scharlatan« ist so unrichtig wie unfair; allerdings läßt sich so der positive Einfluß der Shiye-Tradition Shaoxings auf Lu Xun, diesen scharfsinnigen Kritiker der chinesischen Kultur, erahnen.

Den Taimen, das ist das von einer Mauer umgebene Familiengrundstück, in dem Lu Xun 1881 geboren wurde, nannte man – zur Unterscheidung von den beiden Nachbargrundstücken, wo die Angehörigen der Seitenlinien der Familie Zhou lebten – den Neuen

Taimen. Dieser war bevölkert mit freundlichen alten Pedanten wie Großonkel Zhaolan – in dessen Studierzimmer Lu Xun gern schmökerte –, mit bis auf das Skelett abgemagerten Opiumsüchtigen, wie dem Achtundzwanzigsten Opa, und höchst labilen, gescheiterten Intellektuellen wie Großonkel Zijing. Zu letzteren zählte auch Lu Xuns Vater, ein Mann, für den Alkohol und Opium zu einem ernsten Problem geworden waren.

Der einzige wirklich starke, aktive und unternehmungslustige Mann im Neuen Taimen scheint der Patriarch der Familie, Großvater Zhou, gewesen zu sein. Er hatte die Leiter des Erfolgs über die Prüfungen zum Verwaltungsdienst erklommen. Leider war er auch der Unredlichkeit fähig. Diese Charakterschwäche war es, die die Familie in den wirtschaftlichen Ruin stürzte.

Lu Xun erinnert sich daran mit einer gewissen Bitterkeit als eine der prägenden Erfahrungen seiner Jugend:

»Wenn ein Mensch aus einer in sicheren Verhältnissen lebenden Familie in Not gerät, meine ich, daß er dabei lernt, sich mehr als jeder andere über das wahre Gesicht seiner Mitmenschen klar zu werden.«

Lu Xuns jüngster Bruder, Zhou Jianren, hat betont, daß Großvater Zhou nicht nur ungewöhnliche Ansichten über Kindererziehung vertrat, sondern auch sonst geistig unabhängig war. Jianren vermutet, er sei bei seiner bemerkenswerten Karriere im Verwaltungsdienst deshalb gescheitert, weil es ihm widerstrebte, Vorgesetzten zu schmeicheln, und weil er andererseits den Leuten nur allzu gern die Meinung sagte.

Ob nun Lu Xun je der Mann sein wollte, der Großvater Zhou vor seinem Abweichen vom Pfad der Tugend gewesen war, oder nicht – fest steht, daß er sich nicht mit seinem Vater identifizierte. Großvater hatte immerhin einst die Macht und den Ruhm genossen, die in der traditionellen chinesischen Gesellschaft Bewunderung erregten, Lu Xuns Vater aber hatte an keinem von beidem teilgehabt.

Der Vater, ein eher zurückhaltender, in sich gekehrter Mensch, stand niemandem recht nahe. Unter der Wirkung von Alkohol erzählte er den Kindern zuweilen Geschichten. Wenn er aber weitertrank, wurde er mutlos und niedergeschlagen, und die Kinder ließen ihn allein. Es überrascht kaum, daß er seinerseits wenig Anteil an ihrer Erziehung nahm. Wenn sie aus der Schule kamen, ließ er sie einfach spielen und kümmerte sich nicht weiter um sie.

Die Beziehung des Kindes Lu Xun zu seiner Mutter war offenbar nicht besonders eng. 1881, als Lu Xun geboren wurde, war seine Mutter 24 Jahre alt. Als Frau hatte sie natürlich keine Schulbildung genossen, doch hatte sie genügend Zeichen gelernt, um Versromane und etwas Prosaliteratur zu lesen.

Sie schockierte eines Tages die Bewohner des Neuen Taimen dadurch, daß sie – als Antwort auf die »Bewegung für den natürlichen Fuß« – ihre Füße aufband. Als ein reaktionärer Verwandter das Gerücht in die Welt setzte, sie hätte ihre Füße aufgebunden, um einen »fremden Teufel« zu heiraten, erwiderte sie: »Wer weiß – vielleicht tu ich's wirklich!«

Sie lebte ein langes und glückliches Leben, in dem die meisten ihrer Bedürfnisse durch den pflichtgetreuen Lu Xun erfüllt wurden. Als sie 1943 starb, hatte sie ihren berühmten Sohn um sieben Jahre überlebt.

Die Bediensteten und Großmutter Jiang dagegen waren Lu Xuns Vertraute. Die Großmutter erzählte ihm jene alten Sagen und Märchen, die Lu Xun später als Vorlage für seine Neubearbeitungem dienen sollten.

Wenn er in heißen Sommernächten draußen Kühlung suchte und auf einem Tisch unter dem Zimtbaum lag, gab sie ihm Rätsel zu raten auf. Sie ist wohl auch verantwortlich für die Entwicklung eines starken feministischen Elements in Lu Xuns Ansichten; er war ihr sehr zugetan und sah, wie schlecht sie behandelt wurde. Als er noch ein kleiner Junge war, wurde ihm eines Tages kühl und nüchtern erklärt, sie sei nicht seine richtige Großmutter. Man zeigte ihm ein Gemälde seiner »richtigen« Großmutter, fast als erwartete man, daß er nun das Kunstprodukt mehr lieben würde als die alte Frau aus Fleisch und Blut.

Die Atmosphäre in der Familie Lu Xuns war von einer düsteren Faszination. Es war eine Welt, die von Versagen und Mangel an menschlicher Befriedigung geprägt war. Wohin man auch blickte, sah man gescheiterte Existenzen: Frauen, die mit kraftlosen, verbrauchten Männern oder mit »Weiberhelden« verheiratet waren, Kinder gleichgültiger oder abwesender Eltern, und Männer, die schließlich die süßen Visionen des Opiums der Welt der menschlichen Wracks um sie herum vorzogen.

Diese Umgebung formte das Chinabild Lu Xuns entscheidend. Er sollte es immer vorziehen, die Wirklichkeit der Gegenwart abzubilden, statt von Ruhm und Ehre der Vergangenheit zu schwärmen. Er beschrieb die menschlichen Beziehungen lieber so, wie er sie kannte, statt zu versuchen, sie mit hohlen Idealen längst verlorener klassischer Traditionen in Einklang zu bringen. In die Ideale der chinesischen Kultur hatte ihn die Lektüre der Klassiker eingeführt; die Wirklichkeit kannte er nur allzu gut aus seinen eigenen Erfahrungen im Neuen Taimen. Aus all diesen Eindrücken entwickelte sich seine lebenslange Empfindlichkeit gegen Heuchelei.

Während seiner Kindheit und Jugend im Neuen Taimen zeigte Lu Xun lebhaftes Interesse an Tempelfesten und Prozessionen. Sie besaßen eine dramatische und geheimnisvolle Ausstrahlung, die ihn in ihren Bann zog. Ihr romantischer Reiz erhöhte sich noch durch das Gefühl, daß es hier etwas Verbotenes gab, ein Reich der Freiheit, weit entfernt vom beengten Leben der feinen Leute in einem Taimen. In Erinnerung an diese Erlebnisse schrieb Lu Xun 1926:

»Die Prozessionen waren – anders als heutzutage die Qipaos in Shanghai und die Gespräche über Politik in Peking – behördlich nicht verboten, dennoch durften Frauen und Kinder ihnen nicht beiwohnen, und auch die Gebildeten, besonders jene sogenannten Gelehrten, gingen im allgemeinen nicht hin. Nur Taugenichtse und Müßiggänger drängten sich vor dem Tempel oder Yamen, um dem Trubel zuzuschauen. Und das meiste dessen, was ich über diese Prozessionen weiß, verdanke ich ihren Beschreibungen und leider nicht den eigenen Beobachtungen, wie sie die Wissenschaftler so schätzen. Allerdings erinnere ich mich, auch selbst einmal eine recht aufwendige Prozession miterlebt zu haben. Sie wurde von einem Kind, dem sogenannten »Tangbao-Ausrufer«, hoch zu Roß angeführt. Nach einer ganzen Weile folgte der »Gaozhao« – eine lange Bambusstange mit einer großen Fahne, die ein schweißtriefender dikker Mann in beiden Händen schwang. Wenn ihm der Sinn danach stand, balancierte er die Stange auf seinem Kopf, den Zähnen oder sogar auf der Nasenspitze. Ihm folgten die sogenannten »Stelzenläufer«, »Pavillonträger« und »Pferdeköpfe«. Dann gab es noch einige Leute, die sich mit roten Gewändern und hölzernen Kragen als Verbrecher verkleidet hatten. Auch unter diesen sah man Kinder. Damals empfand ich diese Prozessionen als ruhmreiche Unternehmungen und betrachtete die Teilnehmer als Glückspilze, wahrscheinlich beneidete ich sie darum, sich dermaßen hervortun zu können. Am liebsten wäre ich schwer erkrankt, um meine Mutter zu veranlassen, in den Tempel zu eilen und zu geloben, mich ebenfalls als Verbrecher zu verkleiden. Leider habe ich bis heute keine Verbindung zu diesen Prozessionen knüpfen können.«

Als Kind faszinierte ihn die Farbenpracht, Spannung und Dramatik, mit der sich die volkstümliche Frömmigkeit darstellte; als Erwachsener der reine, fast schon primitive Symbolismus der religiösen Opern. Diese wurden an Festtagen zu Ehren der Gottheiten auf der Bühne getanzt und gesungen, und sie dauerten vom Morgengrauen bis zur Abenddämmerung. Zwei Gestalten erregten Lu Xuns Phantasie ganz besonders: Nüdiao und Wuchang.

Nüdiao war eine mythische Verkörperung der unterdrückten Seelen jener Frauen, denen zu allen Zeiten Unrecht getan worden ist. Nüdiao, die schon als Kind verheiratet wurde, hatte man so mißhandelt, daß sie sich schließlich, zum Äußersten getrieben, erhängte. Noch mehr interessierte Lu Xun die Figur des Wuchang. In den meisten religiösen Opern kam ein Bösewicht vor. Vor Sonnenaufgang erließ der König der Hölle den Befehl zu dessen Ergreifung. Der Gerichtsdiener, der den Bösewicht verhaftete, war Wuchang, eine furchterregende und zugleich heitere Verkörperung des Todes, auf dessen Hut die Worte standen: »Wer mich sieht, hat einen großen Glücksfall zu erwarten.« Er bestieg die Bühne, und bevor er sich überhaupt dazu herabließ, sich vorzustellen, nieste er 108mal und furzte 108mal. Als Lu Xun in den 20er Jahren seine Erinnerungen niederschrieb, nahm ihn der Zauber Wuchangs so gefangen, daß er gleichsam ein Fachmann für die Holzschnitte mit Darstellungen dieser Figur wurde.

Die verschiedenen Interessen des jungen Lu Xun fügen sich allmählich zu einem deutlichen Muster, das Lu Xun als Persönlichkeit kennzeichnet und ihn von den zahllosen anderen unterscheidet, die gegen Ende der Qing-Dynastie im wesentlichen die gleiche Erziehung genossen. Trotz seiner Liebe zu Büchern und Illustrationen zeigte Lu Xun doch niemals das für Gelehrte typische Interesse an der Kalligraphie. Dieser hohen Kunst Chinas, die in Museen und in den Häusern reicher Liebhaber und Kenner zu finden ist, zog er den Holzschnitt vor. Auch in bezug auf das Theater fühlte er sich sein Leben lang stärker zu den volkstümlichen Schaustücken der religiösen Feste hingezogen als zur hohen Kunst der großstädtischen Opern. 1922 stellte er dazu fest, er sei in zwanzig Jahren nur zweimal in der Oper gewesen und habe nichts Besonderes daran gefunden. Lu Xuns Identifizierung mit der Tradition des Volkes ist tiefgehend und aufrichtig. Die Gentry, aus der er kam und in deren Kreisen er lebte, war viel zu verbraucht und kraftlos, ja verkommen, und konnte ihm nicht als Vorbild dienen. Die Demütigung und die Schande, die Großvater Zhou über die Familie gebracht hatte, und die Umstände des Todes seines Vaters, den die traditionellen Ärzte langsam – und gegen horrendes Entgelt – umgebracht hatten, trugen schließlich dazu bei, daß Lu Xun sich gegen seine eigene Herkunft und Vergangenheit auflehnte.

Literatur aus Asien im Unionsverlag

Die Liebe der Füchsin
Die hier versammelten chinesischen Geistergeschichten entführen in eine Welt, in der die Grenzen zwischen Geist und Materie, Körper und Seele verwischt werden.

Die Braut im Brunnen
Harmlos beginnt es, und harsch kann es enden – mit Intrigen, Entführungen, Mord und Totschlag. Nach der Lektüre der Erzählungen weiß man es wohl: Wundersame Kriminalgeschichten, in denen es von Spitzbuben, Verführern und Scharlatanen wimmelt, wurden schon im alten China erzählt.

Tschingis Aitmatow **Du meine Pappel im roten Kopftuch**
Iljas, der Lastwagenfahrer, will den verschneiten Tianshan bezwingen. Dabei verspielt er die Liebe seines Lebens und verstrickt sich in den Fängen seines Stolzes.

Mulk Raj Anand **Gauri**
Der Roman vom Erwachen des schönen, sanftmütigen Bauernmädchens, das von seinem Mann verstoßen wird, ist Anands »Verneigung vor der Schönheit, Würde und Hingabe der indischen Frau«.

Anjana Appachana **Meine einzigen Götter**
Anjana Appachana erzählt beklemmend und witzig, wie junge indische Frauen und Männer versuchen, den Bannkreis der Tradition zu durchbrechen.

Duong Thu Huong **Roman ohne Namen**
Der Krieg in Vietnam geht seinem Ende zu, doch je näher die Befreiung rückt, desto mehr schwinden die Hoffnungen. Denn der Krieg hat auch den jungen Sieger Quan gezeichnet.

Literatur aus Asien im Unionsverlag

Alice Grünfelder (Hrsg.) **An den Lederriemen geknotete Seele**
Provozierend und mit unkonventionellen Mitteln werfen Tashi Dawa, Alai und Sebo, drei zeitgenössische tibetische Erzähler, einen unverstellten Blick auf ihr unbekanntes Tibet und entfalten ein überraschendes, rätselvolles Panorama von Menschen, Glaubenswelten und Naturgewalten.

Romesh Gunesekera **Riff**
Im Jahr des gescheiterten Staatsstreichs auf Sri Lanka kommt der elfjährige Triton als Boy in das Haus des Meeresbiologen Mister Salgado: die eindrückliche Stimme eines Jungen, der in einer zerbrechenden Welt erwachsen wird.

Lao She **Vier Generationen unter einem Dach**
In einer kleinen Gasse lebt mit seiner ganzen Familie der ehrwürdige, alte Herr Qi. So gerne hielte er an den überlieferten Traditionen fest, wären da nicht die japanischen Eroberer, die sein gewohntes Leben aus der Bahn werfen.

Mochtar Lubis **Dämmerung in Jakarta**
Mochtar Lubis entwirft in kräftigen Bildern das Panorama einer Großstadt – die Welt der Kaufleute, Beamten, Politiker, Schurken, der debattierenden Intellektuellen und der ewig zu kurz Kommenden.

Kamala Markandaya **Nektar in einem Sieb**
Dieser Roman gibt voller Anteilnahme Einblick in das Leben der indischen Dörfer.

Pham Thi Hoai **Sonntagsmenü**
Mit Ironie, Schalk und zarter Erotik zeichnet die LiBeraturpreisträgerin Pham Thi Hoai Facetten des Alltagslebens in Hanoi. Es entstehen poetische Momentaufnahmen einer Welt, die sich ständig ändert.